MY DAUGHTER GREW UP TO
“RANK S” ADVENTURER.

MOJIKAKIYA PRESENTS toi8 ILLUSTRATION

冒険者
門司柿家
MOJIKAKIYA
toi8
ILLUSTRATION
になりたいと
都に出て行った娘が
Sランクになってた
7
MY DAUGHTER GREW UP TO
"RANK S" ADVENTURER.

PERSONS 登場人物

【異名（？）：赤鬼】
若い頃に夢破れ
故郷に戻った元冒険者。
過去を清算するため
旅に出るようになる。

【異名：黒髪の戦乙女】
ベルグリフの娘で
最高位Sランクの冒険者。
お父さん大好き。

アンジェリンとパーティを組む
弓使いのＡＡＡランク冒険者。
3人のパーティでまとめ役を務める。

魔法が得意なＡＡＡランク冒険者。
アンジェリンたちと
パーティを組んでいる。

【異名：天蓋砕き】
アンジェリンの導きでかつて仲間だった
ベルグリフと再会した大魔導。
Sランク冒険者。

グラハムの姪孫で
王族の一人娘。
言動は粗野だが裏表のない性格。

豪放磊落を地で行く冒険者。
トルネラに思い人を残し
最後の旅に出かけている。

オルフェンからの道中、いくつもの問題を解決し
故郷へと帰ってきたベルグリフたち。
アンジェリンは弟となったミトとすぐにうちとけ
それぞれが穏やかな日々を過ごしていた。

そんな中、村全体が不穏な空気に包まれていき
木の精霊の襲撃を受けてしまう。
それは、ミトの持つ魔王の力を取り込もうとする
古森に囚われた思念によるものだった。
ダンジョン化した森へ連れ去られてしまった
ミトとグラハムをベルグリフたちが追いかけ
悪しき思いに染まった思念を解放し、彼らの救出に成功する。

そして、村が落ち着きを取り戻した頃。

「お姉さん……行ってらっしゃい」

ミトたちに見送られ、ベルグリフの仲間、
〝覇王剣〟パーシヴァルがいるとされる
『大地のヘソ』へと皆で向かうのであった。

MY DAUGHTER GREW UP TO "RANK S" ADVENTURER.

トルネラ
北関所・ヘイリル
北部交易ルート
エリン
ティルディス
東部交易ルート
ベナレス
東関所・ヨベム
アステリノス

MY DAUGHTER GREW UP TO "RANK S" ADVENTURER.
WORLD MAP
エルフ領
ロディナ
古森
ヘイゼル
ボルドー
シド
エルブレン
ガルダ
オルフェン
公都エストガル

CONTENTS

第七章

第七章

MY DAUGHTER
GREW UP TO
"RANK S"
ADVENTURER.

八十四　まるで獅子のような男だ、と誰もが

まるで獅子のような男だ、と誰もが口を揃えてそう言った。

男の体軀は肩幅が広くがっちりとしており、背丈も大きい。鋭い目つきと、気難しげに眉根に刻まれた深い皺は、人を寄せ付けるのを拒むようだった。

白髪交じりの枯草色の髪の毛は無精に伸ばされているが、癖のある髪質のせいなのか、強い風が吹くでもないのになびくようにうねっており、まるで獅子のたてがみのように見えた。

男は穴の縁にかがんでいた。眼前には深い穴が広がっていて、どこまで続いているのか分からない。穴の中には薄霞がかかっていた。

岩を穿って作ったらしい階段が、穴の縁から壁を伝うようにして、下に向かって伸びている。中から生温かい風が吹き上げて、男の髪の毛を揺らした。変にぬるく湿って生臭く、決していい気持ちはしない。

穴の縁には点々と人影が見えた。誰もが穴の様子を確認しているようだった。男のように一人だけの者もいたが、多くは二人以上が一緒だった。

不意に胸の奥に何か絡んで、咳き込みそうになった。男は顔をしかめて、胸を押さえた。目を閉じて呼吸を整える。

「……ごほっ」

首元にかかっている匂い袋を手に握って、口と鼻とに押し当てた。数々の薬草から来る清涼な匂いが、少しずつ気化するエーテルオイルに運ばれて鼻の奥、喉にまで届いた。荒れかけた呼吸が落ち着き、男は大きく息をつく。

男は手に持った匂い袋を見た。古い代物だ。色あせた布に、ほつれかけた刺繡が施してある。中の薬草やエーテルオイルは作られた当時のものではない。匂いが薄れ、効果がなくなる度に男が材料を交換した。だが、調合や袋はその当時のままだ。

男は袋を握りしめると、放り投げようとその腕を振り上げた。しかしまるで誰かに摑まえられたように腕は振り上げられたままぶるぶると震え、やがて諦めたように男は腕を下ろした。

「ちくしょう……」

忌々し気に呟くと、袋を懐にしまった。こんな事を何度繰り返しただろうかと思う。

こいつは俺の過去そのものだ、と男は舌を打った。幾度も捨てようとしてそれが適わず、不意に落としても誰かが拾って戻って来た。捨てられず、逃げられない。しかも、これに頼らなくては息苦しくなる事もしばしばだ。

歴史を五十年取り出してみれば、良い事と悪い事があるのは当たり前だ、と誰かが言った。

それは確かにそうかも知れない。しかし、自分の生きた時間を取り出してみれば、良い事の方が少ないように感ずる、と男は嘆息した。十七歳。あの日から、自分の人生からは色が失われたように思われた。

どうすればいいのか分からなかった。ただ、罪悪感とやり場のない怒りが彼を苛んだ。だがそれも、剣を振るっている間は落ち着いた。だから戦い続けて来たのだ。一人で物思いに耽れば思考は下向きになる。だから動き続けていなくては不安になったものだ。

背後から、さくさくと土を踏む音がした。

「おじさん、どう？」

男は振り向きもせずに小さく首を横に振った。

軽い足音は男の横に来てかがんだ。かぶったファー帽子の脇から耳当てのように犬耳が垂れていた。歌うように呟く。

「蒸し暑い時季になったね、べいべ……」

男は黙ったまま目を伏せた。少女は青い瞳に男の姿を映し、目をぱちぱちさせた。

「そのマント暑そう」

「相変わらずうるさい奴だ……」

立ち上がる。年季の入った分厚いマントが、その下の服と擦れて音を立てた。少女はかがんだまま男を見上げた。

「うぇあーゆーごーい？」

男は少女を無視してすたすたと歩き出した。

少女はしばらくその背中を見ていたが、やがて諦めたように穴の方に目をやった。相変わらず薄霞がかかって、それが渦を巻いているように見えた。

男と入れ違うようにして、前重ねの東方装束を着て槍を携えた黒髪の女がやって来た。女は怪訝な顔をして肩越しに男の方を見返った。

「また今日は一段と機嫌が悪そうじゃったのう」

「昔の人は言いました。女心と秋の空。男心は何だろう？」

「知るか。どうじゃ。なんぞ気配はあったか？」

少女が首を横に振ると犬耳が揺れた。女は嘆息した。

「やれやれ……嫌じゃな、こうやって気を張り続けにゃならんというのは」

「でもこの前の依頼よりはまし」

「まあの……ベルさんやアンジェは元気にやっとるかのう……」

女は槍の石突きを地面に突いて、杖のようにもたれかかった。

○

オルフェンから東の町ベナレスを経由して、公国東の関所であるヨベムを経てティルディスに入る。これが公国の東部交易ルートである。エルフ領とも接する北の関所へイリルと違って、冬でも雪に閉ざされる事がない為、一年を通して物流が盛んだ。交易のルートとしては帝都方面へ向かう南部交易ルートと並ぶ公国の大貿易路である。

物品の流通が盛んであるから、当然人の行き来も旺盛だ。整備された広い街道には幾台もの乗合馬車が行き来し、行商人たちも列をなすようにして西へ東へと行ったり来たりする。

この街はティルディスとエストガル公国を隔てるように南北に走る山脈の間にあり、かつての戦争の際には重要な拠点として堅牢な砦が築かれた。現在は関所として使われている建物の分厚い石造りの壁がそれを覗わせる。

関所周辺には人が寄り集まり、自然と町を形成するようになった。関所の両側で旅籠屋が鎬《しのぎ》を削り、旅の道具を扱う店も多い。たむろする冒険者の姿も散見された。

国境という微妙な立地である為に軍組織もかなりのものを備え、交易の重要地点という事で経済的にも恵まれている。その為、一応はエストガル公国の支配下にこそあるが、ここでは領主が大きな力を持ち、町の大きさも相まって、さながら独立した都市国家の様相を呈している。これが国境をまたぐ関所の町ヨベムである。

アンジェリンがベルグリフの袖を引っ張った。

「お父さん、あれ。すごいおっきな馬……」

柵の傍に馬が何頭も並んでつながれている。どの馬も大きく、体躯がしっかりとしている。蹄もきちんと手入れされて、大きな椀を逆さにしたようだ。むろんひび割れなどまったくない。そこに分厚くぎらぎらした蹄鉄が打たれ、馬の姿を一層分厚く見せていた。

ベルグリフは感心したように顎鬚を撫でた。値千金の馬ばかりだ。鋤《すき》を引かせても素晴らしく働くだろう。

「流石はティルディス馬だな……もしかしたら、あれを借りて乗って行く事になるかも知れないぞ？」

いたずら気なベルグリフの言葉に、アンジェリンは思わず体を強張らせた。乗馬は苦手なのである。ましてあんなに大きな馬の背中に乗るなど、考えるだけで身震いする。

そんなアンジェリンの様子を見て、ベルグリフはくつくつ笑った。そうしてアンジェリンの頭を

撫でた。

「冗談だよ。お父さんとアンジェだけならともかく、人数が多いからね」

乗るなら馬車だろう、という言葉にアンジェリンはホッと胸を撫で下ろした。が、ふと思い立ってベルグリフを見る。

「あの……もし二人だったら馬だった？」

「さて、どうかな」

ベルグリフはいたずら気に笑った。アンジェリンは頬を膨らました。

オルフェンで青髪の女商人と別れ、そこから東へと向かう乗合馬車でヨベムまでやって来た。そうして馬車を降りたベルグリフたち一行は、関所を通る手続きをする為に列に並んで待っている最中だった。

流石に人が多く行列が長い為、待ち時間も長い。全員で待っていても仕様がないと、カシムたちは父娘を残して市場に出て行った。何か食事を調達して来る算段らしい。

ここに来る間にも、様々な商品の並ぶ露店に目移りした。品数の多さではオルフェンの市場にも見劣りしない。

公国産の鉱石から打ち出された鉄製品は質が高く、交易の主力品である。他、麦や乾燥させた香草、羊毛や家畜などがオルフェンからは持ち込まれ、ティルディス方面からは絹や木綿などの糸や布、キータイ織りの着物や絨毯、香辛料、馬などが持ち込まれる。

ティルディスやキータイからやって来た商人たちは、その装束からして異国情緒が漂っており、何だか見ているだけでワクワクするようだった。

オルフェンでもそのような商人たちを見る事はあったから、今更という思いもないではない。しかし旅情をかき立てられるというか、自分がこれからその異文化の中に入って行くのだという思いが強く感ぜられて、そのせいで心が沸き立つのかも知れない。

国境をまたぐなどというのが初めてという事もあり、ベルグリフは年甲斐もなく高揚している自分に気付いて頭を掻いた。アンジェリンもそれは初めてのようで、父親が一緒なのも相まってとても嬉しそうだ。辺りを忙しく見回して、発見した事を一々ベルグリフに報告してはしゃいだ。

少し関所に近づいたと思った頃、カシムたちが戻って来た。

「やー、お待たせ。どこも賑わってて中々買えなくてさ」

「それに目移りしちゃって。どれもおいしそうなんだもんねー」

「ミリィが甘いものばっかり探すからだろ」

「いいじゃん、別に。疲れた時には甘いものがいいんだぞー」

「別にそこまで疲れてないんじゃねーか？」

「マリー、うるさいぞー」

ミリアムに小突かれたマルグリットはけらけら笑った。ベルグリフは頬を掻いた。

「マリー、本当に来るのかい？　今ならまだ戻れるぞ？」

「うるせーぞベル。こんな面白そうな旅におれを置いて行くなんて許さねえからな」

「やれやれ……」

グラハムに何と言おうかなと思いながら、ベルグリフは目の前ではしゃぐエルフの少女を見た。

オルフェンに着いた時、ベルグリフたちは当然ギルドや教会孤児院に顔を出して友人たちに挨拶した。ライオネル始めギルドの面々は喜び、アンジェリンたちがまだ戻って来ない事にやや落胆しつつも、ベルグリフたちの旅の安全を願った。

　そんな中、Ｄランクに昇格していたマルグリットは、自分も一緒に行くと言い張ってついて来た。元々外の世界に憧れてエルフ領を飛び出した少女だ、遠い南の地へ向かうなどというと居ても立ってもいられなかったに違いない。

　始めは難色を示したベルグリフだったが、結局止めきれずに同行を許した。高々四十数年の年の功では、若者の情熱を押し止《とど》めるなど無理な相談である。

　丸い薄焼きのパンに、香辛料の効いた肉と野菜を挟んだものを食べ、瓶入りの葡萄酒を飲んだ。ミリアムの買って来た甘い菓子は、乳脂で揚げた一口大の小麦の生地に、香辛料と一緒に煮詰めてとろみのついた乳を絡めたものだった。油と甘みが強く、ベルグリフなどは一口だけで止めてしまったが、女の子たちはうまそうに食べている。それを眺めながらベルグリフは胸を撫でて顔をしかめた。

「結構きつい味だな……胸が焼けそうだ」

「へへ、でも慣れとかないと大変だよベル。ここらはともかく、南部方面に下るとこんな味付けが多いからね」

　なるほど、これは南部の味付けかとベルグリフは思った。

　こういう異文化の味わいというものは旅の醍醐味かも知れないが、旅慣れない自分などは少しひるむ部分があるな、と頭を掻く。しかしそんな泣き言を言っても始まらない。

　葡萄酒を飲んで、満ちた腹を撫でながら周囲を見回す。

公国人らしい顔立ちの者もよく見るが、彫りの浅い東部系の顔立ちの者も多い。彼らは装束もまた独特のものがあり、思わず好奇の視線を向けて睨み返される事も幾度かあった。前のオルフェンの魔王騒動の時はこの関所周辺が物々しく、オルフェンの軍もこちらに兵力を割いていたそうだ。

ティルディスは単一民族の国ではなく、多くの民族がひしめき合う多民族国家である。正確には、彼らは国家としてのまとまりというものが殆どなく、各民族、部族の代表が評議会という形でそれぞれの意見を言い合う場こそあるが、ティルディス全土を治める王というものは存在しておらず、今でも各民族、部族に王がおり、さらには民族内での有力豪族も各自に力を持ち、小競り合いが度々行われている。それゆえにティルディスは連邦と称されていた。

前はその部族の一つが関所方面に騎馬隊を展開させ、すわ一触即発かという緊張感を漂わせた。現在はもうその緊張はないようだ。

そんな人種様々なティルディスであるが、その民の多くは遊牧民であり、山羊、羊の群れを連れて広大な平原を流離《さすら》い続けている。馬の扱いにかけては目を見張るものがあり、どの部族にも音に聞こえた戦士がいるという。過去に何度かあったローデシアとティルディスの戦いの時は、ティルディスの騎馬隊にローデシア軍は散々に苦しめられたそうである。

勇壮なティルディス馬を見ているとそれも納得できるな、とベルグリフが頷いていると列が動いて、また少し関所に近づいた。

マルグリットがベルグリフの背中の大剣をつつく。

「しっかし、大叔父上がこいつを預けるなんてなあ……」

「はは、俺も信じられないけどな……マリー、君はこれを扱えるかい？」

「無理。おれは細剣が得意だし、そもそもこいつとは仲が悪いし」

マルグリットはそう言ってこつんと剣を殴った。剣は黙っている。マルグリットはくすくす笑った。

「いつもは怒る癖に、気取りやがって」

「気取ってるよね？　おじいちゃんとかお父さんの前だと静かなの……」

「だろ？　いけ好かねえ剣だぜ、聖剣とか何とかいって調子乗りやがってよ」

マルグリットもアンジェリンもこの剣の声が聞こえるらしい。しかし自分は聞いた事がない。剣は感応こそするがいつも黙っている。どういう違いがあるんだろうな、とベルグリフは首を傾げたが、考えても分からないのでやめてしまった。

この後の事を考える。南に向かうといっても、ただ闇雲に南下すればいいというものではない。ティルディスの広大な草原にも人の行き来があり、道がある。道を外れれば迷うばかりだ。まして不慣れな土地であるから警戒を要する。

同じように列に並んでいた行商人らしい男と軽く話をして情報を得る。関所を通ったら、そのまま山脈に沿って南下する事ができるだろうかと尋ねると、行商人はとんでもないという顔をした。

「そいつァとても無理ですよ旦那。山脈沿いは賊も魔獣の類も多くて危険だし、道は整備されてないから大変です。そりゃ、道がない事はないですが、好き好んでそんな道を行くのは命知らずくらいのもんですよ。素直にカリファまで行って、そこで南に向かう隊商に合流するのが確実だと思いますがね」

カリファは東西の道と南北の道が交差する地点にある大都市である。交通と貿易の要所であり、そこを拠点に仕事をしている商人も多く、ティルディス領内では最大と言ってもいい規模を誇るそうだ。

やはり無難な道を選ぶのがいいか、とベルグリフは鬚を捻じった。

危険や命知らずという単語に反応して面白そうな顔をしている同道の冒険者たちの事を見ないようにしていると、アンジェリンが袖を引っ張った。

「……冒険しようよ、お父さん」

「いや、駄目だよ。わざわざ危ない道を行ったって仕方ないだろう」

「むう……」

「んー、今のメンツなら何の危険もないと思いますけどにゃー」

「冒険者に絶対はないよ、ミリィ」

「相変わらず君は頑固だなあ」

カシムがからから笑った。アネッサが肩をすくめる。

「まあ、今回はベルさんの旅に付き合わせてもらってるって事だし、ベルさんの方針に従うのが一番だろ」

「いい子ぶっちゃって……」

「んな！」

「冒険者が冒険しないでどうするんですか、ベルさーん」

ミリアムの言葉に、ベルグリフは困ったように頭を掻いた。

「そもそも俺は冒険者じゃないんだけどな……」

「……あれ？」

そうだっけ？　とベルグリフ以外の五人は顔を見合わせた。当然のように先導してもらい、当然のように肩を並べて戦っていたから、ベルグリフは冒険者に復帰したようなものだと思っていたらしい。だが、そもそもベルグリフは冒険者のプレートだって持っていない。身分上は単なる百姓でしかないのである。

カシムが笑いながらベルグリフの肩を叩いた。

「聖剣持って、Sランク冒険者と肩を並べる百姓ってなんだよー」

「そんな事俺だって知らないよ……」

ベルグリフは苦笑して、背中の大剣に手をやった。剣は黙っている。大きく、ずっしりとした質感があるのに、鞘の重みくらいしかないと思うくらい軽い。それでいて柄を握れば、振り回すのに過不足のない重さがあるのだから不思議だ。

マルグリットが不満そうに剣を睨んだ。

「こいつがあれば危険なんてないのによお……」

「……俺はまだこれをきちんと使いこなせるか分からないよ」

聖剣を借り受けると決まった日から出発までの間、グラハムと何度も鍛錬はしたけれど、大剣は使い慣れていない得物だ。軽々と振るう事はできても、長年の相棒のように自分の腕のように扱う事はまだできない。

「ふん、ベルの臆病モン！」とマルグリットが口を尖らした。

また列が少し動いて前へと進む。

アンジェリンが剣の上から背中に飛び付いた。慌てて手を回して支えてやる。

「……お父さんと冒険がしたいの！」

「お父さんにとってはこの旅が十分に冒険なんだがなあ……」

「ちーがうの！　一緒にダンジョンに潜ったり危ない所を切り抜けたりしたいの！」

「それはもうこの前トルネラでやったんじゃないか？」

「そういうのじゃなくて！　もっとこう……」

「……ベルさん、分かってて言ってません？」

呆れたようなアネッサの言葉に、ベルグリフは困ったように頭を掻いた。

確かに、アンジェリンの言う事も分からないではない。しかし、ずっと持ち続けていた筈の冒険者への憧憬は、自分でも驚くほどに薄れていた。今更冒険者に復帰したいとはまったく思わない。

では、どうして自分はトルネラに引っ込んでからも体や剣の腕を鍛え続けて来たのだろう。それは冒険者として大成したいと思ったからではない。才能を見せ続けるアンジェリンに触発されたのもあったが、昔の仲間に張り合おうという気持ちも大きかった。自分も、まだどこかで彼らと肩を並べたいと思っている節があったのだろう。

だが、今となってはこうやってカシムと再会したし、これからパーシヴァルに会おうとしている。それは自分が冒険者であるとかどうとか、そんな事とは何の関係もない。何となく、自分は彼らと同じ所に立てているらしいという事を感じてしまって、冒険者であるという事にあまりこだわらなくなってしまったようだ。自分が心の奥底で求めていたのは、冒険者としての強さというよりは、仲間たちとのつながりだったのだと思う。

「……ちょっとずるいかな」

呟いた。

そうやって、責任のある立場から自分を遠ざけようとしてはいまいか。娘に冒険者のありようを説いておきながら、自分がこれでは示しが付かないか、という思いもあって、ベルグリフは視線を泳がした。どの面下げて娘に説教できたものか。

背中に張り付いたアンジェリンがベルグリフの髪の毛をくしゃくしゃと揉んだ。

「ずるいぞお父さん！」

「う」

別に心を読まれたわけではないが、思わずドキリとした。アンジェリンは頬を膨らましてベルグリフの耳たぶを引っ張った。

「お父さんがパーシーさんに会うための旅だって分かってるけど……せっかく一緒にいるんだから、わたしだってお父さんと冒険したいもん！」

「……なあ、アンジェ。別に冒険する事だけが旅の楽しみじゃないだろう？　知らない土地を見て、知らない人と話をして、それで十分楽しいじゃないか。山脈沿いに南下すればスリルはあるかも知れないけど、カリファに行く機会を失うかも知れないよ？」

「……うー」

アンジェリンは不満げにベルグリフの背中に顔をうずめた。アネッサとミリアムが諦めたように顔を見合わせて嘆息する。マルグリットも拗ねたように黙っていた。だが、カシムだけは意味ありげに笑いながら顎鬚を撫でた。

「でもベル、ホントにいいのかい？」

「あのな、カシム。俺は別に冒険がしたいわけじゃ」

「そうじゃなくてさ。オイラたち、確かにパーシーに会いに行くけど、そこは『大地のヘソ』だよ？　高位ランク魔獣の巣窟さ。危険もなしに安穏と旅して行って、勘が戻るかい？　それにその剣、使い慣れてないなら、何度か実戦しといた方がいいんじゃないの？」

「む……」

カシムはくつくつと笑って帽子をかぶり直した。

「それに、グラハムじーちゃんからの頼まれ事もあるじゃない。戦わずに済ますのは無理だと思うけどな」

「……そうだな」

グラハムから頼まれた素材を手に入れるためには、高位ランクの魔獣との戦いは避けられない。そこに至るまでに、戦いを避けて行くのはリスクを減らすかも知れないが、実地での勘を取り戻すという意味では、あまりのんびりし過ぎるのも却って不安である。

カシムは頭の後ろで手を組んでにやにや笑った。

「ま、別にオイラたちが戦うのを後ろで見ててくれてもいいけどね。君の得意なのはそういう事だし、でも最低限自分の身は自分で守ってくれないと……」

「分かった分かった、俺が悪かったからそういじめないでくれ」

ベルグリフが降参したように言うと、アンジェリンが嬉しそうに背中から飛び降りた。前に回ってベルグリフの顔を覗き込む。

「それじゃあ!?」

「山脈沿いの道も視野に入れよう。ただし、闇雲に行けばいいものじゃない。危険に飛び込むといっても死にに行くわけじゃないんだ。可能な限り安全に済むように考える。それが条件だよ」

「分かった！　えへへ……やったぞ！　お父さんと冒険だ！」

アンジェリンは軽くステップを踏むようにしてアネッサとミリアム、マルグリットの肩を叩いた。

三人も嬉しそうにくすくす笑っている。

「ふふ、カシムさんは流石ですにゃー」

「ベルさんでもやり込められちゃう事あるんですね」

「俺はそんなに大したものじゃないってば……」

マルグリットがベルグリフを小突いた。

「剣の練習に丁度いいじゃねーか！　観念しろ！」

「……参ったな」

ベルグリフは半ば諦めた表情で笑った。

また行列が少し動く。関所の門まであと少しだ。

八十五　部屋の戸を押し開けると、後ろから

部屋の戸を押し開けると、後ろから吹いて来た夏風が追い越すようにして中に吹き込んだ。午後の傾きかけた陽射しが開け放たれた窓から差し込んで、床から舞い上がる埃が見えた。

壁際のベッドに横になって、しかし上体だけ起こしてぼんやりしていたらしい枯草色の髪の少年が、おやという顔をして見た。

「よう」

「どうだい、具合は」

「悪かねえけど――げーっほげっほ！」

少年は背中を丸めて盛大に咳をした。そうして胸を押さえて苦々し気に眉をひそめる。

「つきしょー……喉だけ治らねえ……」

「まともに吸い込むからだよ……」

赤髪の少年は半ば呆れた表情で、持って来た籠から林檎を出して慣れた手つきで皮を剝き始めた。

先日のダンジョン探索で、枯草色の髪の少年は罠を踏んで毒の煙をまともに吸い込んでしまった。幸い命に別状はなかったのだが、数日寝込む羽目になり、その間は他の三人だけで、あるいはそれぞれ別に細々と小さな依頼を片付けていた。

今日は赤髪の少年は一人で薬草採りの依頼に出かけて帰って来たところだ。

切り分けられた林檎をかじりながら、枯草色の髪の少年はぶつぶつ呟いた。

「くっそ、こんなとこで立ち止まってる場合じゃねえのに……」

「焦ったって仕様がないだろ。命があっただけ儲けものだよ」

「そりゃそうだけどさ……今日も午前は薬草採りかよ？」

「まあね」

「他の二人は？」

「さあ？　二人して何か買いに行く用事があるとかで今日は別行動」

赤髪の少年は涼しい顔をして林檎をかじった。枯草色の髪の少年はムスッとした顔で寝床の脇の壁にもたれた。

「……悪いな。明日っからは何とか──ごっほごほっ！」

「無茶するなってば……ちゃんと治ってからじゃないと前を任せるのも不安だよ」

「治りゃいいけどよー……なーんか慢性化しそうなんだよな……」

その時部屋の戸が開いてエルフの少女と茶髪の少年が入って来た。

「やあやあ、具合はどうだい？」

「おー。悪かねえよ。ただ咳が……」

「やっぱりね。あの煙、オイラたちの目とか喉にもちくちくしたもんね。思いっきり吸い込んじゃやられるに決まってるねえ」

茶髪の少年がからから笑った。

「うるせーよ。お前ら、今日は何してたんだよ」

「あなたの為に色々探して来たのだよ」

エルフの少女はそう言いながら鞄の中身をテーブルの上に並べて行く。何種類もの香草や木の実、それにエーテルオイルの瓶がある。茶髪の少年がにやにやしながら言った。

「あちこち歩き回ってやっと揃えたんだよ。感謝してよね」

茶髪の少年とエルフの少女は香草や木の実を細かく刻んで大きめの容器に入れ、そこにエーテルオイルを注いだ。赤髪の少年が面白そうな顔をしてそれを眺めた。

「どうするんだい？」

「こうするのです。はい、顔近づけて吸い込んで」

エルフの少女が器を持ってベッドの方に差し出した。枯草色の髪の少年は怪訝な顔をしながらも容器の上に顔を近づけて息を吸った。

「……スーってするな」

「でしょ？　喉のイガイガが少し治まったんじゃない？」

「確かに。あ、もしかしてこれで治るのか？」

「いやー、どうかな。一時的な対症療法にしかならないかも。喉そのものが荒れちゃってるっぽいし」

「マジかよ……」

枯草色の髪の少年はがっかりしたように肩を落とした。茶髪の少年とエルフの少女は顔を見合わせる。

「まあまあ。吸い込んでしばらくは治まるし、持ち歩けば……」

「液体を持ち歩くのかよ。ただでさえ薬の類が増えてんのに、咄嗟に見分けが付くか？」

「むー」

赤髪の少年はしばらく考えるように腕を組んでいたが、やがて口を開いた。

「それ、要するにエーテルオイルで成分を抽出してるって事かな？」

「うん、そうだよ。だから抽出できてれば香草とかは取り出して大丈夫」

「エーテルオイルは確か……凝固剤があったよね？　あれで固めて持ち歩けばどうかな？　匂い袋みたいに首から下げて持ち歩けば、他のものと混ざったりしないだろうし」

茶髪の少年が手を打った。

「それだ！　いい考え！　どう？　できるよね？」

エルフの少女は頷いた。

「そうだね……凝固剤の量を調節すれば気化させるのもできるかな。やー、あなたは良い所に気が付くねー」

「いや、まあ……」

赤髪の少年は頭を掻いた。枯草色の髪の少年は林檎をかじった。

「それがあれば明日から行けるんだな？　よっしゃ！　遅れた分取り戻すぜ！」

「張り切るのはいいけど、また突っ走らないでくれよ？」

「別の薬が必要になったら面倒だもんね、へっへっへ」

「わ、分かってらあ！」

枯草色の髪の少年は口をもぐもぐさせてそっぽを向いた。エルフの少女がくすくす笑っている。

〇

関所の石壁をひとつ隔てただけで、もう異国に来たような気分だった。

実際、関所の向こうとこちらでは国が違うのだ。町の様相はそれほど変わらないにしても、行き交う人々はティルディス系の顔立ちが多いように思えたし、より強く香辛料の匂いがするような気がした。街並みは同じでも、建物の意匠などは帝国式のものとはまた違うように見える。

それが気のせいだとしても、それで心が沸き立ってそわそわするのはどうしようもない。

アンジェリンはあちこちを見回しながら深呼吸した。

「なんか……空気が違う気がする」

「いやいや、関所を出ただけだぞ？　そんなに変わらないって」

「……ホントにそう思うの、アーネ？」

「ん、む……むー……」

アネッサの方も何となく外国に来たという気持ちがあるらしい、口ごもって腕を組んだ。ミリアムも楽し気な様子だし、マルグリットにいたっては全身から喜びを発散させている。

いずれにせよ、浮ついてばかりいても仕方がない。こんな事ではお父さんに呆れられるぞ、とアンジェリンはむんと胸を張った。

しかしそれでベルグリフの方を見ると、彼も見た感じは落ち着いているが、どことなくじれったい様子でしきりに視線を泳がしている。本当に泰然としているのはカシムくらいだ。

なんだ、お父さんも一緒なんだ、とアンジェリンは嬉しくなり、ベルグリフの腕に抱き付いた。

「どうするの？　隊商探す？」

「そうだな……ギルドを通した方が話が早いかな？」

「だね。いっそ護衛依頼でも受けた方が金も入るし一石二鳥かも」

カシムはそう言って笑った。

確かに、自分にカシムとSランク冒険者が二人もいるのだ。加えてアネッサとミリアムはAAA、マルグリットはランクこそ低いが高位ランク相当の実力者だし、ベルグリフは言うまでもない。この陣容なら誰だって金を出して雇いたがるだろう。

アンジェリンはにんまり笑って抱き付く腕に力を込めた。

「じゃあギルドに行ってみよう、お父さん」

「ああ。しかし不慣れな町だからな、迷わないようにしないと……」

ベルグリフは目を細めて辺りを見回し、案内板を見つけてゆるゆると歩き出した。

荷馬車が行き交う為か通りは広く、その両側に大小の店が並んで活気に溢れている。関所を出て早速商売を始めているらしい行商人たちの姿も見受けられた。

土埃の舞う大通りを下って、横丁に入った所にギルドがあった。

石と木でできた二階建ての大きな建物で、ひっきりなしに人が出入りしている。混んでいるから中にいられないのか、冒険者らしい風体の数人連れが点々と建物の周囲にたむろしていた。

中はたいへんざわざわしている。オルフェンのギルドに勝るとも劣らない賑わいだ。それでも、どことなくティルディス風の恰好の者が多いような気がする。あるいは外国に来ているという思いがそんな姿ばかり目に留めさせるのかも知れないが。

ベルグリフが顎鬚を撫でた。

「さて、どうしようかな……ひとまず受付に行って話をするのがいいだろうが……」

「アンジェとカシムさんが行くのが話が早いと思いますけど」

アネッサが言った。ベルグリフが頷く。

「そうだな。Sランク冒険者なら話が通りやすいかも知れない。二人とも、頼めるかい？」

「ん！　任せて！」

ベルグリフに頼られるのは嬉しい。アンジェリンはにまにま笑いながらカシムを引っ張って受付に向かった。カシムは面白そうな顔をしている。

一応オルフェンと同じく高位ランク冒険者専用の受付があるらしい。そちらは手前の受付に比べて空いていた。小さなギルドならば下位も高位も一緒くたに受け付けるが、冒険者の数が増えるとランクによって受付を変える場所は多い。ヨベムくらい大きな町ならば当然だろう。

ほどなくしてカウンターの前に着く。受付嬢が微笑んだ。

「こんにちは、本日はどういったご用件で？」

「山脈沿いに南下する人を探してるの……」

アンジェリンはそう言って金のプレートをカウンターに出した。受付嬢が目をしばたたかせる。

「わあ、Sランク……護衛の依頼という事でよろしいですか？」

「そうそう。オイラたちも旅のついでだから、依頼料は安くていいよ」

カシムの出した二枚目のプレートに、受付嬢は口をぱくぱくさせた。

「Sランク冒険者が二人……わ、分かりました。探してみますので、こちらに記入をお願いします」

受付嬢の出した羊皮紙に諸々を記入する。それを見て受付嬢はまた驚いた。

「アンジェリンって……エストガル大公閣下から勲章をもらった〝黒髪の戦乙女〟の？」

「まあ、うん」

こんな所まで名前が知れているのか、とアンジェリンは頭を掻いた。受付嬢は羊皮紙とアンジェリンとを交互に見ながら興奮したように頬を染めた。

「ひええ、魔王殺しの勇者さまじゃないですか！　どうしよ、見つかるかな……」

あまりに高ランクの冒険者が格安で依頼を受けるとなると競争率が凄いのである。そうなると、ギルドの方で上手く調節して混乱を起こさないようにしなくてはならない。場合によってはギルド側から依頼者に直接話を持ちかける場合もある。いずれにせよ、冒険者側に配慮した依頼の形を取ろうとするのが常である。

もちろん、こういった事は高位ランク冒険者の特権だ。下位ランクの冒険者では依頼を選り好みなどできないし、実入りの良い仕事は競争率が高い。実力者だからこそ、ギルド側に仕事を作ってもらう事もできるのである。

受付嬢は眉間に皺を寄せながら、紐綴じのファイルをめくった。

「ええと、ヨベムにはいつまでご滞在ですか？」

「特に決めてない。南下する人が見つかれば、その人と一緒に行くつもりでいるの……ティルディスは不慣れな土地だから」

「なるほど……それじゃあ往復ではなく……うーん……山脈沿いに……しかも片道」

「焦ってないからさ、じっくり探してよ。明日また来るって事でいい？」

「え、あ、はい！　ありがとうございます、助かります」

受付嬢は安心したようにはにかんだ。カシムはプレートをしまって山高帽子をかぶり直す。

「よっしゃ、戻ろうぜアンジェ。せっかくヨベムに来たんだし、今日くらいのんびりぶらついても罰は当たらんでしょ」

「そうだね……」

アンジェリンは頷いた。まだ日は高いし、宿を決めたら異国の町を散策するのも楽しそうだ。あまり荷物になるものは買えないけれど、買い食いくらいはいいだろう。

カシムと並んでロビーに戻ると、なんだか騒がしかった。

人の間を縫って覗き込むと、暴れるマルグリットを、ベルグリフが背後から羽交い絞めにして必死に押さえている。足元には冒険者装束の男たちが幾人も転がって呻いていた。

「オラァ！　次はどいつだ！　甘く見やがって！」

「マリー、いい加減にしろ！　暴れるな！」

「うるせーッ！　放せベル！　エルフだからって舐めんじゃねーぞ！」

激高して手足をばたつかせていたマルグリットだったが、不意にそれが縛られたように動かなくなった。

「な、なんだ？」

マルグリットは困惑した様子で身じろぎする。

「なーにやってんのさ、このじゃじゃ馬は」

カシムが呆れた様子で言った。どうやら魔法を使ってマルグリットを動けなくしたらしい。ベルグリフは息をついてマルグリットを床に転がした。マルグリットは「カシム、覚えてやがれ！」と喚いている。アンジェリンは眉をひそめながら近づいた。

「何があったの？」

後ろで黙って見ていたアネッサが言った。

「売られた喧嘩を買ったんだよ」

「そうそう。別に珍しい事じゃないよー」

ミリアムがくすくす笑った。

エルフの端整な容姿は目を引く。最初はナンパ目的でマルグリットに声をかけて来た男たちが、相手にされないとみるや悪態をついて笑いものにしたらしい。それに激怒したマルグリットが瞬く間に男たちを叩きのめしてしまったそうだ。

アネッサもミリアムも駆け出しの頃に経験している事だから、マルグリットの気持ちは十分に分かっている。だから二人は黙って見ているだけだったが、ベルグリフは必死になって止めた。だから彼だけがくたびれた様子で嘆息した。

「怒るなとは言わないが、もう少し穏便に……」

「うるせえぞベル！　冒険者は舐められたら終わりだろうが！」

動けない分、マルグリットは余計に喚き立てた。転がっている男たちを、仲間らしい連中が慌てた様子で連れて行った。周囲の人々が面白そうな顔をして眺めている。

カシムが屈みこんで、マルグリットの頭をぺしっとはたいた。

「血気盛んなのはいいけどさ、依頼が見つかるまでヨベムにいるってのに何してくれちゃってんの。折角のんびりできると思ったのに悪目立ちしやがって。あんまし調子に乗るとグラハムじーちゃんに言いつけるよ？」

「なあッ!?　それは反則だろぉ！」

マルグリットは芋虫のように身じろぎした。アンジェリンはくすくす笑う。

「元気でよろしい……宿屋、探そっか？」

「やれやれ……依頼は見つからなかったのかい？」

「そりゃ、Sランク二人が格安で護衛ってんじゃ、募集かけたら大混乱だよ。明日また来る事にした」

笑うカシムを見て、ベルグリフは肩をすくめた。

「考えてみればそうか……分かった。少し買いたいものもあるし、ひとまず宿を探そうか」

○

一同は連れ立ってギルドを出、通りに沿って歩いた。

人通りは多く、宿は沢山ある。だから却ってどうしようかと思う。いくつかの宿を覗いて尋ねてみたけれど、満室であった。

ギルドから離れた所でようやく解放されたマルグリットは、少し痺れるらしい手首や足首を回しながらぶつぶつ呟いた。

「ったく……あんな連中、一人残らずボコボコにしてやりゃいいのによ」

「時と場所を弁えろって言ってんの。ギルドで騒ぎ起こしちゃ心証悪いでしょうが、やるなら路地裏にでも引き込んでやりなよ」

「いやいやカシム、そういう問題じゃないよ……」

ベルグリフは困ったように肩を落とした。アンジェリンたちは笑っている。

冒険者は荒事と隣り合わせに生きているから、喧嘩っ早いのが多いのは仕方がないけれど、行く先行く先でトラブルが起こってはたまったものではない。

自分もかつては冒険者だったからそういう気持ちが分からないではないが、生来の穏やかな性格と長い農村暮らしが、彼の中から過度の闘争心を奪っているのは確かなようだ。自分より実力のある連中のストッパーにならねばならないというのは、中々大変である。

周囲を見回して、手ごろな宿を探してみるが、通り沿いの大きな宿は人が沢山居て、とても部屋が空いているようには見えない。時季が良いから交易も盛んなのだろう。荷物を担ぎ直すと、ぶら下げた小さな鍋が触れ合ってからから音を立てた。

アネッサがふうと息をついた。

「あんまりギルドから遠いと便が悪いけど……近い場所はやっぱり埋まってますね」

「そうだな……通りの裏に入ればありそうなものだが、不慣れな土地だと迷いそうだからなあ……」

大きな町ともなれば貧乏人も寄り集まって来る。オルフェンと同じように、明るい表通りと違って、スラムのような場所も形成されている。裏通りはガラの悪い連中も多そうだ。好奇と、隙あらばうまい話にありつこうという視線がひっきりなしに感ぜられる。

マルグリットのエルフの容姿は人目を引くし、荷物の多さや浮ついた雰囲気は傍目から見ても余所者だと分かるだろう。余所者は絡むにも絡みやすい。縄張りの中では誰でも気が大きくなるものだ。しかし身の危険を感じるわけではない。むしろ絡んで来た方の身が心配である。

道端に寄って荷物を下ろして肩を回した。小気味のいい音を立てて体がほぐれる。

「どうしたもんかな」

「ギルドで紹介してもらえばよかったかな……？」

「うーむ、戻ってみるか」

「オイラがちょっと行って来るよ。この辺で待ってな」

おやと思う間もなくカシムはふらりと人ごみに消えた。

「……まあ、一番旅慣れてるのはあいつだし、任せておこうか」

ベルグリフは腰を下ろして息をついた。自分がくたびれているのを察して気を利かしてくれたのだろうかと頭を掻く。買い物をしたいと思っているが、どうにも注意が散漫になっていけない。

目の前を大勢の人が行き交って行く。

荷車を引く商人や、武装した冒険者の一団、日雇い労働者らしい人々、ストリートチルドレンらしい身なりの汚い子供や、野菜を売りに来ているらしい農民の姿もある。これだけの人々が、それぞれに生きて死んで行くのが何だか不思議な気がした。

「お父さん、疲れてる？」

隣に座ったアンジェリンが心配そうに顔を覗き込む。ベルグリフは微笑んだ。

「慣れてないからね。まったく、この歳になって異国にまで足を延ばすとは思わなかったよ」

そう言って鞄から水筒を出して笑った。

百姓としての日々の仕事で体力はあるとはいえ、旅の疲労は畑仕事の疲労とは質が違う。今までの乗合馬車、それから町ごとに宿のある旅ですらこれだ。もしも折よく山脈沿いの道が見つかったとして、そうなれば野宿もあり得る。余計に疲れるだろう事は明白だ。

泣き言を言うわけではないが、気合だけで何とかなるほど若くもない。ベルグリフは何とも言えない気分で水筒の水を含んだ。

アンジェリンが少し不満そうに服の袖を引っ張った。

「弱気な事言わないで、お父さん……」

「そうだぞベル。今からそんな有様じゃ、先が思いやられるじゃねーか」

反対側からマルグリットが肩を小突く。ベルグリフは困ったように笑った。

「ごめんごめん……でも皆みたいに若くないんだから、少し手加減してくれよ」

「カシムさんは何ともないのに……」

「あいつは旅慣れしてるからね。お父さんは長い事土地に根を張る生活をしてたから……」

「でもベルさん、この前の時だってわたしたちに劣らないくらいしっかりダンジョン探索できてましたよー？　ねえ、アーネ？」

「そうだな。でも、考えてみればベルさん、現役時代は二年そこそこって言ってましたよね？　それほど経験ってできてないのかなって思うんですけど、それであれだけ度胸というか場慣れといううか……そういうのが身に付いてるんですね」

「まあ、そうだなあ……」

ベルグリフは腕を組んだ。

現役時代の事を思い出す。パーシヴァルやカシム、サティたちとパーティを組んでからの事が思い出としては大きいけれど、彼らと一緒になる前にも色々な事があった。大きな転機をもたらした出来事もある。

「……実は本当に駆け出しの頃に、ダンジョンで死にかけた事があってね」

「わたしも知らない事？」

アンジェリンが目を丸くしてベルグリフの腕を抱く。

「うーん、断片的には話してるよ。ほら、お父さんが一人でダンジョンに取り残された話」

「ああ！　でも、切れ切れ？」

「うん、全体を筋立てて話した事はないかもな……」

「聞きたい！」

「おれも！」

マルグリットも目を輝かせてベルグリフの肩を摑んだ。まあ時間つぶしにいいか、と思って頭の中で話を整理しているとカシムが戻って来た。

「や」

「なんだ、早かったな。宿は紹介してもらえたかい？」

「まあね。はじめっからこうしときゃよかった、ってくらいすんなり見つかったよ。これ紹介状」

カシムは手に持った紙をひらひらと振った。多分、Sランク冒険者だから便宜を図ってもらえたんだろうな、とベルグリフは苦笑した。何となく、彼らが一緒では自分までが凄い人物になったように錯覚してしまう。

ベルグリフは立ち上がって荷物を担ぎ直した。

「ひとまず宿屋に行ってみようか。話は夜にでもゆっくりしてあげるよ」

「うん！」

アンジェリンたちもわくわくした様子で立ち上がった。

自分にとってはそれほど楽しい思い出ではない。トルネラから出たばかりで、まだ右も左も分からなかった若造が、どうしようもなく冒険者というものの現実を突きつけられ、厳しさを嫌というほど思い知らされた出来事だ。

しかし、あれがあるからこそ今の自分がいるようにも思う。

カシムに先導され、一行は往来を歩いて行った。

歩きながら昔の事に思いをはせる。そうなると、心の奥底にいた若い冒険者の自分が起き上がって来て、ふと、今この瞬間も冒険者であるように思われるのだった。

八十六　自分の呼吸の音が嫌に大きく

自分の呼吸の音が嫌に大きく聞こえた。

赤髪の少年は葉の茂った木を背に様子を窺いながら、額から伝う汗をもどかしげに拭った。

嫌に生ぬるい風が吹いている。心臓が早鐘のように打っている。ぱちん、と小枝が折れるような音がする度、少年は息を呑んで腰の剣に手をやった。

この向こうに何かがいる。さっきから、ピリピリと肌を刺すような魔力を感じる。

口の中に唾が溜まる。飲み下す音さえも相手に聞かれはしないかと不安になる。

やがて気配が薄まった。肌を刺す魔力が遠ざかって行く。

少年は少し体の力を抜き、しかし緊張感を保ったままゆっくりと後ずさった。枯れ枝を踏まないようにすり足で、音を立てないように。

やや離れた所まで行き、少年はようやく息をつく。胸につかえていた不快な緊張感も吐き出されるようだった。少しずつ心臓の音の感覚が長くなり、ほんの少し気分が楽になる。

「……どうしたもんかな」

何度も精神力の限界を感じた。しかし、こんな所で諦めるわけにはいかない。

もう都合五日は経っただろうか。陽の動きこそあるようだが、あまりに緊張感を保ち過ぎている為か、時間の感覚すら希薄になって来るようだ。

それでも腹は減る。少年は鞄から炒り豆を出して何粒か口に入れ、時間をかけて噛み砕いた。それから干し肉をひとかけら、これもゆっくりと咀嚼する。塩をひとつまみ舐め、水筒の水を口に含み、口内をすすぐようにしてゆっくりと飲み下す。

水筒を振る。昨日見つけた湧水で中を満たした筈なのに、もう半分もない。しかし飲まなければ死ぬ。止むを得ない。

火を通したものが食いたい、と思った。だが慌てて頭を振って考えを吹き飛ばす。そんな事を考えると腹が鳴る。

Eランクのダンジョンの筈だった。しかし、内部に転移の罠があったのだ。

ダンジョンは魔力が溜まる事によって、地形や空間に歪みが生じて構築される。外から見れば大きくないように見えても、町一つくらいの大きさを持つ事だって珍しくない。内部で空間が歪んでいるからだ。

ダンジョン内部では常識は通用しない。魔力次第では何が起こるか分からないのだ。下位ランクのダンジョンは魔力が薄い分それほどではないが、魔力の濃い高位ランクダンジョンともなれば、魔獣のランクが上がるのはもちろん、内部の入り組み具合、罠の悪質さなども段違いだ。そして、下位ランクのダンジョンであろうとも、ふとした魔力の流れの変化でイレギュラーが起こる。赤髪の少年のかかった罠も、そういった類のものだった。

徘徊している魔獣からして、どうやら最低でもAランクはあるダンジョンに飛ばされたらしい。Eランク、それも駆け出しもいいところの少年では、気を抜けば即座に死が訪れる難易度だ。

一人でダンジョン探索に来たわけではなかった。五人パーティだった。だが駆け出しの若い冒険者にありがちな、勢い任せで思慮に欠けた連中ばかりであった。そのせいか少年の慎重さは仲間内では理解されず、押しに弱い性格も相まって、既にパーティ内で貧乏くじを引かされる立場にあった。

「……過ぎた事を言っても仕方がないとはいえ」

行き止まりの先に宝箱が置いてあったのだ。ダンジョン内には時折そういった不自然なものがある。人間の欲望に魔力が反応して物質化させているのだと言う者もあるし、その中で力尽きた過去の冒険者の持ち物が、魔力によって元のあるべき形へと戻ったのだと言う者もある。しかし真実は未だ分かっていない。

パーティメンバーたちがその箱を嬉々として開けるやそこいらに魔法陣が広がり、気が付くと転移していた。洞窟系のダンジョンにいた筈なのに、周囲が緑に覆われていたから、別の場所に来たのはすぐ分かった。別々の場所に飛ばされたらしく、仲間の姿はない。

不自然だから気を付けろと言ったのに、と少年は再び怒りが沸き上がって来るのを感じた。しかしここで冷静さを欠いては危ない。

死ぬぞ、と無理矢理自分に言い聞かせ、頬を両手で叩いて大きく息を吐く。

ともかくダンジョンを出る事が最優先だ。しかし急ぎ過ぎて高位ランクの魔獣に遭遇したり、却って迷って水や食料が尽きたりする方が危険だ。

皮肉にも荷物持ちを押し付けられていたのが幸いして、今まで食料に難儀はしなかった。しかし、もうそれも先が見え始めている。あまり長い探索の予定ではなかったから当然だ。空腹を抑える程度に、となるべく食べ延ばしていたが、そろそろ限界である。森だから食材の採取も可能といえば可能だが、あまりそれに期待し過ぎるのもまずい。ジリ貧状態は精神的に来る。

荷物のある自分でこれでは他の連中はもう、と少年は嘆息した。まして勢いで突っ走る連中だ、格上の魔獣にも挑みかかるか、恐怖で動けなくなるかのどちらかだろう。あまり好ましい相手ではなかったが、それでも多少なりとも付き合いのあった者たちが死ぬというのは良い気持ちはしない。

赤髪の少年は荷物を背負い直し、ゆっくりとした足取りで歩き始めた。

森には慣れていた。故郷の村は森が近く、あまり深い所までは行かないとはいえ、薬草の類や茸を採取したり、時には狩りをしたりする事もあった。身の隠し方や、歩く時の注意点なども頭に入っている。

少年は持ち前の用心深さで魔獣との遭遇を避け、安全を重視して進んだ。

地面を見て足跡を探り、木の幹の傷などにも注意を払った。あまりに新しい足跡や傷のある方角は避け、場合によっては大きく迂回した。

途中途中で木に登って向かう方角を調整した。確かに進んではいるのだが、空間の歪みのせいか、確認する度に目的の平原は場所を変えていた。

キッ、キッ、と何かの鳴き声がした。

少年は体を硬直させて剣の柄に手をやる。

ばさばさと音をさせて近い所から飛び立って遠ざかって行った。鳥だろうか。

次第に辺りが暮れかけて薄暗くなって来る。

少年はこれ以上進む事を諦め、手ごろな木を見つけるとよじ登った。方角を確認する以外に、夜は木の上で眠る事にしていた。これだけでかなりの数の魔獣を避ける事ができる。

木の上で炒り豆と干し肉を食い、水を飲む。水筒はもう一口分の水しか残っていない。どこかで補給できればいいが、と少年は眉をひそめた。いざとなればミズの木の枝でもしゃぶって渇きを誤魔化すしかない。

やがてすっかり日が落ち、森の中を重苦しい漆黒の闇が覆い尽くした。

空には星も月もなく、時折燐光のような不可思議な光が蛍のように明滅するばかりである。おちこちで魔獣か野獣か、正体の分からない生き物の鳴き声がする。

少年は、時折顔の傍で音を立てる羽虫を追い払いながらも、うつらうつらと舟を漕いだ。

警戒心が解けるわけではないが、それでも疲労から来る脱力感で眠気はやって来る。そうなると、周囲の闇すら温かに自分を包み込んでくれるような気がするから不思議だ。

眠気と覚醒の狭間の薄ぼんやりとした意識の中で、何かかさかさという音を聞いた気がした。

突如として体を押して来るような不気味な気配に、うとうとしかけていた少年は総毛立って跳ね起きた。

それはまったく運が良かったと言っていい。何かべとべとしたものがさっきまで少年のいた所に張り付いた。

眠気が一気に吹き飛び、少年は腰の剣に手をやる。赤く光る八つの目が、ぎょろぎょろと動きながら少年を見ていた。

◯

一息入れるように、ベルグリフはお茶のコップを口に運んだ。興奮した様子で頬を朱に染めたアンジェリンが身を乗り出す。

「それでそれで!?」

「蜘蛛か!? 倒したのか!?」

マルグリットが急かすように両手をこぶしに握ってテーブルを叩く。ベルグリフは少し考えるように視線を泳がした。

「倒した……わけじゃないな。ともかく逃げなきゃと思って、何とか逃げ出した」

「えー、なんだよ詰まんねえなあ」

「でもよく逃げられましたね。樹上で蜘蛛系の魔獣相手なんて、すごく不利じゃないですか」

アネッサの言葉にベルグリフは頷いた。

「俺も駄目かと思ったよ。ひとまず荷物を下に投げ落として、どうやって降りようか必死で考えた。幸い、ずっと暗がりにいたから目は慣れていて、枝の輪郭は見る事ができたから、糸をかわしながら少しずつ下の枝に乗り移って……最後はなけなしの発光玉で蜘蛛の動きを止めてね、夢中で飛び降りたな。足が痺れたけど、荷物を摑んで走って……這《ほ》う這《ほ》うの体《てい》ってのはああいうのを言うんだな、きっと」

「格上の相手に会った時は、逃げる事を念頭に置いて退路を確保する。で、相手の虚を突いて動きを止めて……」

「ははは、よく覚えてるなあ、アンジェ」

小さな時に教わった事をそらんじて見せるアンジェリンに、ベルグリフは嬉し気に笑った。アンジェリンも得意気ににんまりと笑みを浮かべる。

ミリアムがお茶のポットにお湯を注いだ。

「じゃあ、その時の経験がベルさんの体に残ってるんですねー」

「そうだな……あの時は本当に死と隣り合わせだった。感覚が鋭敏になるっていうのかな。後になってそれを活かせたかは分からないけど、それまでよりもっと臆病者になったのは確かだな」

ベルグリフはそう言って笑った。カシムがちょっと不満そうに頭の後ろで手を組む。

「何言ってんだい、その用心深さのおかげでオイラたちは助かったんだぜ？　そんな卑下するみたいに言うもんじゃないよ」

「そうですよ。それに発光玉で動きを止めて、蜘蛛を倒そうとしないのが凄いと思いましたよ。相手の動きが止まったら何とか倒そうと思っちゃうだろうな、わたし……逃げる判断を下せる凄さを知ったのは、高位ランクになってからでしたよ」

アネッサがそう言ってお茶をすすった。そうやって油断して格上に挑みかかり、命を落とす若い冒険者は後を絶たない。ベルグリフは照れたように微笑んで顎鬚を撫でた。

「はは、そう言ってもらえると何だか嬉しいな……」

ちりちりと蠟燭が音を立てた。随分短くなっている。夜更かしもいいけれど、くたびれているし、ぼつぼつ眠い。ベルグリフは伸びをした。

「さて、今日はここらにしようか。そろそろ寝よう」

「ん……ふあ、あー」

思い出したようにアンジェリンは大きく欠伸をした。マルグリットはまだ物足りなさそうだが、まだ先が長いという事を思い返して納得したらしい、文句も言わずに立ち上がった。

「おやすみ、お父さん」

「ああ、お休み」

「へっへっへ、アンジェリンちゃん、お父さんに添い寝してもらわなくて大丈夫？」

「もう、カシムさんの意地悪」

アンジェリンは頬を膨らましてぷいと部屋から出て行った。少女たちはくすくす笑いながら口々にお休みを言ってその後に続いた。

ベルグリフは嘆息して、空いたコップにお茶を注いだ。カシムが面白そうな顔をしている。

「娘が親離れしちゃって寂しい？　ベル」

「何言ってるんだ……大体、添い寝したがらなくなっただけで、くっつき癖は相変わらずだよ」

「それもそうか」

ここのところ、アンジェリンは前のようにベルグリフと一緒の布団で寝たがらなくなっていた。カシムにからかわれるのも少し気になったようだ。

別にベルグリフとの仲の良さはいくらでも揶揄《やゆ》されても気にならないが、尊敬する父親の手前、小さな子供の様に扱われるのが少し気恥ずかしくなって来たようである。

成長というのか何というのか、べたべた甘えて来るうちは独り立ちできるものだろうかと不安に思ってはいたが、実際にそうなって来ると何となく寂しいような気がするのが勝手だなあ、とベルグリフはお茶を一口含んで椅子の背にもたれた。慣れなくてはいけないのは子供だけではなく親の方も同じようだ。むしろ親の方が、と思う。

カシムがあくびをした。

「……パーシーは何をやってるんだろうね」

「さてね。ヤクモさんたちの話じゃ魔獣を倒し続けているんだろうが……」

「なのかなあ……」

カシムは目元に浮いた涙を指先で拭い、頭の後ろで手を組んだ。

「でもきっと君と会えれば喜ぶよ。ずっと気にかけてたようなものだもの」

「そうだといいんだが……」

それでも不安は拭えない。

時間というのは傷を癒しもするが悪化させもする。カシムは楽観的だが、ベルグリフは少し怖かった。それでも会わないという選択肢はあり得ないのだが。

「パーシーに会ったら、次はサティだね」

「はは、そう簡単にいくかなあ……」

「意外にそうなるもんだよ。だってこの短い間にオイラは君に会えて、今度はパーシーに会おうとしてる。なんかさ、サティにも会えそうな気がするんだな」

「そうだといいんだがね。もちろん会いたいとは思っているが……」

「それなら大丈夫さ。人の意思や願いってのは馬鹿にできないもんだよ。魔法を扱ってると尚更そう思う」

「そうか……そうだな」

カシム曰く、魔法は魔力を利用して自分の外側に干渉する技術だそうだ。つまり、自分の望みを叶えるのと同義だという。人間の意識の流れに沿って魔力は流れ、そして現象を引き起こす。事象すらも引き起こすかも知れない。

再会という流れに沿って、俺たちは進んでいるのだろうか、とベルグリフは目を伏せた。

「望んでいれば……巡り会えるって事か」

「そういう事！　オイラは挫折しかけたけど……信じる事って大事だね」

カシムは笑いながら、寝る為だろう、髪の毛を束ねた。

「しっかし、楽しみだなあ。オイラ、パーシーに会うのもそうだけど、これからの旅も楽しみだよ。へへへ、後で聞いたらパーシーが羨ましがって怒るかもね」

「どうだかな……」

会うのが怖くないとは言えない。だが、それ以上に会いたい。

あいつはどんな顔をするだろう、とベルグリフは微笑んでお茶を飲み干した。蠟燭の火が揺れて、二人の顔の影がゆらゆらと動いた。

○

来るぞおッ！

と穴の縁で誰かが叫んだ。周囲で腰をかがめていた冒険者たちが一斉に立ち上がり武器を構える。穴の奥から風が吹き上げて来たと思うや、一緒になって細長いものが吹き上がって来た。

銀龍だった。蛇のように長い体を銀色の鱗が覆って光っている。頭から背中にかけて馬のたてがみのように毛がなびき、大きく裂けた口からは鋭い牙が覗いている。

龍は体をくねらせながら夕暮れの空へと舞い上がると、唸り声を上げて眼下の冒険者たちを睥睨《へいげい》した。

射手や魔法使いたちが一斉に矢や魔法を放つ。どれも高位ランク相当の強力なものだ。しかし龍は体をくねらせたと思うやそのすべてを薙ぎ払った。冒険者たちがどよめいた。

龍が咆哮した。その声は衝撃波のように冒険者たちの肌にぴりぴりと突き刺さった。

鞭のようなしなやかさで身を振ったと思うや、龍は放たれた矢のように一気に下降して来た。冒険者たちが武器を構える。

流石に高位ランクの実力者ばかりだ、龍の突撃にもまるでひるまない。むしろ近づいて来たのは好機だとばかりに剣士たち始め前衛職の者たちがかかって行く。しかし龍の魔力を含んだ頑強な鱗は生半可な攻撃では傷さえつかなかった。

「オラァ！　どきやがれ！」

巨大な戦槌を振り上げた男が跳躍し、龍の胴体をぶん殴った。

龍は怒ったように声を上げ、尾を鞭のように振る。大半の冒険者は武器で防御したりかわしたりしたが、幾人かはまともに受けて跳ね飛ばされた。だが致命傷は一人もいない。即座に体勢を整えて武器を構え直す。

「くそっ、流石に一筋縄じゃいかねえか……」

「いつもの事だろ！　着実に削るぞ！」

しかし一斉攻撃を察知したのか、龍は一気に上空に飛び上がった。

空を飛ぶ分、巨人や地龍などよりも少し厄介である。しかし、ここに揃うのは高位ランクの実力者ばかりだ。負けこそあり得ないだろうが、誰もが長期戦を予想した。

その時、後ろの方で誰かが呟き込んだ。枯草色の髪の毛を揺らしながら、獅子のような男が現れた。不機嫌そうに眉をひそめながら匂い袋を懐にしまい、腰の剣の柄に手をやっている。

冒険者たちがざわめいた。

「あ、あいつだ……」

男はじろりと周囲を見回し、それから上空の銀龍に目をやった。龍の方も男を見た。明らかに他の冒険者とは違うものを見るように瞳を絞る。

「……お前じゃ俺は殺せねえな」

男は詰まらなそうに剣を抜いた。まるで波のような模様が幾重も刀身に走る片刃の長剣である。

侮られた事を悟ったのか、龍が怒ったように咆哮した。凄まじい威圧感がびりびりと肌を揺らす。

身を縮めたと思うや、恐るべき速度で矢のように男へとかかって行く。

男が一歩踏み出した。地面を砕くほどに深く踏み込むと、龍に向かって跳んだ。分厚いマントがはためく。

男は龍から一切目を逸らさずに睨み付けた。互いの瞳に互いの姿が映り込む。

龍が吼えた。男も吼えた。下段に構えた剣を振り抜く。

一瞬、音が消えたようだった。龍の首から下、一部が消し飛んだように見えた。

龍の胴体は大の大人四つ抱え以上の太さがある。男の刀身よりも遥かに太い筈なのに、首と胴体は分かれて、そのままの勢いで地面へと突っ込んだ。

マントをはためかせて男が着地する。

墜落した龍の死骸に近づくと、剣を振って龍の肉の一部をはぎ取り、それをかついですたすたと歩き始めた。見守っていた冒険者の一人がおずおずと前に出た。

「な、なあ、他はいつも通り……？」

男は面倒臭そうに頷いた。途端に冒険者たちが龍の死骸にわっと群がった。

「鱗！　鱗くれ、鱗！　頭に近い所がいい！」

「肝が欲しい奴はいるか？　いなきゃもらうぞ！」

「牙だ牙！　一番長いのを譲ってくれえ！」

「慌てんじゃねえよ！　おい、解体ナイフは？」

大騒ぎを尻目に、男は穴を離れて行く。多くの冒険者は高位ランク魔獣の素材に夢中だが、何人かは去って行く男の背中を苦々し気に睨んでいた。

歩き去って行く男に犬耳の少女が追い付いて服の裾を引っ張った。

「おじさん、おじさん」

男は少女を睨んだ。恐るべき威圧感である。しかし少女はまったく怯えるそぶりもない。くりくりした目で男をジッと見ている。

「ドラゴンステーキ、作ってあげるよ、べいべ」

「……余計なお世話だ」

「だっておじさんいっつも焦がすじゃない。ばーにん、こげこげ」

「チッ……」

男は舌を打って、ぶっきらぼうに肉を少女に放った。少女は受け止めたが肉は重く、よろめいた。滴る血が少女の服を濡らす。

「へびぃ！」

騒ぐ少女を無視して男は歩き出した。魔獣を屠り、しかし素材には一切興味を示さず、せいぜいが食べる分の肉を剝ぐくらいだ。その肉だって適当に焼いて塩を振るだけの味気ない代物である。犬耳の少女とその仲間の槍使いの女が絡むようになってからは、時折まともな食事を取るようになっていたのだが。

ふと、昔の事を思い出す。まだ若い冒険者だった頃、頼りになる仲間たちと肩を並べて戦っていた時の事を。依頼を終える度に馬鹿な話に興じ、あの赤髪の少年の作るうまい食事に舌鼓を打つ事も多かった。毎日が輝き、心躍った。

男は拳を握りしめた。温かな思い出の筈なのに、男の表情は渋い。まるで苦虫でも噛み潰したかのようだ。

胸の奥がざわめき、不意に咳き込みそうになる。慌てて懐から匂い袋を取り出した。

「……忌々しい」

男は呟いた。苛立った乱暴な足取りで去って行く。

肉を抱えてよろめいていた少女を、後ろから黒髪の女が支えた。

「何をやっとるんじゃ、おんしは」

「今夜はご馳走だぜ、べいべ」

「ったく、おんしも鱗一枚でいいから素材の分け前をもらって来い」

「いいの。きっとおじさんは寂しいんだよ」

黒髪の女は嘆息した。

「儂《わし》らにどうせいちゅうんじゃ。ベルさんたちの事を教えるわけにはいかんじゃろ」

「だから傍にいてあげるのさ。すてんばい」

「儂らで代わりになるもんかい。鬱陶しがられとるぞ、おんし」

「本気で嫌だったらぶっ飛ばされてる筈」

「むぬ……まあ、そうかも知れんが……」

犬耳の少女は服から突き出た尻尾をぱたぱた振った。

「ベルさんたちは来る……きっと来る。それまで、おじさんの気を散らして思い詰めさせないようにしてあげるの」

「……まあ、好きにせい。儂は怖くて無理じゃ」

黒髪の女は呆れたように息をつき、煙管《キセル》を取り出して咥えた。犬耳の少女はふらふらしながらも肉を抱えて男の後を追っかけた。

八十七　宿の裏庭に長い事置かれたまま

宿の裏庭に長い事置かれたままらしい荷車と、そこに積まれた古びた樽に蜘蛛の巣が張って、そこに朝露がいくつも玉のようになっている。早朝の陽が照ると宝石のようにきらきらと光った。

靄《もや》の立つ地面を踏んで、ベルグリフは剣を構えた。グラハムから預かった大剣だ。

ぐんと握り込むとずしりと腕に重みが伝わる。それなのに一度振るとまるで鳥の羽のような軽さで自在に動かす事ができた。

単純な素振りを何度かし、それから足も動かして演武のように取り回した。

大剣はあまり経験がない分、下手をすると自分を傷つけてしまう。何とか扱いに慣れておかなくてはいけない。

地面を斬らないように何度も振り回す。

両手、片手、時には逆手に持ち替え、そして止めたい所でぴたりと止める。剣は応えるように縦横に動き、そして止まった。もはや義足である事は何のリスクにもなっていない。むしろ、今両足が戻っては却って動きがぎこちなくなるような気がするくらいだ。

この剣を握っていると体まで軽くなったように感じる。実際、グラハムが長い事精錬し続け、剣の内部に高密度に渦巻くエルフの魔力が、ベルグリフの体に何らかの力を与えているのは確かなようだ。

しかし、アンジェリンたちが言う剣の声は未だに聞こえない。ベルグリフは動きを止めて息をつくと、朝日を照り返す刀身をまじまじと眺めた。アンジェリンやマルグリット曰くつんと澄ました美少女という風らしいが、さっぱり分からない。

「……君は何か言っているのかい？」

剣は黙ったままである。

ベルグリフは嘆息して大剣を鞘に収めた。それから長い相棒である腰の剣を抜く。剣は待ちくたびれていたように刀身に陽を映した。気のせいだか、少し不満げに見えた。

「安心しろ、ちゃんと使うから」

傍らのガラクタに腰かけて眺めていたカシムがからから笑った。

「いやあ、やるなあ。けど今持ってるのに比べると、まだちょっとぎこちないね」

「ああ。こいつとは大きさが全然違うからな。自分を斬らないようにしなけりゃ」

ベルグリフは抜いた剣を裏に表にして眺めた。それから片手でひゅんと振り、手先で器用に取り回して体の前に後ろに走らせ、そうして鞘に収めた。グラハムの大剣の時ほど体が軽くなった気はしないが、それでも二十年以上共に戦っている剣だ、取り回すのに何の不自由もない。

しかし、だからこそ大剣を持った時の力は借り物だと思う。あまり過信するのも怖い気がする。何とか上手い着地点を見つけなくてはならないだろう。

「アンジェたちは？」

「さあね。まだ寝てるっぽいよ。部屋に戻ってから女子会でもしてたんじゃない？」

あり得るなあ、とベルグリフは笑った。若者は元気があっていい。

ヨベムを出ておおよそ一日半、ベルグリフたちはマンサの町までやって来た。ヨベムの東側に位置しており、カリファまでの中継地点の町の一つである。

ヨベムのギルドで山脈越えのルートを取る護衛依頼を探してもらったのだが、ヨベムから南に下る者、あるいはそれに類する護衛依頼は皆無だった。あったとしても山脈に分け入り、奥にあるダンジョンの素材が欲しいといった採集、探索系のもので、そんなものを受けては結果としてヨベムに戻らなくてはならないから二度手間になる。

マンサの町からならば、時間を短縮するために南下する隊商や行商人がいるだろうとの事で、ヨベムのギルドからの紹介状を携えて、昨晩マンサに辿り着いたところだ。着いた頃には日が暮れていたから、今日これからマンサのギルドに行ってみる予定である。

もうひと振りしておくかと背中の大剣を引き抜くと、アンジェリンたちがやって来た。今の今まで寝ていたらしく、髪の毛が寝癖でうねってくしゃくしゃしている。

「いっぱい寝てしまった……おはよう、お父さん」

「ああ、おはよう。よく眠れたかい？」

「快眠快眠。ここの宿、布団が柔らかかったなあ。あーあ、出るのが惜しかったぜ」

マルグリットが両手を上げて伸びをした。確かに、安宿の割に布団がしっかりとして柔らかかった。あの寝心地では寝床から出たくならないのも分かる。

ミリアムがふわわと大きくあくびをして目元の涙を拭った。

「ベルさんたちは相変わらず早起きですにゃー」

「俺の場合は癖だな。夜明け前には目が覚めちゃってね。それとも歳かな、ははは」

「ねえ、その理屈じゃオイラも歳って事になるんだけど」

「四十に足突っ込んどいて若者面するなよ。年相応ってのはあるもんさ」

「君は達観するのが早いんだよ。そんなんじゃ五十になる頃はじーさんになっちゃうよ？」

「ベルさん、既に仙人っぽいところありますもんね」

アネッサがそう言って笑った。ベルグリフは頭を掻いた。

「世捨て人って事？　そんなつもりはないんだけどな……」

「無位の剣豪、辺境の〝赤鬼〟……超カッコいい……」

アンジェリンが恍惚とした表情で呟いた。マルグリットがげらげら笑う。

「いいなそれ！　ティルディスでも広めて有名にしようぜ！」

「や、やめろ！　それは本当にやめろ！」

大慌てのベルグリフを見て、一同は愉快そうに笑った。

○

朝食を終えて、ギルドが混み合う時間を避けるようにタイミングを見て出かけた。昼ちょっと前くらいである。

マンサの町はヨベムほどの賑わいはないが、それでも旅の中継地点の宿場町として人の行き来は多いようだ。近くにダンジョンがある事もあって、冒険者の姿もかなり多い。その素材を扱う商人たちも行き交っている。

石の土台に土の壁でできたギルドに入ると、窓から差す光で土埃が舞っているのが見えた。人の数はそう多くない。もう朝の依頼がはけたのだろう。

アンジェリンはきょろきょろと辺りを見回し、奥の方の高位ランク専用の受付を見つけた。空いている。カシムと一緒に行ってみると、草原の民らしいやや赤らんだ肌の受付嬢がにっこりと笑った。

「こんにちは、どういったご用件ですか？」

「紹介状があるの……南に下りたいんだけど、そういう隊商か行商人はいないかなって」

紹介状、Sランク冒険者のプレート、アンジェリンとカシムの顔を順繰りに見ながら、受付嬢は目をぱちくりさせた。

「そ、そうなんですね……分かりました、ちょっと調べてみますので、少しお待ちいただいていいですか？」

「うん。急いでないから、ゆっくり探してください……」

それで引き返して皆と合流し、ロビーの空いた一角に腰を下ろして息をついた。空気が乾いていて、何となく埃っぽい。土埃だけでなく、誰かが吸っている煙草の煙も漂っている。

建物は壁も床も土だ。しかし所々に色とりどりのタイルでモザイク模様があしらわれている。当然だが、石畳に白亜の壁のオルフェンのギルドとは雰囲気が大分違う。

マルグリットにはフードをかぶるようにさせてあるから、変に絡んで来る輩もいない。安穏と腰を下ろしているが、マルグリットは不満そうに口を尖らしている。

「ちぇ、こんなこそこそしなくても、絡んでくる連中をぶっ飛ばせば済むのによ」

「そうやって荒事で解決しようとしない……」

ベルグリフは呆れたように目を伏せて髭を捻じった。

アンジェリンはくすくす笑う。自分も駆け出しの時は居丈高にかかって来た冒険者を叩きのめした事があったっけ、と思う。

冒険者は実力第一主義なところもあるから、一度力の差を見せられると、恥を掻かされるのを恐れて他の者も手出しして来なくなる事が多い。尤も、恨まれて余計に絡まれる事もないわけではないから、その辺りはさじ加減が大事である。何事もやり過ぎはよくない。

ミリアムが頬杖をついた。

「わたしとアーネも駆け出しの頃はよく絡まれたよねー」

「そうだなあ。やっぱり子供だと舐められるし、女だし……」

「二人はどうしてたの？　喧嘩買ってた？」

「まあな。尤も、ステゴロは得意じゃないから、服の裾を矢で射って壁に縫い付けてやったり、持ってるコップを撃ち抜いてやったりしたよ」

「わたしは弱い雷の呪文で痺れさせてやったなー」

二人はそう言って笑った。マルグリットが嬉しそうに腕を振る。

「そうだろそうだろ？　やっぱさ、一度実力を見せてやるのが一番だって！」

「俺たちは喧嘩をしに来たわけじゃないだろう……よその土地に来て、そこのギルドのメンツを潰してもいい事なんかないぞ？　それに行く町行く町でそんな事をするつもりか？」

「ぐむ……まあ、そうかも知れねーけど……」

ふと、ベルグリフはどうだったのだろうと思う。アンジェリンは父親の顔を覗き込んだ。

「お父さんは？　喧嘩売られた？」

「ん？　まあ、そりゃ絡まれた事はあったけど、お父さんはそういう喧嘩はした事はないよ」

「えー、ベルさんの武勇伝が聞きたかったなー」

「ちぇ、詰まんねーの。大叔父上もベルも大人しいんだから」

「いや、俺はともかく、グラハムは若い時は多分……」

「？　おじいちゃんがどうしたの？」

「いや、まあ、うーん……多分グラハムも若い頃はマリーに似てたんだろうな、と」

「マリーとおじいちゃんが……？」

意外な事を言うな、とアンジェリンは目を丸くしてマルグリットを見た。

もしそうだとすれば、このお転婆なエルフの姫も、将来歳を取ったらグラハムのように物静かで落ち着いた性格になるのかしら、と想像してみるが、ちっともそんな姿が浮かばない。マルグリットはいつまで経ってもマルグリットである。そして、マルグリットのように血気盛んで暴れん坊のグラハムというのも想像ができない。

「……全然想像つかない。落ち着いたマリーとかあり得る気がしない」

「おれが大叔父上みたいに枯れるわけないだろ！　馬鹿な事言ってんじゃねーよ！」

「そうかなあ？」とベルグリフは笑っている。

その時受付嬢が足早にやって来た。

「お待たせしました、あの、ギルドマスターがお会いしたいとの事で、少し御足労いただいてよろしいですか？」

「ん、いいよ。みんな行った方がいい……？」

「えっと、いや、あの、部屋が狭いのでSランクのお二人だけで……」

受付嬢はアンジェリンたち一行をぐるりと見て申し訳なさそうに会釈した。別段異論もないし、それで不快に思うような者はいない。それでは、とアンジェリンとカシムの二人は案内を受けてギルドの奥に通される。

廊下の窓から見える裏庭では、冒険者たちが集めて来たらしい種々の素材が分けられて、卸の商人らしいのが買い付けに来ており、小さな市のようになっていた。あちこちで色んな声が上がっていて、銘々に騒いでいるから賑やかだけれど何を言っているのかさっぱり分からない。

武器庫のような所の前を通り、書類を保管する部屋の前を通り、奥まった所にギルドマスターの部屋があった。壁にタイルが張られ、年季の入った木の扉には鉄の装飾があった。その扉を開けて中に通されると、なるほど狭い部屋である。そこに書類棚が置かれているから余計に狭く感ずる。応接用の机はない。椅子を持って来て、奥にある執務机を挟んで向き合う形になるようだ。

その執務机の向こうにギルドマスターらしき人物が座っていた。すらりとした体軀の中年の女性である。黒に近い紫色の長い髪を編み込んで、布帽子をかぶっている。肌の色は日焼けか地か褐色に近い。頰には不思議な模様の刺青《いれずみ》があった。そして左目に眼帯をしている。

その佇まいは歴戦の強者といった雰囲気と威厳を漂わせており、アンジェリンは思わず感心した。ギルドマスターはこうでなくちゃと思う。

女性はアンジェリンたちを見とめると微笑んで立ち上がった。

「ようこそマンサの冒険者ギルドへ。歓迎しますよ〝黒髪の戦乙女〟殿。わたしはマンサのギルドマスター、シエラといいます。お見知りおきを」

「お招きどうも……アンジェリンです」

「ふふ、噂には聞いていたが、本当に若いなあ。羨ましい才能だ」

シエラはくつくつと笑った。アンジェリンは何となくむず痒い気分になった。

「ええと、こっちはカシムさん」

とカシムの方に目をやると、なぜか引きつった笑みを浮かべていた。

「シ、シエラ……？　なんでお前がこんなトコにいんの？」

「それはこっちの台詞だがなあ、カシム？」

シエラは不敵な笑みを浮かべて、カシムを見た。笑ってこそいるが視線は鋭い。怒っているようにも見える。アンジェリンはカシムとシエラを交互に見て首を傾げた。

「……知り合い？」

「まあ、うん」

カシムが言い澱むようにして視線を泳がせると、シエラはひらりと執務机を飛び越してカシムの眼前に降り立った。そうして胸ぐらを摑んでにこにこ笑う。しかし額には青筋が浮いていた。

「お前の自分勝手は知っているつもりだったが、依頼をすっぽかしたまま姿を消すとはどういう了見だ？　その上冒険者を引退だと？　わたしらがどれだけ苦労したか分かってるのか、おい。髭なんか生やして、それで変装したつもりか？」

「ちょちょちょ、待って待って、悪かったたってば。あの時のオイラは捨て鉢だったんだって」

「どういう言い訳だ、この阿呆。しかも何食わぬ顔で復帰して……とりあえず一発殴らせろ、話はそれからだ」

「待て待て！　お前に殴られたりしたらオイラ死んじゃうよ！」

「そのつもりだが、何か不都合でも？」

「ちょ！　アンジェ、助けて！」

ぽかんとしてこのやり取りを見守っていたアンジェリンだったが、ハッとしてシエラの腕を掴んだ。

「シエラさん、一応カシムさんはわたしの仲間だから……」

「……命拾いしたな、カシム」

「勘弁してくれって……何年前の話だと思ってるんだよ、もう」

カシムは服の裾を払って困ったように笑った。アンジェリンはカシムをつついた。

「……二人はどういう関係なの？」

カシムがバツが悪そうに頭を掻いた。

「まあ、なんだ……昔のパーティメンバーでね。帝都にいた頃だっけ？」

「ああ。もう十年は前になるか。〝虚空の主〟を討伐して……」

〝虚空の主〟の討伐といえば、カシムがSランクに昇格する事になったきっかけの戦いである。その時の戦友なのか、とアンジェリンは改めてシエラをまじまじと見た。

年齢を重ねて顔には皺が目立ち始めているものの、半袖の服から覗く刺青のある腕は筋肉質で張りがある。全身からみなぎる力強さは若者と変わりない。中年というよりは壮年といった方が的確な形容であるように思われた。

「お前が突然いなくなるから、後の穴埋めにどれだけ奔走したか……受けていた依頼も取り消さなきゃいけなかったし、カーターが台頭してパーティはがたがたになるし」

「だから悪かったたって言ってるでしょ。大体、カーターどもがオイラを嫌ってるのはお前だって知ってたじゃないの。遅かれ早かれ抜けるつもりだったよ、オイラは」

「やかましい。それとこれとは話が別だ。わたしが迷惑を被った事に変わりはない。第一、あの時のお前の態度はなんだ。メンバーとの協調性も何もなしに、まともに話していたのはわたしくらいじゃないいか。お前にも原因はあるんだぞ。抜けるにも抜け方ってものがあるだろうに、この阿呆。

ああくそ、思い出したら腹が立って来た」

シエラは拳骨でカシムの脇腹を軽く殴った。カシムは悲鳴を上げた。

「お前馬鹿力なんだからやめろよー！」

「うるさい」

「痛い！　やめろってばー！」

いつも飄々としているカシムが嫌に恐縮しているのが可笑《おか》しくて、アンジェリンは思わず吹き出した。

散々カシムを小突き回してひとまず満足したらしいシエラは、ふんと鼻を鳴らし、部屋の隅に置かれていた椅子を引き出して二人に座るよう促した。アンジェリンは笑いながら応接椅子に腰を下ろす。受付嬢がお茶を運んで来て、お辞儀して退室した。

お茶はオルフェンの花茶とはまた違った香りがあって、中々うまい。

カシムはお茶にも手を付けず、憔悴《しょうすい》した様子でぐったりと椅子の背にもたれていた。

「こんな事ならロビーで待ってりゃよかった……」

「自業自得だ、愚か者め」

「ふふ……二人とも仲良しだね」

「そんな事はない、が」

シエラは少し怪訝な顔をしてカシムを見た。

「カシム、何だかお前変わったな。悲愴感がすっかり消えたじゃないか」

「あん？　そう？」

「ああ。前はおどけていても嫌に皮肉げだったが……今は心底楽しそうだ」

カシムは山高帽をかぶり直し、お茶のコップに手を伸ばした。

「友達にね、再会できたのさ」

「……例のオルフェンのか」

「うん。へへへ、てっきり死んじゃったと思ってたけどさ、元気だったんだよ。こいつがその友達の娘」

カシムはそう言ってアンジェリンの肩を叩く。

「ほう、そんなつながりが……」

シエラは何となく寂し気な微笑みを浮かべ、お茶を口に運んだ。それから姿勢を正して執務机に手を突く。

「それで、友人の娘を連れて南に下りたいと？　何をやろうとしているんだ、お前は」

「そうそう、それだよ。ほら、オイラの昔の仲間は三人いるって話した事あるだろ？　一人は再会できて、もう一人も居場所が分かったのさ。それで会いに行く途中なんだよ」

「……なるほどな」

シエラがどうにも面白くなさそうなのが、アンジェリンは気になったけれど、そんな事を追及しても失礼な気がするから黙っていた。

ともあれ、そういう事情でニンディア山脈を目指しており、そこに至るまでの腕慣らしとして山脈沿いを進みたいという事を話した。シエラはしばらく腕を組んで考えていたが、やがて顔を上げた。

「今のところ隊商の護衛の依頼は特にない。マンサから南に下る者はまずいないだろう。危険に対して益が少ないし、どの商人もカリファを目指しているからな」

何となく思った通りだなあ、とアンジェリンは眉をひそめた。マンサよりも大きなヨベムでも南下する商人はいなかったのだ。

それに地図で確かめたところ、山脈沿いの大きな町は、かなり南に下ってからでないとない。そこは山脈に沿って行くよりも、カリファを回って行く方が安全で、貿易をするにしても大きな町を回る方が利益になる。

冒険ならずか、とやや落胆した気持ちでアンジェリンが椅子にもたれると、シエラがにやりと笑った。

「尤も、別の依頼ならある」

「別の？」

「ああ」シエラは机に肘を突いて少し体を乗り出した。「護衛ではなく輸送だ」

曰く、南の大都市のギルドへと書簡と荷物を届ける仕事があるのだという。

カリファ経由で回ってもいいのだが、やはり遠回りになってしまう。真っ直ぐに南下できるならばかなり時間の短縮になるようである。急ぎではないが、早く着くに越した事はない代物であるそうだ。

「本来はギルドの関係者に任せるところだが……マンサも小さなギルドだからあまり人がいない。わたしが出るかと思っていたんだが、カシムならわたしも信頼できる。無論、アンジェリン殿もな」

「……いいの？　持ち逃げするかも？」

「ふふ、エストガル大公に勲章をもらうほどの冒険者がそんな事をする筈はないだろう。名のある者は下手に悪事を働く方がリスキーだという事くらいわたしにも分かる」

アンジェリンはお茶を含んでしばらく黙っていたが、やがてシエラを見て頷いた。

「分かった。そんな事なら楽勝……まかせて」

「はは、頼もしいな。まあSランクが二人いれば間違いなどないか」

「あー、よかった安心した。ありがとな、シエラ」

「ふん、お前の為じゃない。アンジェリン殿の為だ」

「へっへっへ、照れるなって。お前は昔っから優しい奴だからなあ」

何となく調子を取り戻して来たらしいカシムが笑うと、シエラはやれやれと頭を振った。

「まったく、人の気も知らないで……」

「ん？　なんて？」

「何でもない。それで、どういった編成なんだ？　まさか二人だけじゃないだろう？」

「そりゃ勿論。アンジェのパーティメンバーと、その父親、つまりオイラの友達と、あとエルフの娘っ子がいるよ」

シエラがぴくりと眉を動かした。

「そうか……来ているのか」

「そりゃ、もう一人の友達に会いに行くんだもんね。そうだ、お前にも紹介するよ」

「ふむ……」

シエラは目を伏せて指先で顎を撫でた。

○

乳で淹れて香辛料を効かしたお茶は甘く、何だかお茶ではないようだと思った。

ロビーに隣接したちょっとした食べ物を売る店があって、アンジェリンたちを待つ間にそこでお菓子やお茶などを買った。

「……うーむ、こういうものだと思えば」

ベルグリフは甘い菓子に甘いお茶という合わせ技に、思わず眉をひそめた。女の子たちはちっとも苦にならないらしい、美味しそうに食べている。

手の止まっているベルグリフを見て、マルグリットが目をぱちくりさせた。

「なんだベル、食わねーならくれよ」

「ああ、いいよ。しかし皆よくそんなに食べられるね……」

「いっぱい食べるのが元気の元なんだぞ。な、ミリィ」

「そうそう。ベルさんもいっぱい食べないと大きくなれないですよー？」

女の子たちはそう言ってくすくす笑った。ベルグリフは頭を掻く。

その時アンジェリンたちが戻って来た。

「お父さん……」

「ああ、アンジェ。どうだった？　何か進展はあったのかい？」

「うん……こっち、ギルドマスターのシエラさん。この人がわたしのお父さんのベルグリフ……」

アンジェリンに紹介されて、褐色の肌の女が微笑んで会釈した。

「お初にお目にかかります、シエラといいます」

「や、これはこれは。ギルドマスター直々とは恐縮です。ベルグリフと申します」

ベルグリフも立ち上がって頭を下げた。シエラは右の目でベルグリフを上から下までゆっくりと見ると、何か考えるように顎に手をやった。

「……ふむ、なるほど。あなたがカシムの旧友」

「おや？」

カシムを知っているらしいシエラの口ぶりに、ベルグリフは首を傾げた。カシムがへらへらと笑う。

「オイラの昔のパーティメンバーなのさ。帝都にいた頃かな、五年くらい一緒に戦ったよ」

「なんとまあ……不思議な縁もあったものだな」

ベルグリフは笑って顎鬚を撫でた。シエラは頭を掻き、目を伏せる。

アネッサ、ミリアム、マルグリットもそれぞれに挨拶し、事の顚末を説明される段になった。

ギルドの書簡と物品の輸送。そんな大事なものを、古い知り合いのカシムならばともかく、自分たちのような部外者に任せていいものなのだろうか、とベルグリフは目を細めた。

「委細は承知しましたが……我々に任せて大丈夫なのですか？」

「そこが少し困った所なのだよ、ベルグリフ殿。カシムはよく知っている。アンジェリン殿もSランク、素性は明らかだ。そのパーティメンバーも信用に値する。だが、失礼ながらDランクだというそちらのエルフのお嬢さんと、そもそも冒険者ですらない貴殿の扱いには慎重にならざるを得ない」

「ふむ……まあ、当然でしょう」

ベルグリフは納得したように頷くが、カシムが怒ったように身を乗り出した。

「何言ってんだよ、オイラの友達だよ。信用できないってのか？」

「信用の問題じゃない、体裁の問題だ。ギルドが素性の分からない素人に依頼をした、そんな風に思われては反発は必至だからな」

「固い事言うなよお、ギルドマスターの権限で何とかなるでしょ、それくらい」

「ならん事はない、が……山脈沿いの道は正直危険だ。中途の峡谷には高位ランク魔獣の出没も確認されている。ランクという指標で測れない以上、実力の分からない者を安易に行かせるのは無責任なのでね」

シエラはやや不機嫌そうな顔でカシムを睨み、それからベルグリフに目をやった。

「気に食わないとは思うが……どうか分かって欲しい」

「いや、当然でしょう。こちらが無理を言っているのは承知の事ですから、気になさらないでください」

「……だが、こちらとしても早めに荷が南に届くのはありがたい。だから依頼を受けて欲しいというのも本音なんだが」

視線を向けられたアンジェリンは顔をしかめた。

「……お父さんとマリーを置いて行けって？」

「まあ、そういう事になるか……」

「冗談じゃない。そんなの絶対無理」

「さて、それを決めるのはあなたかな？　それとも……」

シエラは窺うような目でベルグリフを見た。申し訳なさそう、という風でもない。どことなく挑発されているような雰囲気もある。

このギルドマスターの態度は先ほどから妙にちくちくとしていた。自分たちに気に食わない所があるのだろうかと思う。

だが、言っている事は筋が通っている。危険な道に下位ランクの者や、冒険者でない者を行かせるのは気が進まないというのは当然の感情だろう。ましてシエラはベルグリフとは今会ったばかりなのだ。何も言わずに信用しろという方が無理筋である。

尤も、一度依頼を受けてさえしまえば、受けた側の裁量で冒険者ではない者の案内を雇ったり、荷物持ちを頼んだりという事はある。だからアンジェリンたちがもう依頼を受諾してしまっていたのならば自分たちの判断でベルグリフとマルグリットを連れて行く、という事も可能なのだが、依頼を受ける前に、冒険者以外の者や下位ランクの者を連れて行く、というのが分かっているのは、ギルド側としても眉をひそめざるを得ない状況なのだろう。

さて、どうしたものかとベルグリフが考えていると、マルグリットが身を乗り出した。

「つまりおばさんよ、あんたはおれが弱いってそう言いたいんだな？」

「お、おい、マリー」

「ベルは引っ込んでろ。おい、おれがDランクなのはわざとそうしてるからだ。ベルだって冒険者じゃないのは実力がないからじゃなくてわざとだ」

「……何が言いたいのかな？」

シエラは微笑んだ。だが目は笑っていない。マルグリットはふんと鼻を鳴らした。

「喧嘩相手になってやるってんだよ。あんたより強けりゃ文句ないだろ？」

「舐められたものだな……だが、そういうのは嫌いじゃない。それに、確かにわたしが実際に実力を測る事ができれば、特例で便宜を図るのも筋は通る」

「へへ、話が早いのは好きだぜ。よっしゃ、勝負だ。準備しろベル」

「……はっ？」

「なに呆けてんだよ馬鹿。このままじゃ置いてけぼりか大回りの詰まらねえ道だぞ。このおばさんを叩きのめしてさっさと南に行こうぜ」

ベルグリフは顔をしかめて拳骨でマルグリットの頭をごつんと叩いた。マルグリットは悲鳴を上げた。頭を押さえて涙目でベルグリフを睨む。

「なにすんだよぉ……」

「……お前は失礼だぞ。血気盛んなのはいいが、礼儀を失うな」

ベルグリフはシエラの方に向き直った。

「しかし、本当によいのですか？」

「ふむ？　気遣って下さっているのかな？　貴殿もわたしごときには負けないと？」

「まさか。ただ、そのように安直なやり方で後になって問題にはならないか、と」

「……それは貴殿の気にするところじゃない」

「シエラ、あのさ」

何か言おうとしているカシムを無視して、シエラは身を翻して歩き始めた。何となく怒っているような感じがする。

マルグリットが張り切った様子でそれを追いかけ、アンジェリン、アネッサ、ミリアムも顔を見合わせてからその後を追う。

カシムが何となく悲しそうな顔をしてベルグリフの方を見た。

「なんかごめん……あいつ、ホントは良い奴なんだけど」

「はは、分かってるさ。職務に真面目なだけだろうし、きっと何か思うところがあるんだよ。こうやって手合わせを許してくれるだけでありがたい事だ」

「うん……はー、もう、シエラぁ……」

カシムは大きく息をついて帽子をかぶり直し、すたすたと歩きはじめる。

シエラはその佇まいからして強敵だろう。カシムの戦友なのだから、その実力は推して知るべしといったところだ。果たして認めてもらえるだけの戦いができるかどうか。

「……既に大冒険だ」

ベルグリフは苦笑しながら背負った剣の位置を直した。

八十八　ギルドの建物の裏手に、小ぢんまりとした

　ギルドの建物の裏手に、小ぢんまりとした修練場のようなスペースがあった。空き地という感じで、矢の的や巻き藁などが並べてある。

　やや浮き立っているマルグリットを制して、ベルグリフが先に相手になる事にした。高揚するのは構わないが、頭は冷静でなければ駄目だと怒られ、渋々譲った形である。尤も、ベルグリフとシエラの立ち合いを見て、相手の実力を正しく測れるか試すぞ、と言われたので、今は真剣な表情で場を見守っている。

　どちらにしてもシエラが戦いたいのは自分だろう、とベルグリフはやや強引にマルグリットを押し止めた形になった。しかし止むを得まい。この立ち合いの本質は実力云々の問題ではないからだ。

　アンジェリンが少し不満そうな顔をしてベルグリフの袖を引っ張った。

「ねえ、お父さん」

「なんだい、アンジェ」

「わたしが言うのも変だけど……依頼を受けなきゃ済むんじゃないの？　別に確約してるわけじゃないし、シエラさんの言ってる事も分かるけど……ちょっと無理があると思う」

　あの理屈じゃ依頼の為に案内人を雇うのもできないし、とアンジェリンは言った。

ベルグリフはくつくつと笑ってアンジェリンの頭を撫でた。

「そうだな。その通りだ」

「じゃあなんで……？　あ、お父さんも冒険したくなったの？」

「そうじゃないよ、カシムの為さ」

「カシムさんの……？」

アンジェリンは怪訝そうな顔をして、後ろの、少し離れた所に立つカシムを見た。どうしていいか分からない様子で、ややムスッとした顔で視線を泳がしている。

ベルグリフは腰の剣、背中の剣の位置を正し、腰の道具袋などを外した。

「……どうせカシムの事だ、シエラ殿たちとパーティを組んでいた時だって、相手の気持ちなんか考えずに俺やパーシー、サティの事に囚われてたんだろう」

「そう、なのかなあ……？」

アンジェリンは道具袋を受け取りながら首を傾げた。

「そういう奴なんだよ。一つの事にこだわると他が見えなくなる……でも、あいつだって、俺やパーシー、サティとの過去だけしかないってわけじゃない。もう四十年も生きてるんだからな。あいつにはあいつの清算すべき事柄がある。ここで知らん顔して通り過ぎるわけにはいかないよ」

「むう……分かんない」

「はは、そうか。まあ、カシムも捨て鉢だったらしいから仕方がないとはいえ……何よりシエラ殿がちょっと気の毒だ。依頼を断ってさようなら、なんて素っ気ない事は、お父さんにはできんなあ」

「それと戦うのと何か関係あるの……？　お父さんなら、まず話し合おうってなると思ってた」

「冷静になるには少し暴れた方が手っ取り早い事もあるんだよ。心配するな、何も殺し合いをしようってんじゃないんだから」

ベルグリフはそう言って肩をすくめた。アンジェリンは全部は分かっていないようだったが、ともかくベルグリフが嫌がっていないらしい事は分かったらしく、ホッとしたように表情を緩めた。

シエラとてギルドマスターを任されるくらいだから馬鹿ではないだろう。無茶を言っているという事も理解している筈だ。

ただ、突然現れたカシムという過去に戸惑いがあるのだろう、とベルグリフは思う。感情のやり場のなさが、ある意味理不尽な怒りになってこちらに向いて来ているのは何となく理解できた。きっと、彼女にとってカシムというのは一種特別な存在なのだろう。

人間らしくていい、とベルグリフは小さく笑った。

頭で分かっていても、感情が止められない。そんな事は生きていればいくらでもある。それを押し殺すのはひどく辛い事だ。自分が足を失った時、辛さを隠して笑っていたように、それはいつか取り返しのつかない事を引き起こしてしまう事だってある。

あの時も、変に取り繕わずに素の自分をさらけ出していたら、何かが変わっていたのだろうか。

怒りとやるせなさを仲間たちと共有できていたら……。

ベルグリフは頭を振った。大きく息をつく。

手助けしてやろうなどと自惚《うぬぼ》れるつもりもないが、自分やカシムに清算すべき過去があるように、シエラにもある。気持ちが分かる分、それを突っぱねる事などできない。ここで理不尽だと怒って自分の都合で無視して通り過ぎてしまえば、彼女はきっと苦しむだろう。ひと暴れして落ち着くのならば、それくらい協力してやるのは何の苦にもならない。

それに、単純に実力者に対して今の自分の力がどれほど通用するのか、という好奇心もある。冒険者に戻るつもりはなくとも、剣の道を止めるつもりは毛頭ない。あれこれ理由を付けても、強者との立ち合いに歓ぶ心があるのは確かである。

結局自分の為か、とベルグリフは自嘲気味に笑った。

シエラはあくまで落ちついた様子で立っていたが、結んだ口許が微かに震えていた。怒っているようだが、その怒りが自分自身にも向いているかのような、何処となくやるせない表情である。

「……女心って奴かね」

カシムには後で説教だな、とベルグリフは眉をひそめて顎鬚を撫でた。

シエラがとんとんとつま先で地面を蹴った。

「……準備はよろしいか？」

「いつでも」

大剣を鞘に収めたまま構える。柄を握り込むと、途端に体が軽くなったように感ずる。視界が明瞭で、相手の動きが実によく見えるようだ。

対するシエラは徒手空拳である。腰に短刀をぶら下げてはいるが、手に取る気配はない。魔術式らしい腕の刺青といい、チェボルグと似たようなタイプの戦い方なのかも知れない。

ベルグリフもシエラも、しばらくは動かずに相手の出方を窺っていた。

相手の一挙手一投足を見落とさぬように鋭い目線で相手を刺し貫く。夏の暖かな風が吹いて、汗ばんで来た肌を撫でた。額に玉のように浮いた汗がついと流れる。

目元。

一瞬の瞬き。

シエラが地を蹴った。

「やッ!!」

深い踏み込みと同時の正拳突きだ。

だがベルグリフも即座に反応し、大剣の腹でそれを受ける。しかし受けたはいいが凄まじい衝撃である。剣を持つ手がびりびりと震え、その振動がつま先にまで伝わった。

それでも力任せに剣を振りぬいた。拳を押し返され、シエラは後ろへ飛び退った。

相手が体勢を整える前に、とベルグリフは地を蹴った。低い体勢から大剣を振るう。シエラはさらに地面を蹴って空中に舞い上がった。軽業師のような身のこなしだ。

だが飛ぶのは悪手だ。ベルグリフは軽く地面を蹴ると、空中のシエラに向かって剣撃を放った。

当たった、と思った。

しかし、驚く事にシエラは向かって来た大剣に足をつくと、それを足場にそのままベルグリフの後ろ側へと跳ぶ。ベルグリフが剣を振り抜くよりも早く着地し、拳を握り込んだ。ぐんと踏み込む。

シエラの腕の術式が輝き、矢が放たれるかのような勢いで拳が撃ち出された。

入った、と思っていたであろうシエラの右目が驚愕に見開かれた。

ベルグリフは咄嗟に腰の剣を取って背中を守った。そうして拳の衝撃を受け流すが如く、その勢いを利用して義足を軸に回り、シエラの方に向き直る。

大剣と長剣をそれぞれの手に持つベルグリフを見て、シエラは呆れたような感嘆したような表情で、やや距離を取った。

「その大剣を片手で扱えるのか……」

「……まだ不慣れなのですがね」

右手にグラハムの大剣、左手に愛用の長剣を構え、ベルグリフはシエラを見据えた。大剣を持っているせいか、愛用の剣もいつもより軽いように感じる。シエラの方も大きく息を吸って拳を構え直した。

ほとんど同時に地を蹴った。

剣と拳がぶつかる。衝撃で土埃が舞い上がった。

シエラは恐ろしいほど身軽に飛び回って縦横無尽に攻撃を放つが、ベルグリフはどっしりと構えてそれを受け、時にはかわし、そうして反撃した。

チェボルグほどの力はないが、速さはそれ以上だ。しかしアンジェリンと比べればそう脅威ではない。しかし熟練の冒険者だから流石に戦い慣れており、中々決定打を与えあぐねている。

シエラは左目に眼帯をしているから、その死角を狙おうとベルグリフは何度も隙を窺うが、自分の弱点に気付いていない筈はない、却って誘い込まれて危うく拳を受けかけた。

だが、シエラの方も感情が揺らいでいるせいか動きがやや粗く、中々ベルグリフを倒し切れないようで、剣と拳は何度も打ち合わされた。相手の手数が多いから、ベルグリフは剣二本で守りに重きを置く。

しかし、気づくと知らず知らずのうちに愛用の剣ばかり振るっていた。

慣れか、とベルグリフは顔をしかめた。これではいけない。

しかし、そんな事を意識し始めると変に動きがぎこちなくなるような気がした。大剣だけ振るっているならばともかく、手に馴染んだ剣を同時に扱っていると、無意識にそちらばかり使ってしまう。これでは剣二本の意味がない。長剣を手放して、大剣一本に絞るべきか？

だが、そんな事を考えていて相手になるほどシエラは甘い相手ではない。その一瞬の隙を突いて、鋭い拳が襲って来た。

ベルグリフは慌てて大剣の腹で受ける。シエラは拳を捻るようにして下へと打ち下げた。拳に引っ張られるようにして、体勢が崩れる。危うく手から滑り落ちそうになった大剣の柄を咄嗟に握って押さえると、鞘だけが外れて地面に転がった。

ベルグリフが体勢を整える前に、次の拳が左肩を捉えた。咄嗟に魔力に衝撃を伝わせるが、それでも物凄い威力だ、思わず左手の剣を取り落とす。

だが無意識にだろうか、拳を受けるのとほぼ同時にカウンター的に右の大剣が横なぎに振るわれた。鋭い白刃が、拳を振り切ってわずかに無防備さを見せたシエラに向かって行く。

いや、まずい。これでは斬ってしまう。

ベルグリフは咄嗟に剣の勢いを緩めようと腕に力を込める。大剣はその意思そのままにシエラの手前でぴたりと止まった。

と同時に顎に微かな衝撃を感じた。シエラの拳がベルグリフの顎を掠った。それでも衝撃が顎から脳髄に伝わり、ぐらり、と視界が揺れる。

困惑した表情のシエラが見えた、と思うや、意識が暗転して何も分からなくなった。

目を覚ますと、木造りの天井が見えた。下げられたランプに火が灯っていて、そこいらを淡い光が照らしていた。

しばらく瞬きして、それから上体を起こす。向こうに開け放たれた窓が見える。宵闇が次第に降りて来ているらしい、見える路地は薄紫のヴェールがかかったようだ。

顎を撫でる。掠っただけだから痛みはない。まともに打たれた左肩を動かしてみるが、こちらも大して痛みはない。咄嗟に衝撃を魔力に伝わせて逃がしたのがよかったようだ。しかし却ってそのせいで手先に必要以上に衝撃が伝わり、剣を落とす羽目になったようだが。

まだまだ鍛錬が足りないなと思っていると、不意に柔らかなものが抱き付いて来た。アンジェリンが抱き付いたまま上目遣いにベルグリフを見上げた。

「大丈夫、お父さん？　肩、痛くない……？」

「ああ、アンジェ……大丈夫だよ」

ベルグリフは微笑んでアンジェリンの頭を撫でると、改めて周りを見た。どうやら取っている宿の部屋のようだ。アネッサ、ミリアムが並んで座っていて、マルグリットとカシムは姿がない。

ふと、アンジェリンの横に座っていたらしいシエラと目が合った。彼女はさっと立ち上がると深々と頭を下げた。

「申し訳なかった。本当にごめんなさい……怪我は……」

「や、まるで大した事はありませんよ。いやはや、しかし流石の腕前ですな。私もまだまだのようです」

ベルグリフが笑うと、シエラは泣きそうな表情で俯いた。

「何をおっしゃる……完全にわたしの負けですよ。手加減できなかったばかりか、手加減してもらった。あなたがあそこで剣を止めていなければ今頃……ギルドマスターともあろう者が一時の感情でこんな……どんなにお詫びすればいいのか」

彼女は自分の言動をかなり恥じている様子だった。肩を落として小さくなっている。立ち合いまでは多分に感ぜられた怒りの感情がすっかり消沈して、完全に頭が冷えたようだ。そのせいもあって、次に控えていた筈のマルグリットとは勝負していないらしい。気を失ったベルグリフが心配で、ずっと傍らに控えていたそうだ。

「そうか……やれやれ、随分長く寝てしまったな。情けない」

それにしたって、誰が宿まで運んでくれたのかと思う。ベルグリフは長身でしっかりした体だから、運ぶにも重いだろう。そう言うとアネッサがシエラの方を見た。

「シエラさんが宿まで運んでくれたんですよ」

「ベルさんすっごく大きいのに、シエラさん力持ちだよねー」

ミリアムがそう言って笑った。

「そうだったのか……いや、ご迷惑をおかけしまして」

「いえ、何の迷惑もありません。短慮から喧嘩を吹っ掛けたのはこちらですし、どうか気になさらないでください……うう」

シエラは両手で顔を覆った。ベルグリフは苦笑して肩を回す。音を立てて体がほぐれるのを感じた。手合わせは昼前だった筈だから随分寝ていたようだ。旅の疲れも相まって、却っていい休息になったようにも思う。

「カシムとマリーは？」

「お父さんが起きないからって何か買い物に行った」

ベルグリフは頭を掻いてシエラの方を見た。

「あいつと話はできましたか？」

シエラは首を横に振った。怒りが消えて冷静になった分、軽率な行動を恥じる心の方が強くなって、カシムと話をするどころではなくなってしまったようだ。カシムの方もシエラに何か話したわけではないらしい。

ベルグリフは嘆息した。

「仕様がない奴だ……」

「ねえねえ、シエラさんはあれなの？　カシムさんにゾッコンみたいな？」

ミリアムがにやにやしながらシエラをつついた。シエラはバツが悪そうに口をもぐもぐさせた。

「そう……なんでしょうね。自分じゃ認めたくなかったんですが」

「おお……恋する乙女……なるほど」

アンジェリンが面白そうな顔をして頷いた。アネッサが手を伸ばしてこつんとその頭を小突いた。

「はは、そんな大したものじゃないよアンジェリン殿……諦めが悪いだけ、なんだろうね」

シエラはそう言って頭を掻いた。

「ベルグリフ殿の事、それからパーシヴァル殿、サティ殿の事はあいつから何度も聞きましたよ。普段は変に皮肉げで厭世的《えんせい》なのに、その話をする時だけあいつは妙に嬉しそうでね……今の仲間はわたしたちなのにって苛立った時も何度もありましたよ」

「……まったく、あいつは」

「いや、カシムの気持ちも分かるんです。あんなに強いのに悲し気で、何とか力になってやりたいと思って……けど駄目でした。わたしじゃあなたたちの代わりにはなれなかった。あいつが勝手にパーティを出て行って、冒険者もやめたって聞いて……それで諦めたつもりでした。けど、こうやって思いもよらず再会して、そうしたらあなたたちが一緒で、あいつはひどく楽しそうで……」

シエラは悲し気に微笑んだ。

「踏ん切りは付いたと思っていたんですよ。けどベルグリフ殿、あなたを目の前にしてしまったら、どうして自分じゃ駄目だったのかなんて醜い思いがどんどん大きくなって、カシムが嬉しそうなのが余計に気に障って……気付いたら自分でも驚くほどの憎しみが言葉に乗ってしまっていた……本当に申し訳ない……ごめんなさい」

シエラは泣き顔を隠すように深々と頭を下げた。ベルグリフは微笑んでシエラの肩に手を置いた。

「何も気にする事はありませんよ、シエラ殿。正直に話していただいてありがとうございます。それに、きっとカシムもあなたには感謝している筈ですよ」

「そう……でしょうか。けど……あいつはわたしの事なんか見ちゃ……」

シエラは何か言いかけたが、また浮いて来たらしい涙を拭い、俯いて嗚咽《おえつ》した。

カシムは確かに十分に苦しんだ。しかし、その苦しみから来た捨て鉢さで、こうやって苦しむ人が他にいる。何だかやるせない気分だ。

ベルグリフは嘆息し、窓の向こうに目をやった。外に満ち満ちて部屋にまで入って来ようとしている夜の闇を、天井から下げられたランプの光がかろうじて押し止めている。

その時、部屋の戸が開いてマルグリットが入って来た。両手いっぱいに食料品を抱えている。

「よー、お待たせ。あれ、ベル起きてんじゃん、丁度いいや。酒買って来たぜー」

「いやー、すっかり暗くなっちゃった。ベル、大丈夫かい？　シエラの拳は強烈だろ？」

マルグリットに続いて入って来たカシムを、アンジェリン、アネッサ、ミリアムの三人がどことなく非難めいたジトッとした視線で見た。

「鈍感者」

「甲斐性なし」

「ばーか」

「え、なになになに」

カシムは焦ったように部屋の中を見回した。ベルグリフは呆れたように目を伏せた。

「今回ばかりは俺も君の味方はしないぞ、カシム」

「ちょ、なに？　オイラがいない間に何の話してたの？」

「てか雰囲気暗《く》れーぞ。おばさん、何泣いてんだよ」

「マリー、シエラさんはおばさんではなく乙女……」

「あん？　何言ってんだ？　まあいいや。腹減ったよ、色々買って来たから飯にしようぜ」

マルグリットはいつも通りの調子で、テーブルに買って来たものを並べた。露店で買ったらしい種々の食べ物がある。中には湯気を立てているものもあった。

　何だか話の腰を折られたような気分だが、それでも腹は減っている。ベルグリフは嘆息してひとまず寝床から足を投げ出し、腰かけるようにした。

　マルグリットと同じように抱えていたものをテーブルに置いていたカシムが、包みの一つを取り上げた。

「ほい」

「……え？　わたし？」

　シエラがぽかんとした顔でカシムを見上げる。カシムは何となくバツが悪そうにシエラの手に包みを押し付けた。紙の包みの隙間から焼き菓子らしいのが見えた。甘い匂いがする。

「これ、好きだっただろ、お前」

「あ……ピニシェケーキ……」

　色々な乾燥果物とスパイスを羊の乳を使った柔らかめの生地に混ぜ、型に入れて焼き上げた菓子である。マルグリットが覗き込んで指さした。

「あ、それそれ。カシムがよー、見つからない見つからないって市場を行ったり来たりするから、こんな遅い時間になっちまって」

　カシムは鬚を捻じりながら苦笑した。

「お前の好きな干しイチジクは少なめっぽいけど……」

　アンジェリンが目をぱちくりさせた。

「なんだ……カシムさん、ちゃんとシエラさんの事見てたんだ……」

「カシム……」

「あー……まあ、その、なんだ」カシムはぼりぼりと頭を掻いてシエラの方を見た。「オイラさ、一つの事に夢中になっちゃうと周りが見えなくなるもんだから……その、ごめんな。オイラの中じゃ全部解決した気になってて……」

「ち、違う。わたしがまだ引きずってただけで、その……」

互いに何とも言いあぐねている様子を見て、ベルグリフは苦笑した。

「……林檎酒が飲みたいなあ」

「あ、こっちにあるよ」

「えっ、あるの？　……いや、そうじゃなくて、それじゃ足りないだろう。その、マリーがいるし」

「えっ、今日はいっぱい飲んでいいのか!?」

「ああ、まあ……カシム、ちょっと買って来てくれ」

「オイラが行くの？」

「シエラ殿、手伝ってやってください。道案内も要るだろうし」

「か、構いませんが……」

「でもさ、ベル」

「ああもう、うるさいな！　いいからさっさと行って来いってば！」

珍しく怒鳴られたカシムは目を白黒させた。そうして同じように困惑しているシエラと一緒に出て行った。

ベルグリフはぐったりと肩を落として大きく息をついた。

「まったく、世話の焼ける……」

笑いを押し殺していたらしい女の子たちが遠慮なくけらけらと笑った。

「ふふふ、お父さん、ちょっとやり口が強引……でもぐっじょぶ」

「にゅふふ、ベルさんは変な所で不器用ですにゃー」

「無茶言わないでくれ、こういう役回りは慣れてないんだから……」

「でも結果的にはよかったですね。ちゃんと話ができるといいけどなあ」

未だ状況が分かっていないらしいマルグリットが口を尖らした。

「なんだよ、何があったんだよ。おれだけ仲間外れはやめろって」

「大人のラブストーリー……マリーはお子ちゃまだから駄目」

「んだとコンニャロ！　てか恋バナか!?　おれそういうの大好きだぞ！　まぜろ！」

マルグリットまで交じっていよいよ姦《かしま》しくなって来た。ベルグリフは苦笑しながら酒瓶に手を伸ばし、紙にくるまれたパンや肉などをつまんだ。

カシムは置き去りにした過去を取り戻したいと言った。自分の事も、パーシヴァルやサティの事もあくまで過去の事だ。清算するべき事柄ではあるが、過去は過去でしかない。

それがすべて済めば、カシムを先に進ませる役目はもしかしたらシエラが担っているのかも知れない。

じゃあ、自分は？

ない。そんな事を思う。

「……まあ、俺にはアンジェたちがいるしな」

娘を含め、慕ってくれる若者たちがいるというのは悪い気はしない。友人だっている。孤独に苛まれていたカシムとは状況が違う。過去の清算が済めば、また元の日々の生活に戻るだけだ。トルネラに帰ればシャルロッテにビャク、グラハムにミトだっている。

「未来か……」

過去に向かって行く自分たちと違って、目の前の少女たちは可能性に満ち満ちている。

カシムとシエラの話で盛り上がっている女の子たちを見て、ベルグリフは眉をひそめた。

「……人の話ばっかりじゃなくて、君たちも自分の相手を見つけなきゃ駄目なんじゃないのか」

ぽつりと呟いた言葉は、誰に聞かれる事もなく消えた。

○

夕暮れの時間を過ぎて、マンサの町は宵の闇に包まれていた。往来の店店の軒先には明かりが灯されて、道行く人々の表情が濃い陰影で浮かび上がっている。空には星が瞬いて、ひんやりとした空気が降りて来ていた。

カシムとシエラは連れ立って歩いていた。カシムは林檎酒の瓶をぶら下げている。目的のものは手に入れたけれど、とんぼ返りするつもりはないらしい。

往来の人ごみを避けながら、シエラは指先で頬を掻いた。

「……気を遣っていただいたのだろうか」

「かもね。ベルってば、変なとこで不器用なんだよな」

カシムはそう言って笑った。シエラもつられて頬を緩める。

「立派な人だな、ベルグリフさんは。お前が惚れ込むのも分かる気がする」

「だろ？」

カシムは嬉しそうに言って、林檎酒の瓶を肩に載せた。

「昔っからそうなんだよ。オイラ含めてベル以外の三人はさ、どいつもこいつも我が強くてやりたい放題だったけど、ベルがいてくれたから上手くまとまってたんだ。年取ると変わっちゃう奴もいるけど、ベルはそのまんまだった。やっぱり良い奴だよ」

上機嫌に語るカシムの言葉に、シエラは少し寂し気な笑みを浮かべた。

「……やっぱり、その三人の事を話す時のお前は楽しそうだなあ」

「んん？　あ……あー、まあ、そうね」

カシムはバツが悪そうに頭を掻いた。シエラはハッとしたようにカシムを見た。

「あ、いや、ごめん。別に当て付けで言ったわけじゃなくて……」

「いやいや、オイラもごめん。どうも無神経なトコがあるから」

「それは今更言わなくても知っている」

「おーい」

シエラはくすりと笑った。そうしてふうと息を吐いて空を見上げた。

「……自分の小ささが嫌になるよ。ギルドマスターを引き受けた時、お前と肩を並べられるくらいにはなったと思ったんだが……この歳で嫉妬に狂うなんて情けないにも程がある。わたしは自分の事しか考えてなかったな。ベルグリフさんは最初から最後までわたしを気遣ってくれていたのに」

「……」

カシムは頬を掻いて視線を泳がした。シエラは嘆息して続ける。

「……どれだけ罵倒されても仕方がないと思っていた。殴られようが罵られようが甘んじて受けるつもりだったんだが……わたしじゃベルグリフさんの代わりにならない筈だよ。あんな無礼な仕打ちをおおらかに受け止めてくれる人はそういない。正直、お前が羨ましくなったくらいだ」

「それは違うぜ、シエラ」

カシムは彼にしては真面目な顔をして足を止めた。真っ直ぐにシエラを見据える。

「オイラはお前をベルの代わりだなんて思った事はないよ。シエラはシエラだ。他に代わりなんかいない」

「う……」

シエラは頬を赤らめて、視線を逸らした。

「……お、お前らしくないぞ、カシム」

「……そだね。何か言ってから恥ずかしくなって来たや」

往来の真ん中で立ち止まっては仕様がない。二人は何となく気まずい気分で再び歩き出した。何だか少し早足になった。

少しして、宿の前まで戻って来た。二人は足を止めて何ともなしに互いの顔を見た。シエラはどうしていいか分からない様子で視線を泳がし、口を開いた。

「ええと……では、わたしは戻ろう、かな」

「んー……」

カシムは少し考えていたが、やがてひょいとシエラの手を握った。シエラは目を白黒させる。

「な、何をする……」

「いやさ、このまま帰っちゃったら、なんか怒られるような気がしてさ。ベルもそうだし、特に娘っ子たちに」

「そ、そうなのか……じゃあ、どうする?」

「……もうちょい歩こうぜ。そんでさ、ベルたちの事じゃなくて、別の話しよう。オイラとお前の事とかさ。話す事もあるし、聞きたい事もあるぜ、オイラはさ」

「う、うん……分かった」

シエラは照れ臭そうに口をもぐもぐさせて頷いた。カシムは髭面をニッと緩めると、シエラの手を引いてまた往来を下って行った。

八十九　オルフェンの都の外は、初夏の

オルフェンの都の外は、初夏の陽光が燦々と降り注いで、青々と茂った背の低い草に白く照り返されていた。

厚底のブーツが草を踏み、ぎゅうとよじる拍子に下の土をむき出しにした。

初撃こそいなした赤髪の少年だったが、すぐさま二撃目を肩に受けた。

「お前、なんでそこで前に来ようとすんだよ」

枯草色の髪の少年が呆れたように木剣で肩を叩いた。赤髪の少年は苦笑する。

「いや、どうも俺は後ろに引く癖があるみたいだから……」

「前に出りゃいいってもんじゃねえぞ。お前、得意の状況判断を捨ててまでかかって来るなよな、長所が台無しだぞ。俺の真似したって俺に勝てるわけないだろ」

「ぐむ……」

「慣れない事はしない方がいいんじゃないの」

傍らで岩に座って眺めていたエルフの少女がそう言って笑った。赤髪の少年は困ったように頭を掻いた。

「むう……けどなあ」

「そのせいで今までのパーティで上手くやれなかったってか？」

ドキリとした。視線を泳がせる赤髪の少年を見て、枯草色の髪の少年がにやりと笑った。

「いいか、おい。言っとくが、お前が俺とかこいつよりも剣の腕があるとは思っちゃいねえよ。俺がお前に期待してるのはそういう事じゃない、もっと別の事だ」

「……そうはっきり言われると流石にキツイんだけどな」

「弱いとは言ってねえよ、あんまり焦っちゃ駄目だぜ。上手く言えないけど、お前にはお前の役割がある。攻めは俺たちに任せておけよ。な」

「そうだよ。彼はともかく、わたしは天才だから安心して任せておきたまえ、ふふ」

くすくす笑うエルフの少女に、枯草色の髪の少年は眉を吊り上げた。

「あんだと？　喧嘩売ってんのか？」

「ふふん、連続引き分けの記録を打ち止めにしようじゃないか！」

エルフの少女は木剣をくるくると振りながら立ち上がった。

「おー、いいぜ、言い値で買ってやるよ。ようやく負ける決心が付いたんだな？」

「その台詞そっくりそのまま返す！」

言い合う少年とエルフの少女を尻目に、赤髪の少年は後ろに引いて嘆息した。

役割分担。今でも戦況の把握や索敵、他、冒険の準備や諸々の雑用など、主に赤髪の少年が取り仕切ってやっている。そういう事は得意だし、枯草色の髪の少年はもちろん、エルフの少女も茶髪の少年も、そういう事に関しては妙に雑だった。だから自分の役目というのは理解できる。

確かに剣に関しては、枯草色の髪の少年にもエルフの少女にも、技量の上でも才能の上でも敵う気はしない。枯草色の髪の少年の勇猛果敢な攻めの剣は憧れるし、エルフの少女の舞うような剣の動きも見惚れてしまうくらいだ。

しかし、自分にだって剣士としての矜持くらいある。剣で張り合おうという事自体が間違いだとは思うけれど、せめて並んで戦うくらいの腕は欲しい。

どちらにしても、今のままでは駄目だ。

自分に合った剣とは何だろう、と赤髪の少年は目を伏せた。

剣士は前衛で戦い、後衛を守る。最も魔獣とぶつかる役割だ。だが、枯草色の髪の少年が求めているものはそうではないという。

確かに、ただでさえ、剣士は自分含めて三人もいるのだ。全員が前に出ても仕様がない。あの二人に並んでは自分など前に出ても足を引っ張るばかりだ。故郷の村ではそれなりの腕自慢で通ってはいたのだが、やはり世界は広い。

激烈に木剣を打ち合う少年と少女を、離れた所で笑いながら見ていた茶髪の少年に近づいた。

「やー、あの二人は相変わらずだねえ」

「なあ、君はどう思う？　俺はどういう剣を振るえばいいんだろう？」

「え、オイラに聞くの？　うーん……」

茶髪の少年は難しい顔をして腕を組んだ。彼も天才肌の人間であるし、何よりも魔法使いだ。剣の事を聞くのは筋違いかも知れない。赤髪の少年は頭を掻いた。しかし、茶髪の少年は何か思いついたようにぽんと手を打った。

「盾だね」

「はっ？」

「ほら、あの二人は前に押すのが好きだし、オイラもどっちかっていうと攻撃の方が得意だし、正直矛役は足り過ぎってくらい足りてる」

「それで、盾？　俺が？」

「別に前に出て攻撃を受けろっていうわけじゃないけど、君は攻めるよりも守る方が得意でしょ？　現に、オイラたちが前しか見てない時に後ろを見てくれるのは君だし……オイラたち皆、調子に乗ってると周りが見えなくなっちゃうからね」

直さなきゃ駄目だと思うけど、と茶髪の少年はからから笑った。

それはそうかも知れない。守りが主体の剣士。そのせいで今までは邪険にされる事が多かったように思う。しかし、このパーティではむしろそうなるべきだと皆から言われる。

「……やれやれ」

枯草色の髪の少年と張り合うような気持ちで、何とか攻撃的な剣を身につけようと日々鍛錬していたが、サイズの合わない服を着ようと四苦八苦しているようで、どうにも無駄な足掻きだと思っていた。しかし、守りの剣などと言われても具体的にはどういうものなのかよく分からない。都に出て来てからの試行錯誤が、却って混乱をもたらしているようにも思えた。

「色々試してみるしかないな……」

「あっ、また引き分け」

茶髪の少年がそう言って笑った。

見ると、それぞれの剣が同時に相手を直撃したらしい。エルフの少女は頭を、枯草色の髪の少年は脇腹を押さえ、膝をついて震えている。

赤髪の少年は呆れ顔で道具袋から打撲用の塗り薬を取り出した。

○

草原を撫でて行く風が草を揺らす度に、伸びた草が陽光を照り返して白く光った。さながら光の波のようだ。それは規則正しい間隔を置いて、ひっきりなしに広がっては消えを繰り返している。

アンジェリンはそれを眺めながら、大きく伸びをした。恋愛話は楽しく、お酒も入って昨夜はすっかりガールズトークで盛り上がった。

悶着こそあったが、その後は問題もなくギルドからの依頼を受けたアンジェリンたちは、シエラと別れてマンサの町を出た。今は南への道を下っている最中である。

シエラは全幅の信頼を寄せてくれたようで、依頼料の半分は前払いしてくれ、残り半分は南部のギルドでもらえるよう受領用の書類をしたためた上、目的地までの詳細な地図と、食料や水などの旅に必要な種々の物資、二頭立ての馬車まで無償で貸与してくれた。ギルドの書簡と荷の配達という大事な仕事に加え、Sランク冒険者が二人もいるというのが建前だが、実際はもっと別のものがあるのだろう。

向かいに座るカシムはぼんやりと空を見上げていた。何となくホッとしているように見える。結局夜遅くまで町をうろつきながら、話に花を咲かせたようだ。それで色々な事が片付いたら、また会おうと約束したらしい。

「……いくつになっても乙女は乙女」

アンジェリンはくふくふと笑った。隣に座っているベルグリフに寄り掛かる。

「ね、お父さん？」

「ん？　ああ……」

何か考え事をしていたらしいベルグリフは、生返事をしてアンジェリンの頭をぽんぽんと撫でた。もう片方の手には広げた地図がある。

シエラ曰く、中途には廃村がいくつかある他は、村らしい村もないという。

かつては開拓移民が入った事もあるというが、鉱石が出るわけでもないし、冒険者がわざわざ狙う程の魔獣が出るわけでもない。その上商売に有利な大都市は遠く、交通の便は悪い。結局うまみがないという事で人は去って行った。

却って山脈の中にまで入ってしまえば、少数民族の集落があるそうだが、そんな所に行く必要はない。個人的に興味はあるけれど、それでは流石に寄り道が過ぎる。

いずれにしても、そういう事情があるから行き来する人の数は少ない。遊牧民たちがやって来る事はあるそうだが、彼らは決まった道を行かないから、街道は用を成さない。

なるほど、確かに今まで進んでいた広い街道とは違って、整備されているとは言い難い道だ。起伏が多く、よく馬車ががたがたと揺れるので、隣に座るベルグリフはやや居心地が悪そうで、しきりに身じろぎしている。わざわざ南に向かう商人がいないというのも納得できるようだ。

それでもまったく人が通らないわけではないらしく、草に埋もれかけてはいるものの、馬車のものらしい轍《わだち》の跡がずっと向こうに伸びていた。轍は少しずつ西に寄っているようだった。進む先で、青空に溶けるようにして青い山脈がそびえ立っている。山頂付近は白い雪の帽子をかぶっていた。山肌が青い分、雪の白が浮かび上がるように見えた。

アンジェリンは地図を覗き込む。しばらくは草原が続くけれど、やがて岩が増え、山脈の傍は荒れ地のようになって来るようだ。峡谷のようになっている場所もあって、その辺りには魔獣や盗賊も出るらしい。

尤も、この道はあまり使わない為に情報が少なく、シエラにも把握しきれていないものがあるかも知れないから、十分に注意して欲しいと言われていた。

知らない所に行くというのはわくわくする。危険があると思えば尚更だ。だが、それに加えて驚くほどの安心感を抱いている自分がいる。ベルグリフが一緒にいるからだろう。高揚感を共有できているかはともかくとして、同じスリルを大好きな父親と一緒に味わえるというのが嬉しくて仕様がない。

荷台から身を乗り出したミリアムが、目を細めて山脈の方を見た。山の向こうから高い雲が流れて来ている。

「あの向こうは公国なんだよねー」

「そうだな。山脈一つなのに、向こうとこっちじゃ結構気候が違うよなあ」

手綱を握るアネッサが言う。

オルフェンも北部に位置する為に乾燥気味の気候ではあるが、冬は雪も降るし、雨だって降る。しかし、湿った重い雲は山脈に引っかかって東へは来づらいらしく、ティルディス領は降雨が少なく、乾燥気味の気候であるらしい。尤も、この初夏の爽やかさは、乾燥しているからこその清々しさなのかも知れないが。

　そう考えるとトルネラと似ているな、とアンジェリンは思った。トルネラも冬の雪こそ多いが、雨が降る事は少ない。夏は涼しく爽やかだ。

　今頃、シャルロッテやビャクが裏手の畑を手入れしているのかしら、と考える。南の地であるルクレシアと比べて、トルネラは涼しくて過ごしやすいだろう。ミトは元のように皆と遊んでいるかしら。もしかしたら、グラハムに連れられて他の子供たちと一緒に森に行っているかも知れない。

　飽きる事無く流れて行く景色を眺めていたマルグリットが、少し身を乗り出して遠くを見た。

「なんかあるぞ」

「ん？」

　アンジェリンが顔を上げるよりも先に、マルグリットはひらりと馬車から飛び降りると、草の間を縫うようにして駆けて行った。そうして草の間から見えていた棒のような物を引き抜いて戻って来た。

「剣だ……剣か、これ？」

「うわ、錆び錆びじゃん」

　柄の長い武器だった。柄も鉄でできているらしく、地面に刺さっていた刀身の部分は錆びて刃がこぼれている。槍にしては刀身が長めで、剣にしては柄が長い。あまり馴染みのない武器である。

　マルグリットはその武器を持ち替えながら周囲を見回した。

「草に埋もれてるけどさ、結構こういう錆びた武器とか防具が転がってるぜ、この辺」

「へえ……昔の戦場かなにかかな？」

アンジェリンがそう言ってベルグリフの方を見ると、ベルグリフは頷いた。

「多分そうだろうな。その武器は馬上で扱いやすいような形状なんじゃないか」

なるほど、確かに馬の上からでは射程のある武器の方が有利だろう。

マルグリットは立ち上がって振りかぶると、拾って来た武器を放り投げた。武器は遠くに飛んで行って、地面に突き立った。

「しっかし、なーんもないな。魔獣の一匹でも出りゃ楽しいのによ」

「ダンジョンの中でもないのに、昼日中に襲撃して来る魔獣なんかいるもんかい」

カシムがそう言って大きく欠伸をした。そうして山高帽子を顔に傾けて寝る体勢に入る。

ずっと平原が続いていたが、今日の夕暮れには山脈の裾辺りにまでは行きそうだ。ただ、地図からすれば道は山脈に沿ってはいるが、近くを通るというわけではないようだ。そうなるのはもっと南に下ってからのようである。

エストガルまで行くのに半月近くはかかったのである。それよりも遠く南へ行こうというのだから、まだまだ時間はかかるだろう。空間転移も飛行の術も使えないのだから当然である。

しかし、そういうのが旅の良いところだとアンジェリンは思う。あんまり速過ぎると、こうやって景色を楽しんだり、話に花を咲かせたりはできない。

馬たちに水を飲ませたり草を食ませたりと休憩をはさんで進むと、次第に陽射しが黄金色を増して来て、何だか質量まで持ったようになって来た。進む方向に陽が沈んでいくから眩しい。アンジェリンが目をしばたたかせていると、不意に強い風が吹いて、揺れる草が擦れ合ってざあざあと音を立てた。

横を見ると、ベルグリフは目を閉じて腕を組んでいた。寝ているわけではないようだが、少しばかりうとうとしているようだ。

アンジェリンはそっと四つん這いになってマルグリットの横に行った。

「何か見える……？」

「草ばっかだぜ。でもたまにでっかい岩とかあるし、やっぱり古い武器が転がってるみたいだ」

草原は緩やかに起伏して、場所によっては丘陵のようになっている場所もあった。あの上から不意を突いて盗賊の騎馬隊が一斉に下って来たら、自分一人では流石に対処しきれないかな、と思う。負けはしないだろうが、馬車が壊れてしまうかも知れない。

しかしカシムもミリアムもいるし、何よりそんな襲撃にはベルグリフが真っ先に気付くだろう。何も心配することはない、とアンジェリンは頷いた。マルグリットが怪訝な顔をしている。

「何考えてんだよ」

「盗賊が襲って来るならあっちかな、って」

「ははあ、なるほどな……でも今は逆光だから、あっちからも来そうじゃねーか？」

マルグリットはそう言って馬車の向かう方を指さす。確かに眩しい。光を背に来られては不利だろう。

「アーネ、前の方には誰かいそう？」

「いや、そういう気配はないな」

逆光除けだろう、ミリアムの帽子を目深にかぶったアネッサが振り返った。

「何か飲み物くれないか？」

「林檎酒？」

「いや、酒じゃない方がいいな」

「ん……薄荷水《ハッカ》でいい？」

「うん、ありがと」

「襲撃があるとしたらさ、まず遠弓《とおゆみ》がざーって来るよね、多分」

ミリアムが鞄を漁りながらそう言った。アンジェリンは頷く。

「それでこっちが慌てたところで、高い所から一気に下って来る……と思う」

「射手の数が少なければ御者を狙うよねー。アーネ、気を付けないとー」

「そんなの飛んで来ればすぐ分かるって……」

「じゃあ、まずは弓矢対策かよ。どうすんだ？　おれ、自分を狙って来る矢は全部叩き落とせる自信あるけど、飛んで来る奴全部は無理だぜ？」

「マリーは護衛依頼は受けた事あるの……？」

「んー、ベルと一緒にトルネラから出る時のも護衛っちゃ護衛か？　でもオルフェンに来てからはまだ受けてないな。ほら、下位ランクで一人でやってる奴は護衛依頼来ねーんだよ、知ってんだろ？　パーティ組んでからってユーリに言われた」

高位ランク冒険者ならば、一人であっても護衛依頼を任される事はある。しかし下位ランクの冒険者ではパーティを組んでいなくては安全面からも信用面からも任せられないようだ。

そういえばそうだったな、とアンジェリンは頷いた。

「弓矢対策は、隊商の場合は他にも依頼を受けた護衛がいるから、その人たちと相談……でも、大概は馬車の横に矢除けの板が立てられるようになったりしてる」

「へえ、なるほど……そういやそうだったな」

青髪の女行商人の馬車を思い出したらしい、マルグリットは腕組みして頷いた。

アネッサが前を向いたまま口を開いた。

「そういえば、隊商の護衛は一人でも受けられる筈だぞ。あれは一パーティだけじゃなくて、他にも冒険者を集めて、頭数を揃える筈だからな」

「あれ、そうなのか？　おれ、全部駄目だと思ってそっち方面の依頼は全然チェックしてなかった……アーネはそうやって一人で受けたのか？」

「いや、わたしとミリィはアンジェと組む前は孤児院の仲間でパーティ組んでたから、護衛依頼は問題なく受けてたよ。なあ、ミリィ？」

「そうだねー。あの頃は遠くまでは行けなかったけど、それでもオルフェン周辺のあちこち色んな所に行って楽しかったなー」

「アンジェは？」

「わたしはさっさと高位ランクになったから、そういう悩みはなかった……」

「ちぇっ。見てろよ、おれもすぐにSランクになってやっからな」

「でも、護衛は護衛対象との連携も大事だから……自分勝手なマリーには不向き」

「なんだとー。お前だって似たようなもんじゃねーか、不愛想者の癖して」

アンジェリンとマルグリットはふざけて互いを小突き合った。

「ほらほら、喧嘩しなーい。甘いものでも食べにゃー」

ミリアムが笑いながら袋から砂糖まぶしのビスケットを取り出した。

やがて山脈に太陽が隠れ、馬車の走る辺りは影になった。吹く風が肌にひんやりするようになって来て、アンジェリンは脱いでいた上着を羽織り直した。見上げる空は真っ青で輝いているのに、自分たちのいる辺りが暗いのが何だか可笑しい気がした。

石でも踏んだのか、馬車が大きくがたんと揺れる。その拍子に頭でも打ったのか、荷台で横になっていたカシムが「んがっ」と声を上げて起き上がった。

「んあー……ありゃ、暗くなってんじゃん。オイラ、結構寝ちゃった？」

「カシムさん大丈夫……？　夜寝れなくなるんじゃない？」

「いいよ別に。そしたら夜の見張りしてやるから」

カシムはそう言って伸びをし、首や肩を鳴らした。

さらに日が暮れて、山脈の向こうが真っ赤に焼け始めた頃、小さな廃村に一行は辿り着いた。崩れかけた石積みの建物の陰に馬車を停め、伸び放題の木に馬をつないだ。井戸はとうに涸れて崩れて埋まっている。しかし近くに小川が流れているようであった。

薪を集めて火を熾《おこ》す頃には山脈の稜線に沿うように紫色、天頂の方が藍色に染まり、千切れたように浮かぶ雲の下半分だけが夕日に焼けて赤くなっている。星がぽつぽつと輝き出していた。

昼間は涼風というようだった風が、陽が落ちると身震いするような冷たさを伴っていた。しかし古い石壁が良い具合に風よけになってくれていて、壁に寄り掛かっていると風の冷たさは随分和らいだ。

マルグリットが鼻歌交じりに夕飯をこしらえている。言動は粗野なエルフの姫も、料理に関してはアンジェリン以上だ。何となく悔しい。別に自分だって料理が作れないわけではないが、オルフェンに帰ったらもう少し練習しようかと思う。

　ベルグリフが取っ手付きの小箱を置いた。

「マリー、調味料置いておくぞ。使い過ぎないようにな」

「分かってるよ、おれに任せとけって」

　小箱を開けて、小瓶の中身を確かめながら味付けをしているマルグリットを尻目に、ベルグリフはマントを羽織って踵を返した。アンジェリンも立ち上がって後を追う。

「何処行くの、お父さん……？」

「ああ、少し周りを見回っておこうと思ってね……何があるか分からないし」

「わたしも行く……」

「来るか？　じゃあちゃんとマントを羽織って来なさい」

　まだ月は昇っていなかった。しかしもう目が暗闇に慣れて、歩くのにもなんの支障もない。

　ベルグリフはいつも以上に慎重に歩いていた。草に埋もれて大小の石が転がっている。左の足でならばともかく、右の義足で変な風に踏んでは転んでしまうのだろう。

　屋根が抜けて崩れてしまった廃屋がいくつもあり、雨風に晒されてすっかり角がなくなってしまった女神ヴィエナの神像が転がっていた。畑もあったのだろうが、もうその名残は全く残っていない。

　ベルグリフ曰く、この村は帝国系の人々が移り住んだものだろうとの事だった。ティルディスの遊牧民たちは主として土台のある家を持たず、大きなテントを利用して国中を行き交っている。もっと東のキータイに近い方になれば石造り、土造り、木造りの家も多いというが、この辺りの草原の民は移動生活を主にしている為、そういった家は作らないそうである。

「すごい。詳しいね、お父さん……」

「はは、本で読んだだけだよ。確かまだ家にしまってあった筈だから、今度帰って来た時に読むといい」

「そんなのあったんだ……知らなかった」

「アンジェがオルフェンに行った後に、行商人から買った本だからね」

歩きながら、アンジェリンはこの辺りにも古びた武器の残骸が転がっているのに気付いた。もしかしたら、この村は戦禍によって廃村になってしまったのだろうか、と思う。

「ここにも武器がいっぱい……」

「ああ……もう随分昔のものだろうね」

ベルグリフは周囲を見回し、顎鬚を撫でた。

「魔獣の気配もないし、悪いものの根城になっている様子もなし……さ、戻ろうか」

「うん。お腹空いた……」

アンジェリンはベルグリフの手を握った。

戻ると食事の支度は整っていた。温かな干し肉と豆のスープと堅パンを食べ、食器や鍋など諸々を片付ける頃には半月が昇って、草原を青白く照らしていた。

壁を背にたき火を眺めていると、火が揺れる度に背後に映る影がゆらゆらして、それが自分を見下ろしているような気がして何となく落ち着かない。そういうつもりはなくても、アンジェリンは何度も後ろを振り返った。

荷物を点検していたらしいアネッサが、弓矢を持って立ち上がった。ミリアムも杖を持っている。

「ベルさん、ちょっと行って来ます」

「ん？　何かあったのかい？」

「食料調達ですよー。兎獲って来ます、兎」

そう言ってミリアムは杖を振った。

確かに、シエラから食料品は提供してもらっているとはいえ、それにばかり頼りきりなのも考えものだ。現地調達できるに越した事はない。アンジェリンも立ち上がった。

「手伝う……」

「そうか？　助かるよ。じゃあくくり罠を……」

「おれも手伝う事あるか？」

マルグリットが期待に満ちた目でアネッサを見ている。アネッサは苦笑して頬を掻いた。

「実際に仕留めるのは矢が一番だけど……マリーは目はいいよな？」

「おう！　夜目も利くぜ！」

「じゃあ兎を追い込むのを手伝ってくれ」

「やった！　やるやる！」

そういうわけでベルグリフとカシムを残して、アンジェリンたちは平原へと出た。相変わらず風が吹いているが、吹き付けるというよりは髪を揺らすといった程度だ。月明かりで嫌に明るいが、色彩が乏しい分だけ何だか見える風景が作りもののように感じた。

「けど、なんで今からなんだ？　昼間の方が見えるじゃんか」

「鳥ならそれでいいけど、兎は夜行性だからな。夜じゃないと出てこないよ。この辺の兎は特に夜しか出ないみたいだしな」

実際、南に下り始めてから昼間に兎の姿を見る事はなかった。夜に野宿をしているとそれらしい気配がしていたから、アネッサも夜の狩りを思い立ったのだろう。

マルグリットは感心したように腕を組んだ。

「なるほどなー……トルネラの森じゃ兎は昼間も見るから、なんでだろって思ったよ」

「森は見通しが悪いからだろうな。昼間でも天敵に見つかりにくいんだよ。この辺は見通しがいいから、夜じゃないと出てこないんだと思う」

「……マリー、そういう観察をちゃんとしろってお父さんが言ってたでしょ？」

「ぐむ……」

マルグリットは口を尖らした。アネッサとミリアムが顔を見合わせてくすくす笑った。

アンジェリンは身を低くして、石の陰や凹凸のある場所にくくり罠を幾つか仕掛けて、乾燥豆を数粒置いた。これは明日の朝に確認するものである。時折、草の間を何かが走り抜けるらしい、風とは違う揺れ方をした。

向こうを見ると、風下の方にアネッサが立って弓を構えている。

風上の方から、マルグリットがわざと音を立てるようにして駆けた。

ざっざっと音を立てて、草むらから兎が飛び出す。同時にミリアムが魔法で光球を打ち上げて、閃光のように炸裂させた。兎は目が眩んだのか驚いたのか動きを止める。

そこにアネッサの放った矢が突き刺さった。

「よし」

「いえーい、ばっちりー」

アンジェリンは走って行って仕留めた兎を拾い上げる。もう何も映さない瞳に月光が反射していた。

「まだ獲るよね……？」

「ああ、そうすればしばらくは肉に困らないし」

塩漬け肉や干し肉の節約にもなる、と言いかけてアネッサが怪訝な顔をした。

「マリー、どうした？」

マルグリットはかがんで両手で顔を覆っていた。

「……目が」

「もー、ピカッてするから気を付けろって言ったのにー」

どうやらミリアムの放った閃光をまともに見て、目が眩んでしまったらしい。アンジェリンは思わず吹き出した。

「……やっぱりマリーはまだまだ半人前」

「ぐうー、ちくしょー」

マルグリットは悔しそうに呻いたが、見えないからどうしようもないらしい。アンジェリンは笑いながらマルグリットの手を取って立たせてやった。

「大丈夫、すぐ見えるようになる……」

「うぐぐ」

背後でぱしん、と音をさせてまた閃光が迸った。風切り音がして、兎に矢が突き刺さった。

閃光が止んだ後の草原を、半月が明るく照らしている。

九十　雨が降っているのに空気は生ぬるく

雨が降っているのに空気は生ぬるく、肌にまとわりつくようだった。分厚い雲がかぶさっていて、そこいらには飛沫《しぶき》のせいか、それとも雲が降りて来ているのか、濃い霧が立ち込めて見通しが悪かった。

あちこちに人の気配が満ちているのに、視界が悪いせいで変に気配ばかりが濃く、その分霧が重みを持って体を押して来るようだった。

武器が振るわれる音、魔法の炸裂する音がする。金属が打ち合わされ、悲鳴や怒号が響いている。どことなく剣呑《けんのん》だ。どうやら霧に紛れて、『穴』から魔獣が幾匹も這い上がって来ているらしかった。

二足で歩く鱗を持った妙な魔獣を、槍が一突きにした。黒髪を束ねた女が、突き倒した魔獣を蹴飛ばし、面倒臭そうに周囲を見回す。

「チッ、大海嘯《だいかいしょう》はまだ先なのにこれか……今回のは大ごとになりそうじゃな」

女は再び槍を構えると、霧の向こうの黒い影を突き刺した。

「オイ！　まだか！」

「もうちょい」

女の怒鳴り声に、その後ろに立っていた犬耳の少女が答えた。六弦の楽器を手に持って目を閉じている。時折犬耳がぱたぱたと揺れた。

はたと音が消えたような具合になった。やにわに右手で弦を鳴らす。じゃらん、と音が鳴るや、霧が振動するように震えた。

「べいべ」

少女が弦をかき鳴らす度に、霧が震えてそこいらに音が響き渡る。さっきまであちこちで聞こえていた戦いの音は、魔獣のものらしいうめき声や悲鳴ばかりになった。

黒髪の女が槍を肩に乗せて息をつく。

「霧に魔力を伝わせてそこに魔除けの音を流す、か。器用な事するもんじゃのう」

「本当はもっとロックしたい……」

「ド阿呆、おんしが本気で騒いだら魔獣どころかこっちもやられるじゃろうが」

「ぶるーす……」

犬耳の少女が六弦をがちゃがちゃとかき鳴らすほどに、そこいらから魔獣の気配が薄まって行った。どうやら魔獣の動きが鈍り、冒険者たちがそれを次々に仕留めているらしい。

黒髪の女は槍を杖のように突いてもたれると、嘆息して目を細めた。

「参るわい……ベルさんたちが来るにしても、いつになるのやら」

「おじさんは？」

「知らん。この霧に加えて『底の住人』相手じゃ他人に構ってなぞいられんわ」

「むう……」

周囲で戦いが終わったらしい気配がしたので、犬耳の少女は手を止めた。冒険者たちのものらしい話し声がそこここから聞こえて来る。それでも霧に阻まれて姿は見えない。

黒髪の女は肩を回し、槍を担いだ。

「やれやれ、ゆっくり身を隠そうと思っとったのに、今回の大海嘯は大変になりそうじゃな。精々、腕利きが集まる事を祈ろう」

「アンジェたちが来そうな予感がする……」

「なに？」

「勘……でもわたしの勘はよく当たる。夏のお皿はよく割れる」

「……まあええわ。どちらにせよ、アンジェたちが来ればかなり頼もしいがのう」

「君は自分の事ばっか考えてる。アンジェたちが来るのはわたしたちの為じゃないよ、べいべ」

「んなこたァ分かっとるわ。じゃが、ここで生き延びる事を考えて何が悪い。今度の大海嘯は今までよりも厄介そうじゃぞ。不安にもなろうっちゅうもんじゃわい」

「どんしんくとぅわいす」

「あん？」

「いっつおーらい」

犬耳少女は楽器を持ち直すと、足早に霧の向こうに駆けて行った。

残された黒髪の女がしばらく突っ立っていると、霧が少し薄まって、向こう側でうっすらとした人影が、幾人も同じ方向に歩いていていた。

少し騒がしい所がある。黒髪の女は怪訝な顔をして、そちらに歩み寄った。魔獣の死骸が山のように転がっている。その中に幾らか人間の死体も交ざっていた。刀傷だ。魔獣の牙や爪にやられたのではない。明らかに人間の仕業だ。

「何があったんじゃ？　同士討ちか？」

近くの冒険者の男に問いかけると、男は首を振った。

「あの〝鉄獅子〟だよ。あいつがいつも手ごわい魔獣を片付けるから、それを面白く思わない連中がいたみたいでね、この状況に乗じて闇討ちをかまそうと画策したらしい」

男は死体をごろりと足で仰向けにした。

「前々から面白くないと愚痴ってたからな。プライドの高さも考え物だ」

「で、返り討ちか。情けないのう……」

黒髪の女は槍にもたれて嘆息した。トルネラのお人好しどものような冒険者の方が珍しいのだ、と改めて思い知らされる。

「井の中の蛙、大海を知らず、か。自分の縄張りで威張ってばかりの輩じゃ、どのみち長くはなかったろうし、ま、却ってよかったかも知れんな。下らん妬みで足並みを乱されちゃ大海嘯は乗り切れんからのう」

「俺もそう思うよ。馬鹿を間引いてくれてありがたいくらいだ。尤も、この連中もSランクにAAと、決して弱くはねえ連中だった筈なんだが……やっぱりあいつは得体が知れんな。頼もしいとは思うが、何だか不気味だぜ」

「……そうじゃな」

黒髪の女は目を細めて周囲を見回した。雨脚が強まって、足元を幾筋もの細い流れが横切って行った。霧の向こうで、背を向けて立っている枯草色の髪が見えた。

○

馬車がものすごいスピードで走っている。決して平坦ではない地面を車輪が踏むたびにがたがたと大きく揺れる。その周囲を馬に乗った集団が追いかけるようにして取り巻いていた。

カシムが愉快そうに笑っている。

「いやあ、流石はティルディス馬賊だなあ、しつこいしつこい」

「笑ってる場合じゃないぞ」

あんまりに馬車が揺れるから、ベルグリフは立っていられないらしい、やや不格好に体をかがめて、馬車の縁に摑まっていた。片足が義足では踏ん張るという事が常人よりも得意でないようである。

馬上から射かけられる矢を、アンジェリンやマルグリットが斬り払った。馬車の脇に立てた矢除けの板は既にハリネズミのようになっている。

腕利き揃いだから襲い来る矢は危なげなく退けているが、ミリアムはあまりの振動に酔ったのか、青い顔をしてベルグリフにすがり付いているし、カシムは時折危ない矢を打ち落とすばかりで、この状況を楽しんでいる節さえある。遠距離を最も得意とするアネッサが手綱を握っている事もあって、馬賊に一方的にやられているように思われた。

ベルグリフは顔を上げて前を見た。

「もう少しだ」

「うわ、すっごいぜ。後ろにもっといっぱいいるよ」

マルグリットがそう言うので見ると、馬車を取り巻く馬賊の後ろから、その仲間と思しき騎馬の集団が波のように押し寄せて来ていた。

アンジェリンが振りかぶって空き瓶を放り投げた。空き瓶は近づいて来た馬賊の一人の頭に直撃し、賊はもんどりうって落馬した。

しかし焼け石に水である。意味があるようには思えない。アンジェリンは頭を掻いた。

「最初に何人かやっつけちゃったのが悪かったかな……」

「ティルディス馬賊は執念深いからなあ。向こうを皆殺しにするか、こっちが死ぬかするまで中々諦めないだろうね」

「皆殺しにすりゃいいじゃねーか」

マルグリットはそう言って笑い、飛んで来た矢を斬り払った。ベルグリフは苦笑した。

「いや、魔獣とはわけが違うんだ。人間は怖いぞ、マリー」

「ふうん？　まあいいけどよ。確かに人間をいっぱい斬るのは気分悪りいや」

丁度馬車の真後ろを走っている騎馬数騎が、顔を見合わせて大声で何か言い合ったと思ったら、一人がサッと手を上げた。途端に後ろを走っていた騎馬が一斉に弓を構えて、同じタイミングで放った。まるで雨のような密度で一斉に矢が降り注いで来る。

ベルグリフは左足を踏みしめてぐんと立ち上がると、背中の大剣を抜き放った。

「摑まってろ！」

気合一声、唸り声を上げる剣を思い切り横なぎに振るう。途端、凄まじい衝撃波が巻き起こり、飛んで来た矢はばらばらと砕けて地面に舞い散った。馬賊たちは悔しそうに叫び、しかしまだ諦める様子もなく鞭を鳴らした。

ベルグリフは息をついて大剣を収め、また身を屈める。そこにアンジェリンが背中の方から覆いかぶさって来た。

「凄い……！　お父さんすごぉい！」

「ま、待て、アンジェ、今はそれどころじゃない」

「へへへ、随分使い方が慣れて来たねえ。やるなあ、ベル」

「また暢気な事を……」

「突っ切りますよ！　舌噛むから黙って！」

アネッサが叫んで、叱咤するように手綱を打った。馬が速度を上げた。流石にティルディス馬だ、これだけ走ってもまだ速度が上がる。

草原を走り続けた馬車は、いつの間にか山の迫る辺りまでやって来て、崖に挟まれた峡谷のような所に突入した。ベルグリフはさっと後ろを振り向き、それからカシムの方を見た。

「いいぞ！」

「あいよ」

カシムが両手を振る。魔弾が撃ちだされ、両側の崖の上の方に直撃する。地鳴りがして、崩れた岩や土が、丁度下に来た馬賊を押しつぶした。

道は塞がれ、徒歩でならば登れなくはないものの、馬では到底越えられない。

辛くも難を逃れたものの、退路を断たれ、後続と分断された数騎の馬賊が困惑したように歩を緩め、右往左往した。

「あいつらどうする？」

「放っておいていいだろう。今のうちに距離を開けよう」

どのみち、彼らの本領は平原なんだしな、とベルグリフは呟き、額の汗を拭った。

馬車がやや速度を落とし、揺れが小さくなる。ベルグリフはようやく落ち着いた様子で息をついた。そうして青い顔をしてすがり付いていたミリアムの背中をさすってやった。

「ミリィ、大丈夫かい？」

「うぅー……気持ち悪い……」

「なんだよ、だらしねえなー」

からから笑うマルグリットを見て、ミリアムは頬を膨らました。

「ミリィちゃんは繊細なんですー！」

「……わたしも気持ち悪いー」

アンジェリンが不自然にしなを作ってベルグリフにくっ付いた。ベルグリフは呆れたようにアンジェリンの背中をぽんぽんと叩いた。

「お前は何ともないじゃないか……」

「だってミリィばっかりずるい……」

「なんだよー、アンジェは理由がなくてもくっ付く癖に――うぃっ！」

ミリアムはえずいたように口元を押さえた。カシムが腰を下ろして馬車の縁に寄り掛かった。

「おいおい、ここで吐いちゃ大惨事だぞー」

「もう少し距離を開けたら休憩しようか。馬も休ませた方がいいだろうし」

ベルグリフは後ろや崖の上を見ながら言った。こちらを窺っている気配や追手はいないようだ。馬は大汗をかいて、滑らかな毛がじっとりと濡れているように見えた。

マンサを出てもう半月以上が経つ。夏が盛りを迎えようとしているからか、より暑い南部へと下っているせいか、暑気は日ごとに増した。

そんな中、中途で遊牧民の集落に立ち寄って交流したり、魔獣の群れと戦ったり、ダンジョン化した廃村を突っ切ったり、色々の事があって、今しがたようやく平野部を抜けて山岳部に入る事ができた。最後の最後に馬賊とのひと悶着があったから、緊張し通しだった心がようやく落ち着いたようである。

このまま順調に行けば、一週間もしないで南部の大都市、イスタフに着く筈である。

町や村で寝床に横になる事なくこれだけの長い旅路を行ったのは、ベルグリフには初めての体験であった。若い頃ならばともかく、鍬《くわ》を振るってばかりいた四十を超えた体には随分辛いように思われた。歩いて来たわけではないが、馬車に揺られるのだってくたびれる。

まだ始まってすらいないのにな、とベルグリフは自嘲気味に笑った。通過点に過ぎないのに、もうこんなにくたびれてしまった。『大地のヘソ』とやらに着く頃にはどうなってしまっているのやら、と思う。

アネッサが肩越しに振り返った。

「どうします、ベルさん？　どこまで行きましょうか」

「もう少し開けた場所の方がいいかもな。この辺にも山賊がいないとも限らないし、あまり不利な地形で休むと襲撃が怖い」

「そうですね。それじゃあ、ひとまず並足で行きますから」

よさそうな場所があったら声をかけて下さい、とアネッサはまた前を向いた。

くたっとしたミリアムは馬車の縁に背を預けている。マルグリットは気付けの小瓶を探して荷物を漁り、カシムは目を閉じて寝る体勢に入っている。

アンジェリンがベルグリフに寄り掛かった。

「矢、抜かなきゃだね」

「そうだなあ。流石にこれは痛々しいものな」

ハリネズミになっている矢除けの板を見て、ベルグリフは苦笑した。馬上からよくこれだけの精度の矢を撃てるものだという感心もあり、アンジェリンたちがいなければただでは済まなかっただろうなという思いもあり、背筋が冷たくなる。南下のルートを通りたがる者がいないというのも納得できるようであった。シエラから聞いていたからある程度の心構えができていたものの、そうでなければ浮足立っていただろう。

そのまましばらく行った先に、崖が穿たれて屋根のようになっている場所があった。近くに渓流があるらしく、水音がする。

まだ日は高いが、逃走の疲れもあり、早めに休む事にした。逃げる時に重みになるからと水樽の中身をぶちまけたので、補給ができるのはありがたい。

元気が有り余っているマルグリットとアンジェリンが木桶を持って渓流に下って行った。

アネッサは何か獲物がいないかと弓矢を手に出掛け、ミリアムは完全にグロッキーで仰向けに寝転がっている。

カシムが枯れ枝を抱えてやって来た。

「薪集めて来たよ」

「ああ、ありがとう」

大きな石を除けたり、地面をならしたりと寝床を整えていたベルグリフは、石を組んで簡単なかまどをこしらえ、火を熾した。アンジェリンたちの汲んで来た水を鍋に入れて火にかける。干し肉を刻んで入れ、そこに乾燥麦や豆などを入れてくつくつと煮込んだ。

アンジェリンが背後でうろうろしている。

「お父さん、何か手伝う……？」

「いや、こっちは大丈夫だよ。馬車に刺さった矢を抜いておいてくれるかい？」

「ん！」

アンジェリンは張り切って馬車の方に駆けて行った。向こうで馬が水をがぶがぶ飲んでいる。

やがてアネッサが戻って来た。犬くらいの大きさの山羊を携えている。

「山羊が獲れましたよ。この辺のは小さいみたいですね」

「ああ、丁度良かった……お、もう中身は出してあるんだね。頭も落ちてる」

「沢の近くだったんで。でも皮剥ぎはベルさんの方が上手だと思って……」

「そんな事ないと思うけどな……まあ、二人でやった方が早いだろう。一緒にやろうか」

「は、はい、えへへ……」

アネッサは嬉しそうにはにかんだ。そこに音もなくアンジェリンが現れた。

「……わたしもやる」

「わあ！」

「おや、もう終わったのかい？」

「そう。それにアーネだけずるい……」

「……ったく、別に取ろうなんて考えてないって」

アネッサは呆れたように嘆息した。ベルグリフは苦笑しながら皮剝ぎナイフを取り出した。

ベルグリフは慣れた手つきで皮を剝いだが、アネッサも解体には慣れているし、ベルグリフから教わっているアンジェリンも同様だ。ほどなくして、山羊はたちまち赤い肉の塊になった。季節柄脂こそあまり乗っていなかったが、食事の彩りには十分だ。

そうして肉がじゅうじゅうとうまそうな匂いを漂わせる頃には日が落ち、ランプとたき火の明かりが一行の影を岩肌に映し出すようになっていた。

「イスタフに着けば、ニンディア山脈はすぐだね」

麦と豆の粥をよそいながら、カシムが言った。ベルグリフは頷いた。

「そうだな。しかし『大地のヘソ』というのがどの辺なのか、それが分からんからな」

ニンディア山脈はティルディスとダダンを隔てているが、北東から南西にいくつかの国を跨いで伸びている。イスタフはティルディス領だが、そこから山脈に沿って南西に下るとダダン帝国、その手前を西に向かえばルクレシアやローデシア帝国に繫がる。

だから山脈が近いとはいえ、『大地のヘソ』がどの部分に位置しているのか、それが分からない。

シエラのくれた地図にもそこまでは記されていないようだ。本当に腕に覚えのある一部の冒険者ばかりが口伝てに知っているだけなのだろうか。

山羊の焼肉を飲み込んだマルグリットが言った。

「イスタフに行きゃ、知ってる奴くらいいるんじゃねえか?」

「多分、いる。ひとまずギルドの人に聞いてみて……」

アンジェリンがそう言って粥に匙を突っ込み、ふと思い出したように顔を上げた。

「お父さん、チーズある……?」

「ああ、あるよ」

ベルグリフは遊牧民と物々交換で貰ったチーズの塊を差し出した。ナイフで削って粥に落とすとコクが出てうまい。

「あー、やっぱベルの飯はうめーな。おれも料理得意だけど、ベルのはホッとするなあ」

「長旅だったけど……ご飯には困らなかったね」

「そうだな。シエラさんに感謝だ」

「それもあるけど、君の管理がよかったんだよ」

「そんな事ないさ。皆がちゃんと狩りや採取をしてくれたから……」

「でもその食料の割り振りとか、水の消費量の把握とか、そんなのをやってたのは全部ベルさんじゃないですか。考えてみれば凄いなあ……」

「ふふん、そうだろう……流石はお父さん」

凄い凄いと言い合う仲間たちを見て、ベルグリフはむず痒そうに頬を掻いた。

「……君たちは一々俺を持ち上げてどうするつもりなんだい？」

アンジェリンはきょとんとした顔でベルグリフを見た。

「だって実際凄いもん……」

「あのなあ、アンジェ……」

「まあまあ、別に悪口言ってんじゃないんだから、素直に受け取っときなって」

「そうそう。それに褒められて困ってるベルを見るのが楽しいぜ、おれは」

「……まったく」

ベルグリフは諦めたように嘆息して、たき火に薪を放り込んだ。褒め殺しという言葉を覚えた方が良いんじゃないかと思う。あんまり言われ過ぎても、からかわれているような気分になるものだ。マルグリットなどはからかい半分なのがよく分かる。

「んにゃ……いい匂いがするー」

後ろの方でもぞもぞと何かが動いたと思ったら、今の今まで眠っていたミリアムが起き出して来た。元々くしゃくしゃした髪の毛が寝癖で余計に跳ね散らかっている。

アネッサが椀を取り上げて粥をついでやった。

「朝まで起きないかと思った。今起きちゃ寝れないんじゃないのか？」

「そーかも。でも気分爽快だよー。夜の見張り、引き受けちゃおっかにゃー」

ミリアムは粥の椀を受け取りながら笑った。

夕餉を終えて、夜更かしをするというほどの事もなく、それぞれに寝具にくるまって横になった。

十分に寝て元気になったらしいミリアムがたき火の傍に座り、同じく昼寝をしたカシムがその向かいに腰を下ろしている。アネッサとマルグリットが隣り合わせに眠り、地図を見直しているベルグリフに寄り掛かるようにしてアンジェリンが寝息を立てていた。

「基本的には一本道のようだが……」

「旧道があるらしいね。馬車が通れりゃいいんだけど」

「魔獣が出るみたいだな。盗賊の類の注意書きはないが」

抱いた膝に顎を乗せたミリアムがこてんと首を傾げた。

「それ、いつの注意書きですかー？」

「日時は特に書いてないが……一番新しい情報だとは聞いているよ」

尤も、書いてあるから絶対に正しいというわけではない。根城を持つような大きな盗賊団ならば拠点を基に行動するが、そうではない流浪の盗賊もいるのだ。魔獣だって何かの拍子に魔力溜りができればそこに引き寄せられる事が多い。

カシムが大きくあくびをした。

「ま、今更びくびくしても仕方ないでしょ。イスタフ着いたらどうするか考えてた方がいいかもね。町の様子も飯も、オルフェンともヨベムとも違うから面白いぜ」

「それも大事だが、そっちに気を取られていたら思わぬ事で足をすくわれるぞ」

「へへ、じゃあその警戒は君に任せておくよ。一番適任だろうし」

初めからそのつもりだったな、とベルグリフは諦めて笑い、再び地図に目を落とした。カシムは小枝を折ってたき火に放り込む。

「よし、オイラたちはイスタフからの動きを考えようぜミリィ。でかい町だからなー。『穴』に行く前に色々準備が要るだろうし、何を買おうかね」

「わーい、楽しそう。どんなご飯があるのかなー？　おいしいお菓子があったらいいなー」

カシムとミリアムは楽し気にあれこれと話をしている。ベルグリフも視線こそ地図に落としているが、知らず知らずに耳はそちらに傾けられていた。

イスタフはティルディス南部の大都市である。規模は中心地であるカリファに比肩しうる。

古い時代には一国の首都であった時もあるらしく、ティルディスの歴史上最強と称される〝武帝〟イハベナド率いる馬賊の襲撃で半壊したものの、かつての城壁が残っている。

現在は手直しされており、再び城塞都市としての趣を取り戻しているらしく、自立できるだけの戦力と経済力を伴っている事もあり、ヨベムと同じく半ば独立した都市国家のようになっているらしかった。

知る者は少ないが、『大地のヘソ』の希少な素材はここに流れて来る事も多く、装備品や魔道具の質の高さは折り紙付きだ。もちろん相応の値段はするので、あるからといって手が出るわけでもないのだが。

良質の素材がある場所には、腕のいい鍛冶師や研究を旨とする魔法使いが多く集まるらしく、それがまたイスタフを活性化させ、経済や流通を旺盛にしているようだ。

昼間はぬるかった風が、夜半の冷たさを伴って吹き込んで来た。昼間は夏の暑さが立ち込めていても、陽が落ちれば身震いするくらいには寒い。

アンジェリンがもぞもぞと身じろぎして、より深くベルグリフに寄り掛かった。ベルグリフは顔を上げた。岩の向こうに見える暗闇が、何の気配もしない分だけ妙に重苦しく感じられるようだった。

○

がらがらと音をさせて、集めて来た薪を傍らに降ろした。枯草色の髪の少年が、埃を払うように手の平をぱんぱんと打ち合わせる。

「こんなもんで朝までもつだろ」

「ああ。あまり燃やし過ぎなければ大丈夫だ」

赤髪の少年が火口《ほくち》を取り出して、手早く火を点けた。

もう辺りは暗い。分厚い雲がかぶさっているから、木立の間から見える空には月も星も見えていなかった。空気はどことなく重く、じっとりとしていたが、雨が降りそうな気配はない。ただ、辺りの暗闇が質量を持ったように迫って来るようだった。

四人で森に来ていた。薬草を始めとして、様々な素材を集める仕事である。エルフの少女がいるから、森で迷う事はない。もう随分な量が集まり、一泊野営して翌日帰る算段だ。

周囲を闇が包む程に、頼りないくらいの小さなたき火にすらすがりたいような気分だ。食事を終えた四人は、身を寄せ合うようにしてたき火を囲んだ。炎は舌のようにちろちろと揺れて、夜の闇を舐めている。

「夜の暗さって不安になるじゃない？」

膝を抱えたエルフの少女が言った。調理道具を片付けていた赤髪の少年は頷いた。

「まあ、そうだね」

「その怖さってどこから来るんだろうなって考えるの」

「なんだよ、エルフの哲学かなんかか？」

枯草色の髪の少年が怪訝な顔をして小枝を折った。目の前のたき火がぱちんと音を立ててはぜた。

エルフの少女は首を振った。

「そんなんじゃないよう。ただ、暗いと怖いっていうのは不思議だなって」

「そうかな？　だって何がいるか分からないし、自分が一人きりになったような気分でさ」

茶髪の少年が言った。赤髪の少年は背後を見返って、後ろに長く伸びて揺れている自分の影を見た。その向こうには鬱蒼とした木立があり、木々の間は暗闇だ。あの向こうからこちらを窺っている何かがいるのだろうか、と思うと確かに怖い。

だが、やはりエルフの少女は首を横に振る。

「それはさ、暗いからじゃなくてそれによってもたらされる何かが怖いんじゃない。そうじゃなくて、もっとこう……暗闇そのものに対する怖さ。不思議だよね、わたしたち、みんなお母さんのお腹から生まれるのに。お腹の中には光なんか届かないのに」

「……でもよ、俺たち皆、本当の暗闇なんか知らないと思うぜ？」

「どういう事？」

茶髪の少年が首を傾げた。枯草色の髪の少年は腕を組んだ。

「だってさ、目を閉じたってそれは瞼の裏を見てるだけだろ？　完全に目が見えない奴じゃなけりゃ、暗闇なんか知らないんじゃねえか？　いや、むしろ見えないってだけじゃ暗闇じゃねえかも……」

「そうかな……うん、そうかも」

エルフの少女は膝に口元をうずめて目を伏せた。赤髪の少年も考えるように視線を宙に泳がした。確かにそうかも知れない。すると、本当の暗闇というのはどんなものだろう、と思う。目で見えるものだけではないのだろうか。

エルフの少女は嘆息した。

「なんだろなー、夜だと思考が変な風に曲がっちゃうよ」

「……お前、意外に繊細なところあるんだな」

「むー、なにさ。人の事ガサツ者みたいに言って」

エルフの少女は枯草色の髪の少年の肩を小突いた。少年は笑ってエルフの少女の髪の毛をわしわしと撫でた。

「怒るなって。ま、ひとまず悩むのは町に帰ってからにしようぜ。今日はしっかり休んで、明日は森を抜けないとな。それに、今は暗くたって皆いるじゃねえか、不安になるなよ」

「あはは、そうだね………ちょっと、いつまで撫でてるの」

「いや……すげえな、滅茶苦茶手触りいいんだな、エルフの髪って」

「え、マジで？　オイラもいい？」

「もう！　わたしの髪の毛はおもちゃじゃないよ！」

少年二人に乱暴に撫でられて、エルフの少女は不機嫌そうに身をよじった。そうして、一人だけもじもじして黙っている赤髪の少年の方を見た。

「……あなたも触りたいの？」

「え？　いや、俺は……別に……」

茶髪の少年と枯草色の髪の少年がにやにやしている。

「ムッツリだね」

「ムッツリだな」

「な!?」

うろたえる赤髪の少年を見て、エルフの少女は口を尖らしたまま頬を染めたが、たき火の加減でそう見えただけかは分からない。そうして頭を突き出すように身を乗り出す。

「……ほら。撫でたきゃ撫でていいよ」

「ぐむ……」

赤髪の少年は困ったように視線を泳がした。

エルフの銀髪がたき火の光を照り返してちらちらした。暗闇に対する妙な不安は、とうに何処かへ行ってしまったようだった。

九十一　堅牢な高い壁が町一つを

堅牢な高い壁が町一つをすっかり囲んでいる。かつては城壁だったものだろう。しかし年季の入った部分と、後から造り直されたであろう部分は積まれたレンガの色が違った。

門をくぐる時に見たが、恐ろしいほど分厚い。この壁を破壊してイスタフを蹂躙したという〝武帝〟というのは、なるほど確かにティルディスの歴史上最強と呼ばれる筈だ、とアンジェリンは遠い歴史に思いをはせた。

あれから峡谷を通り抜けて、とうとうイスタフへと辿り着いた。峡谷の出口には亜竜の一種が住み着いていたが、亜竜種程度ではアンジェリンたちの相手にはならない。障害らしい障害ともいえずに、難なく切り抜けた。

この辺りはもう草原というよりは荒れ地だ。陽射しはますます強く、草が少ない分、地面からの照り返しが嫌に強く、熱気が足元からも上がって来るようだった。

乾いた風が吹き付けて、土埃が舞っている。何だか喉がイガイガするような心持である。同じ乾いた風でも、北部のものとは随分違う。そのせいか、ただ馬車に乗っているだけでも妙に疲れたような気分である。だが、それ以上に初めてのイスタフの町に心が躍っていた。

町は活気に溢れていた。大勢の人々が行き交い、聞き馴染みのない訛りのある言葉がやり取りさ

冒険者
になりたいと
門司柿家
MOJIKAKIYA
toi8
ILLUSTRATION
都に出て行った娘が
Sランクになってた 7
MY DAUGHTER GREW UP TO
"RANK S" ADVENTURER.
初回版限定
封入
購入者特典
特別書き下ろし。
連れてけエルフ
※『冒険者になりたいと都に出て行った娘がSランクになってた 7』を
お読みになったあとにご覧ください。
EARTH STAR
NOVEL

オルフェンの都は夏の陽に輝いていた。帝国北部最大の規模を誇るこの都は、相変わらず人が大勢行き交って賑やかだ。

またここに来たな、とベルグリフは不思議な気分になったが、この後は最早想像の埒外にある場所へと向かって行く。そういう意味では、オルフェンも落ち着く場所なのだろうと言う風に思う。

「いやはや、こんな早く再会できるなんて嬉しいなあ」

ライオネルがにこにこしながらお茶のカップを差し出した。

オルフェンに着いたベルグリフたちは、ひとまずギルドに顔を出した。少し挨拶するだけのつもりが、執務室に通されて、こうやってギルドマスターと向き合っている。

少し前のボルドーでは、ボルドー家のお屋敷で歓待された。もう友人だから何とも思わないが、領主にギルドマスターと、単なる一般人の視点から見ると、随分特別扱いされているなあ、とベルグリフは嬉しいような悪いような、片付かない気持ちになった。

「思ったより早く情報が手に入ってね……や、ありがとう。リオさん、忙しいんじゃないかい？」

「忙しいは忙しいですけどね、でもギルドにとっても大切なお客さんなら、俺が応対するのが自然ですし、むしろ応対させてくださいというか」

「お父さん、ギルドマスターは休む口実ができて嬉しいの……」

「はは、アンジェさんにはお見通しかあ」

アンジェリンに図星を突かれて、ライオネルは頭を掻いた。カシムがからから笑う。

「頑張り過ぎは体に毒だぜ。オイラを見習ってもっと力抜きなよ」

「見習いたいですけどねえ、見習うと怒られるんですよねえ」

ライオネルはそう言ってぐったりと肩を落とした。アネッサとミリアムがくすくす笑っている。ベルグリフも可笑し気に笑いながら、お茶をすすった。

「しかし、アンジェたちを借りて行ってしまって何だか悪いな……」

「いえいえ、そりゃアンジェさんたちがいてくれるに越した事はないですけど、現状は何とかなりますし……そもそもアンジェさんを預からせてもらっているようなもんですし」

「そうだよお父さん……そもそもわたしたちパーティに頼り切りなのは情けないが過ぎる」

「耳が痛い……」

ライオネルは恐縮したように身を縮こませた。アンジェリンはふんと鼻を鳴らして、執務室の中を見回した。つられてベルグリフもそれとなく目をやる。書類の類も前に比べて整理されているように見えた。

その時執務室の扉が勢いよく開いて誰かが飛び込んで来た。素早い身のこなしでアンジェリンに飛びかかる。

「コラーッ！　おれを差し置いて何やってんだ！」

「おっと……」

さっと立ち上がったアンジェリンは、飛び込んで来た人影を受け止めて、にんまりと笑った。

「マリー、元気？」

マルグリットは満面の笑みを浮かべてアンジェリンの頬をむにむにとつまんだ。

「元気も元気、もうDランクだぞ！　もうちょいでCランクだ！　アンジェー、オルフェン来たならライオネルなんかよりも先におれに会いに来いよなー！」

「んむにゅ……そだね。ギルドマスターよりもマリーと先に会えばよかった」

ライオネルは切なげな顔をしている。マルグリットはまったく意に介さずに強引にソファに割り込んだ。ぎゅうぎゅう押されたアネッサが「うわ」と言った。

「狭いだろ、無理に入るなよ」

「うるせー、仲間外れにすんなよな。けど何だよお前ら、突然来やがってよー、ベルまで一緒なんてどうしたんだよ」

「ああ、実はね」

改めて今回の旅の概要と、今後のルートの事を説明する。しかし話が進むにつれてマルグリットの表情が輝いて来るので、ベルグリフは何だか嫌な予感がしていた。そうして案の定話が終わると身を乗り出して開口一番、こう言った。

「おれも行く！」

言うと思った、とベルグリフは額に手をやった。アンジェリンはむふむふと笑った。

「行きたいの？　Dランクの癖に？」

「あ、テメー、そんな事言いやがって！　ボコボコにしてやっぞ！」

いきり立つマルグリットを見て、アネッサとミリアムがくすくす笑う。

「でもマリーはランクは低いけど実力あるしな。いいんじゃないですか、ベルさん？」

「そうですよお、それに旅が賑やかで楽しくなりますよー？」

まずいなあ、とベルグリフは頬を掻いた。娘たちは完全に乗り気である。カシムはにやにやしている。言わずもがなだろう。別に強固に突っぱねる理由があるわけではないが、何となくグラハムに悪いような気がする。『大地のヘソ』は高位ランク魔獣の巣窟だと言うから、無責任に連れて行っていいものか分からない。尤も、マルグリットは自分より強いのだから、そんな心配をするのがおこがましいのかも知れないが。

などと考えて黙っていると、業を煮やしたらしいマルグリットが飛び付いて来て、後ろからベルグリフを羽交い絞めにした。

「ベル！　コノヤロウ、駄目だって言っても付いて行くからな！　観念しやがれ！」

「ぐっ、こ、こら、マリー、やめろ！」

マルグリットが容赦なく首を絞めて来るので、二人してどたどたしていると、頬を膨らましたアンジェリンが飛び付いて来た。

「マリーだけずるい……」

「え、ずるい？　何が――こ、こら、やめなさい！　苦しいから！」

前から後ろからぎゅうぎゅう押されて苦し気に呻くベルグリフを見て、カシムがからから笑って手を叩いた。

「いやあ、モテモテでいいねえ！」

「あのー、マリーさんも行くって事でいいんですかね？　下位ランクだからいいんですけど、一応ちょっとした手続きが……」

「ああ、いいよいいよ。断っても付いて来るからね、このじゃじゃ馬は」

「カシムこら！　勝手に話を――ぐおぉ」

悪い体勢で押し込められたベルグリフは為す術がないらしい。暴れ者の娘二人に文字通り手も足も出ない。アネッサとミリアムはけらけら笑っている。ライオネルは肩をすくめて立ち上がり、何か書類を棚から出した。

マルグリットが一緒に来る事になったのは言うまでもない。

れている。道端で演奏している大道芸人の音楽は、流浪の民のものに似てはいるが何処となく違うように聞こえる。気候のせいだろうか、肌の色も浅黒い人が多いように思われた。

マルグリットが興奮した様子できょろきょろと辺りを見回している。

「すげえ！　オルフェンと全然違う！　うわーうわー！　あっ！　頭に布ぐるぐる巻いてる！　あれなんだ!?　あっははは！　変な服装！」

「ほれほれ、おのぼりさん全開は恥ずかしいからやめろって」

カシムが笑いながらマルグリットの頭を小突いた。アンジェリンはくすりと笑う。自分も内心はかなり興奮しているが、マルグリットみたいな騒がしいのが隣にいると、何となく冷静な気分になった。

それでもやはり見慣れない街並みはワクワクする。辺りは埃っぽく、空は晴れている筈なのに変にけぶって遠くはかすんでいる。それでも、そのかすんだ景色の中に、かさの開く前のキノコのようだったり、栗の実のようだったりする形をした屋根の建物があり、そこに色とりどりのタイルで見事な装飾がなされている。

屋根が丸いのは泥棒が屋根を伝う事ができないようにする為かしら、などと思いながらアンジェリンが辺りを見回していると、どうやらギルドに着いたらしい、馬車が止まってベルグリフが腰を上げた。

「さて、シエラ殿からの頼まれ事を済まさないとね」

「うん……」

ベルグリフは少しホッとしたような表情である。長旅が流石に応えたのか、ややくたびれたような顔色だ。

道中、弱い部分は一切見せなかったベルグリフだが、やはり村での暮らしが長かった分、慣れない旅路に無理をした部分も多かったのだろうか。ただでさえ物資の管理や進路の確認、索敵に警戒など、旅のあれこれの仕切りを任せていたのだ、戦いの場だけ気合を入れていた自分たちとは違うだろう。きっと気苦労もあったに違いない。

アンジェリンはベルグリフの服の裾を引っ張った。

「ん？　どうした、アンジェ」

「……今日はゆっくり休もうね、お父さん……お疲れさま」

「はは、ありがとう」

ベルグリフは微笑んでアンジェリンの頭をぽんぽんと撫でた。

ギルドの建物の作りもまた違う。どちらかというとシンプルなオルフェンとは違って、意匠が一々お洒落で、何だか不思議な感じだ。しかし中にいるのはやはり荒くれ者の冒険者ばかり。どこに行ってもこの連中は同じだな、とアンジェリンは呆れたようなホッとしたような、ともかく落ち着いた心持になった。

マルグリットも面白くない顔をしながらもフードをかぶっているし、東西の交易の要所だから余所者は別段珍しくもないのだろう、特に奇異の視線を向けられる事もない。

全員で行っても仕方がない、とアンジェリンはベルグリフたちをロビーに待たして、シエラからの預かりものと紹介状などを携えて受付の方に行った。高位ランク用の受付も混んでいた。隣に立つカシムは鬚を捻じりながら周囲を見回している。

「ふぅん、多いねえ……そんなにこの辺は実入りのいい仕事があったかな」

「大きな町だからじゃない……？　それか『大地のヘソ』関連かも……」

「ま、いいや。高位ランクが多かろうが少なかろうが、オイラたちには関係ないもんね」

行ったり来たりしていたギルドの職員らしい女性を捕まえて話しかけた。職員は怪訝な顔をしてアンジェリンをじろじろ見た。

「なんでしょうか。お仕事の話なら、ちゃんと受付に……」

「届け物があるの……マンサのギルドから」

アンジェリンの差し出した手紙を読んだ職員は、手紙、Sランク冒険者のプレート、それにアンジェリンを順に見て息を呑んだ。

「マ、マンサから山脈沿いに下って来たんですか……確か峡谷にはメジュールの竜がいた筈じゃ……」

カシムが首を傾げた。

「あのヘンテコな亜竜の事？　倒しちゃったけど、まずかった？」

「倒した!?　あ、いや、Sランクなら行けるか……まずいって事はないですけど――いや、違う、まずい！　ちょっと！　メジュールの竜の討伐依頼、いったん取り下げて！」

職員は受付の方に怒鳴った。並んでいた冒険者たちがなんだなんだと視線を向けて来る。受付嬢が不思議そうに首を傾げた。

「取り下げるんですか？　割と優先事項だったんじゃ……」

「いや、なんか討伐されちゃったっぽいんだよ。ただ、未確認だから討伐依頼じゃなくて確認依頼になりそうな……依頼料が変わっちゃうから、その変更をするまでちょっと取り下げといて」

「でも、今さっきＡＡＡランクのパーティの人たちが受理して行っちゃいましたけど」

「げっ！　うああー、どうしよう……」

頭を抱える職員を見て、アンジェリンは頬を掻いた。

「なんか……ごめんね」

「い、いいえ、大丈夫です……こほん。ええと、ひとまずギルドマスターに会っていただいていいでしょうか？」

「うん」

職員の女性に案内されて、アンジェリンとカシムはギルドマスターの部屋に行った。イスタフのギルドは数階建ての大きな建物で、三階にギルドマスターの部屋があった。

木の扉を開けると、壁に下げられた変な形の魔道具が目を引いた。棚に書類や資料が溢れているのはどこのギルドも同じなんだな、とアンジェリンは思った。

だがオルフェンのギルドと違って執務机や床にそういったものが積み重なってはいない。掃除が行き届いているようで、随分広い印象を受ける。ギルドマスターが仕事に追われている感じがないのは、ここが中央ギルドのやり方をそのまま踏襲しているからであろうか。

窓際に薄青色の髪の毛をした若い男が立っていて、ぼんやりした表情で外を眺めていた。

「いい天気だなあ……暑いなあ……」

「ギルドマスター！」

「わっ、なんだなんだ。ああ、副長……どうしました？」

ギルドマスターは何となく弱弱し気に笑ってこちらに向き直った。随分若い。まだ二十代だろう。それなのにこんな大きなギルドを仕切っているのか、とアンジェリンはちょっと感心した。そして、案内してくれたのは副長だったのかと思った。

副長が少し脇にどいた。

「こちらはSランク冒険者のアンジェリンさんとカシムさんです。マンサのギルドから届け物を持って来てくださったそうで」

アンジェリンはぺこりと頭を下げた。

「アンジェリンです。マンサのギルドのシエラさんからこれを……」

「ああ、ありがとうございます……イスタフのギルドマスター、オリバーと申します」

オリバーは微笑んで会釈した。背は高いが痩せぎすで、ゆったりとしたローブをまとっていて、見るからに魔法使いといったような出で立ちである。肌は色白で、しかしそれは病弱さを現すかのような白さであった。

副長はさっきの亜竜の事を片付けに足早に出て行った。

オリバーは接客用のものらしい椅子に座るよう促し、自分は向かいに腰を下ろした。そうしてアンジェリンから渡された手紙を読み、それから箱の中身を確認して頷いた。ガラスだか水晶だか分からないが、透明な鉱物がまんまるに精製されていて、光が当たる角度によって七色に色が変わった。

「確かに、あちらに預けていた魔導球です。ありがとうございます、こんなに早く戻って来るとは思っていませんでした」

カシムが顎鬚を撫でた。

「それ、弐拾八式だろ？　トト＝クラムのさ。結界用を貸してたんかい？　ギルド同士でそんな便宜を図るなんか珍しいねえ」

オリバーは目を細めた。

「一目で見抜かれますか……流石は〝天蓋砕き〟のカシム殿ですね」

「あれ、オリバーさん、知ってるの……？」

アンジェリンが言うと、オリバーは微笑んだ。

「僕も魔法使いの端くれ、大魔導に列せられる方の名前を忘れはしませんよ。並列式魔術の新公式には僕も随分助けられました」

「そいつは光栄だねえ、へっへっへ」

カシムはからからと笑って、運ばれて来たお茶のコップに手を伸ばした。

オリバーは口の前で手を組んで、二人を交互に見た。

「もう二年前になりますか、エストガル公国のオルフェン周辺で魔王に端を発する魔獣の大発生があったでしょう。ねえ、アンジェリン殿？」

「うん」

アンジェリンは頷いた。忘れる筈もない。あのせいで自分は何度も帰郷をふいにされたのだ。オリバーはくすりと笑った。

「あの時は大変だったでしょう。あなたの活躍で難を逃れたようですがね。流石は〝黒髪の戦乙女〟だ」

「別に……皆が協力してくれたから……」

「あれも他人事ではありませんからね。僕たちもああいった事が起こっても対処できるよう、有志のギルド同士で連携して警戒しているんです。尤も、中央の息のかかった事なかれ主義のギルドは知らん顔ですがね……マンサもシエラ殿がギルドマスターになってから協力してくれるようになりました。それで魔獣対策の一環として魔導球を貸し出していたんです」

「ははあ、なるほどね。オルフェンの教訓かい」

「そうなりますね。こう言っては悪いかも知れませんが、オルフェンは良いデータを提供してくれました。活かさない手はありません。まあ、オルフェンのように完全に中央から独立するというのは難しいですが……」

アンジェリンはお茶をすすった。理性的というか何というか、実に魔法使い的だと思う。だが、黙って手をこまねいているよりは余程マシだろう。

「シエラ殿からの書類も確認しました。依頼料の残りはこちらでお支払いしましょう。馬車はこちらでお預かりして、他の依頼の時にマンサに戻します。よろしいですか？」

「うん。ありがとう……ございます」

オリバーはホッとしたように表情を緩め、それから胸に手をやって「んん」と喉を鳴らした。何かが詰まっているような苦し気な感じである。

「……失礼、あまり体が強くないもので」

「いい。無理しないで……」

「ありがとうございます……さて」オリバーはお茶を一口すすり、二人を見た。「『大地のヘソ』を目指されているそうですが……」

アンジェリンは頷いた。少し身を乗り出す。

「何か知ってる？　ニンディア山脈にあるって事は聞いてるけど、詳しい場所は知らないから……」

「ふむ……まあ、お二人ならば問題はないでしょうが……しかし危険ですよ。たといSランクであろうと絶対安全とは言い切れないのが『大地のヘソ』ですから」

「それくらいは覚悟の上……」

オリバーはしばらく目を伏せて考えていたが、やがて顔を上げて立ち上がった。そうして壁にかかっていた魔道具の一つを取って、アンジェリンに差し出した。

「分かりました。これをお貸ししましょう」

「なに、これ？」

魔水晶でできているらしい手の平に載るくらいの三角錐が、細い銀の鎖に繋がっている。鎖の長さはアンジェリンの指先から肘くらいだ。三角錐は薄紫色に光っていた。

オリバーは鎖を持って三角錐をぶら下げると、魔力を込めた。途端、下を向いていた三角錐が急に横に向かってピンと立ち、先端を一つの方向へと向けた。鎖が揺れても先端は同じ方向を指し続けている。

「この魔水晶は、『大地のヘソ』で採れたものです」

オリバーが魔力を解くと、三角錐はまた元の通りだらりと下を向いた。

手渡されたアンジェリンは、それを手の平に乗せてまじまじと見る。

「これが指す方向が『大地のヘソ』……？」

「そうです。ニンディア山脈は魔鉱石の影響が強くて方位磁石が役に立ちません。危険な為に測量士も立ち入っておらず、地図も描かれていないのです。しかし、これがあればひとまず方角は分かります」

「……自力でたどり着けないようじゃ、『大地のヘソ』に立ち入る資格なしって事……？」

「はは、確かにそうかも知れません。辿り着いたところで、今度は山脈で遭遇する魔獣以上に危険な魔獣がひしめいているんですからね。いい心構えになるのではないでしょうか」

「へっへっへ、面白いじゃない。けど、その水晶錐、ただじゃないでしょ？」

オリバーは目を細めた。

「……代わりと言っては何ですが、少々採って来ていただきたい素材がありまして……もちろん、それはこちらが買い取りという事にさせていただきますよ」

「いいよ。依頼っていう方がこっちも気楽……」

変にイスタフのギルドに借りを作っても面白くない。依頼という形ならば後腐れもないから楽である。元々パーシヴァルに会う為の旅路だが、アンジェリンだって強い魔獣と戦ってみたいという欲求がないわけではない。

いい口実になる、と少しいたずら気にアンジェリンは笑い、お茶のコップを手に取った。しかしいつの間に飲んだのだか、中身はとうに空だった。

「あぢぃぃ……ここ暑すぎだぁ……しかも乾燥してて喉痛てぇ……」

マルグリットが、被ったフードをばさばさと振った。涼風を取り込もうとしているらしい。アネッサが果物のジュースを差し出した。

「まったく、あんなに大はしゃぎしてた癖に」

「だってエルフ領はこんなに暑くねえもん……くそー、なんか腰落ち着けたら暑さがひどくなった気がする」

マルグリットはジュースを一息で飲んでしまうと、椅子にぐったりともたれた。

イスタフに辿り着いた時は興奮してはしゃいでいたマルグリットだったが、少し落ち着いて土地の空気を改めて感じてみると、その熱気と乾気にやられたようだった。

「ベルぅー……フード取っちゃ駄目かー？」

「絡まれても喧嘩しないって約束できるならな」

「うー……」

マルグリットは恨めしそうにベルグリフを睨み、諦めたように目を伏せた。

ちゃんと自分が抑えられないと分かっている辺り、この子も成長したなとベルグリフは微笑んだ。

だからこそ少し可哀想な気もしたが、南の地ではエルフなどは余計に珍しいだろう。奇異の視線を向けられるだけならばともかく、おかしな連中に絡まれて無用の混乱を起こすのは気が引ける。そうなった時、馴染みの人もおらず後ろ盾もない状態では、完全に不利な立場に立つ可能性がある。犯罪者になってしまえばおしまいだ。

臆病かなあ、とベルグリフは苦笑して頬を掻いた。しかし、自分が油断して少女たちを危険な目に遭わせるのは本意ではない。ある意味、魔獣を相手にするよりも人間を相手にする方が怖いのである。

マルグリットと同じく、暑さに弱いミリアムも少し元気がない様子だった。ぽかんと口を開けて、目をしばたたかせながら天井の方を見ている。

「ミリィ、大丈夫かい？　何か飲むか？」

「おみずぅ……あじゅいー……」

ベルグリフは水筒を渡してやった。ミリアムはうまそうにこくこくと喉を鳴らして飲み、そうしてまた椅子にもたれてぼやいた。

「こんなおっきなギルドなんだから、冷房魔法《クーラー》くらい入れればいいのに……」

「そうだなあ……でも、そうすると用事もないのにたむろする連中が増えるのかも知れないな」

とアネッサが言った。ミリアムは口を尖らせ、不貞腐れたように帽子を顔まで引き下ろした。

峡谷を抜ける前と後では驚異的に気温が違った。これには流石に面食らったが、慣れの問題もある。少しずつ慣れるしかあるまい。寒さへの対策は北の地で暮らした長年の経験もあるが、暑さへの対策などはちっとも分からない。

ベルグリフもマントは取り、いつも愛用している毛皮のチョッキも脱いで、チュニックも肘辺りまで腕まくりしていた。それでも当然暑い。周囲の冒険者で重鎧を着て、しかもフルフェイスの兜を被っている者がいるのが信じられないような気がする。

何か店売りの飲み物を追加しようかと思いかけると、アンジェリンたちが戻って来た。無事に用事は済ましたらしい。

「ご苦労様。これで出られるな。宿を探そうか」

「うん……あのね、ギルドマスターに宿、紹介してもらった」

「お、それは助かるな」

「ふう……暑いね。人が多いから余計に」

「ああ。ともかく出ようか。マリーもミリィも限界みたいだし」

ベルグリフは脇に置いておいたマントやチョッキを手に取った。

その時、ギルドの職員たちがぱたぱたと駆け回って、入り口の方の窓を閉め、建物の両側の窓を開けた。おやおやと思っていると、不意に風が窓から窓へ抜けるように吹いて来た。熱風ではない、涼しい風だ。汗をかいた肌を冷たく撫で、途端に気分がすっきりする。

「おお……すごいな。しかしなぜ……」

「これは颪《おろし》といいましてな、あちら側にある山脈の方から上空の冷たい空気が吹き下ろして来るのです。トルネラでも時折あったでしょう」

「へえ、なるほど。そうか、颪か………………ん⁉」

何やら聞き覚えのある声が後ろから聞こえ、ベルグリフは思わず振り返った。髭面に戦斧を担いだずんぐりした男が笑みを浮かべて立っていた。ベルグリフは喜びに破顔して立ち上がった。

「おお！　ダンカン！」

「はっはっは！　ベル殿！　よもやこんな所で再会できようとは！」

放浪の武芸者、ダンカンは豪快に笑いながらベルグリフの手を取って握りしめた。ベルグリフも笑って握り返す。ぐったりしていたマルグリットも、驚いたように顔を上げた。

「何ぃ、ダンカン!?　あっ！　ホントだ！」

「マリー殿、ご無沙汰しておりますなあ！　しかしそのようにぐったりしておられるとは、貴殿らしくもありませんな！」

「うるせー！　なんだよー、お前、こんな所まで来てたのかよー！　元気そうじゃん！」

マルグリットも嬉しそうに立ち上がってダンカンの肩を小突いた。アンジェリンにカシム、アネッサとミリアムはぽかんとして三人を見ていた。

「え、なに……？　知り合いなの、お父さん？　パーシーさん……じゃないよね？」

「ああ、紹介するよ。彼はダンカン。前に話したと思うけど、グラハムやマリーが来たのと同じ頃にトルネラに来ていてね、しばらく一緒に暮らしてたんだ。ダンカン、こっちは俺の娘のアンジェリンとその仲間のアネッサとミリアム。あと俺の友達のカシムだ」

「おお、噂の〝黒髪の戦乙女〟殿ですな！　某《それがし》はダンカンと申します。お会いできて光栄にござる。しかもベル殿！　話しておられた昔の友人に再会できたのですか！　これはめでたい！」

「はは、ありがとう……」

「しかし、なにゆえこのような南の地まで？」

「ああ、実はね」

「ダンカンさぁん」

その時、ダンカンの後ろから誰かがふらふらとやって来た。

見ると、もじゃもじゃと跳ね散らかった巻き毛の茶髪で、瓶底のような分厚い眼鏡をかけた男である。年の頃は三十を超えたくらいであろう。薄手のシャツにズボン、その上からフード付きのローブを羽織っており、魔法使いといった格好だ。

男はふうと息をついて額の汗を拭った。

「もう、一人で行かないでくださいよ……」

「や、これは失敬いたした」

ダンカンはぼりぼりと頭を掻いた。瓶底眼鏡の男は、怪訝な顔をしてベルグリフたちの方を見た。

「知り合いですか？」

「おお、紹介いたす。ベルグリフ殿といって、某が北の辺境で世話になった御仁でありましてな。ベル殿、こちらはイシュメール殿です。かなり腕の立つ魔法使いでしてな、少し前から行動を共にしておりまして」

「それはそれは……ベルグリフと申します」

「どうも。イシュメールです」

イシュメールはぺこりと頭を下げた。ダンカンがからからと笑った。

「しかしベル殿、その大剣はグラハム殿のものではありませぬか？」

「はは、流石に分かるか。今回の旅で借り受けてね。随分助けられてるよ」

「なんと、その剣を使いこなしておるのですか。流石はベル殿……」

「いやいや、まだ使いこなしているとは」

カシムが薄笑いを浮かべて頭の後ろで手を組んだ。

「なんか賑やかになって来たね。ともかく場所変えない？　暑いし、オイラ腹減ったよ」

「ん、そうだな……ダンカン、積もる話もあるだろうし、一緒に飯でも食いに行こうか」

「願ってもない事です。よろしいですか、イシュメール殿」

「はあ、まあ」

イシュメールは警戒しているのか状況が呑み込めていないのか、曖昧な調子で頷いた。

開け放たれた窓から窓へ、再びひんやりとした風が吹き抜けて行った。

九十二　張り出されたテラスから見下ろす

張り出されたテラスから見下ろす往来で風が渦を巻いて、砂埃がくるくると舞っていた。手すりがあるだけのテラス席なのに、余程の腕利きの魔法使いが術式を組んだのか、冷房魔法《クーラー》が効いていて涼しい。しかし手すりから腕を突き出してみると、その向こうは途端に暑かった。見えない魔法の膜のようなものが張られているらしい。

すっかり元気になったマルグリットが面白そうな顔をしてメニューを見ている。

「すげえ、名前見てもどんな料理か分っかんねえ！　何が出て来んのかな？」

「むー、こういう時お店だと困るねー。露店なら商品が見れるから分かるんだけどなー」

「カシムさんなら分かるんじゃないですか？」

「いやー、どうかなー。オイラもこっち来たの久しぶりだし、あんま覚えてないや」

「ダンカンさん、どれくらいイスタフにいるの？　おススメある……？」

「イスタフにはもう二週間ばかりおりますが……食事は露店や宿で済ますばかりでして」

「……定食を頼めば間違いないですよ」

イシュメールがそう言った。人見知りする性質なのか無口なのか、何となく陰気な感じを受ける男である。豪放磊落《らいらく》なダンカンと行動を共にしているのが何だか不思議な気がした。

ともかく、適当に料理を注文して、先に運ばれて来た飲み物を手に取って乾杯した。

「二人はどこで知り合ったんだい？」

「ああ、先週イスタフで知り合いましてな。路銀を調達する為に参加した合同討伐依頼で一緒だったのです。ひょんな事で行き先が同じだという事が分かりまして、それ以来一緒に」

「どこに行くの……？　目的地は？」

とアンジェリンが言った。ダンカンは少し身をかがめた。

「……ベル殿たちだから言いますが、実は『大地のヘソ』という場所がありましてな」

「えっ！　ダンカンさんたちもそこを目指してるの？」

アンジェリンが身を乗り出した。ダンカンは驚いた顔をして目をしばたたかせた。

「まさか、ベル殿、アンジェリン殿たちもそこに？」

「うん、例の昔の仲間の一人がそこにいると聞いてね……はは、まさか君たちもそこを目指していたとはなあ」

「いやはや、天の配剤とはこの事ですな。これは心強い……」

「Sランク二人……大海嘯も近いだろうし、確かに頼もしいですね」

イシュメールが小さく笑った。アネッサが首を傾げた。

「だいかいしょう……？」

「おや、ご存じない？　ああ、『大地のヘソ』が初めてなら無理もありませんね……」

「ダンカンさんも知ってるのー？」

「いや、某も『大地のヘソ』は今回が初めてなのです。噂には何度も聞いていたのですが、後回しにしておりましてな。今回の旅を最後にしようと決めたので、一度行っておこうと思いまして」

「最後……？」

「……トルネラに人を待たせておりますからな」

ダンカンはそう言って照れ臭そうに笑った。ベルグリフも微笑んだ。アンジェリンが変な顔をしている。

「ダンカンさん……そういうの死亡フラグっていうらしいよ？」

「な、なんですか、それは」

「この前読んだ本に書いてあった……」

「お前はヘンテコな本ばっか読んでるねえ」カシムがからから笑ってコップの中身を飲み干した。

「で、大海嘯って？」

「ええ、『大地のヘソ』は大きな魔力溜りなのですが」

イシュメール曰く、大海嘯というのは『穴』に渦巻く魔力の量が一定の閾値を超えた時、普段よりも強力な魔獣がさらに数を増して『穴』から溢れ出て来る現象の事を言うのだという。魔力量の増減は月の満ち欠け、星の運行などとも関係あるらしく、占星、魔力測定などの技術により、現在はほぼ正確に予測できるそうだ。

「要するに、次の満月です。それが終わると今度は来年になります」

「ふむ……それをわざわざ狙って来る連中もいる、と？」

「魔獣が強力になるという事は、つまり素材の質も上がりますから……皆さんもそれを目指しているのかと思っていましたが」

「いや、我々は人に会いに行くのが目的ですから……イシュメール殿はそれを狙って？」

「ええ、まあ。研究に必要な素材がありまして」

アンジェリンがくすくす笑った。魔法使いはみんな同じだな、と思っているらしい。

「イシュメールさんは行った事あるの……？」

「ええ、過去に一度。二年前の大海嘯の時です」

「実際、どうなんでしょう？　危険はどれくらいあるものですか？」

ベルグリフが言うと、イシュメールは難しい顔をして顎を撫でた。

「さて……その時々で現れる魔獣も違いますから。けれど、集まる冒険者も腕利きばかりですから、自分の身を第一に考えれば生き残る事自体は難しくはないかと」

しかし、魔獣の素材などは戦いに於いて最も貢献したものが多くの権利を得る、という暗黙の了解がある。ゆえに、欲しい素材を狙うならば後ろでまごまごしている暇はないらしい。

「前に私が行った時は〝紅蓮の魔術師〟エステバンや〝隻腕の勇剣〟ヴァードルセン、〝青牙〟クリフォードなどのSランク冒険者がいました。大海嘯の時は名のある冒険者の数も増える傾向がありますね。今回はどうなる事やら……」

「どれも音に聞こえた実力者ばかりです。彼らを出し抜いて活躍し、素材を得る権利を獲得するのはかなり難しそうですな」

ダンカンが神妙な顔で腕組みして頷いた。

アンジェリンが水差しを手に取った。

「おじいちゃんに頼まれた素材って何だっけ……？」

「ああ、魔力の結晶だよ。ただ、特別なものらしくてね、ア・バオ・ア・クーという透明な魔獣の体内にあるものらしい」

「それは……随分と難しいものを頼まれましたね」

イシュメールが呆れたんだか感心したんだか、曖昧な顔で笑った。カシムが髭を捻じった。

「やっぱそう？　名前は聞いた事あるけど、知らない魔獣なんだよね」

「確かSランク指定でしたよね」

アネッサの言葉にイシュメールは頷いた。

「生きているうちは透明で見えない魔獣なんです。しかし、死ぬと姿を現す。ただ、自発的に人間を襲う事はないようですね。Sランク指定なのは、生息するダンジョンが軒並み高難易度という事、そしていざ戦うとなると恐ろしく強いという事が挙げられます」

「『大地のヘソ』にはいるんですかー？」

とミリアムが言った。イシュメールは腕を組んだ。

「いるらしいですが……穴の外には出て来ないらしいです。討伐するには穴を下ってア・バオ・ア・クーのいる所まで行かなくてはならないとか。私も実物は知らないので、詳しい事は分からないのですが」

「ふむ……」

これは確かに大冒険だ、とベルグリフは内心不安になった。しかしアンジェリンたちはむしろ楽しそうである。

「腕が鳴る……楽しみ」

「見えない魔獣かあ。へへっ、面白いじゃん」

「完全に見えないのかな？　それともうっすら分かる程度なのか……」

「魔法効くかなー？　Sランク魔獣なんか中々戦わないからねー」

「あ、そうだ。オリバーさんから頼まれたのもあるんだった……」

「オリバーさん？」

「ここのギルドマスター……色々手助けしてくれたの」

少女たちは魔獣の対策だか何だか、あれこれと楽し気に話し合っている。やはり高位ランク冒険者というのは住む世界が違うな、とベルグリフは髯を捻じった。カシムがにやにやしてベルグリフを小突いた。

「怖がってる暇はないぜ、ベル」

「……そうだな」

自分が尻込みしてどうする、とベルグリフは頭を掻いた。やれる事を精いっぱいやるしかない。不安になっている暇などないのだ。

『大地のヘソ』の事だけでなく、トルネラでの騒動や、ダンカンの旅路の話などで盛り上がっていると料理が運ばれて来た。しばらく自作の野外料理に親しんでいたベルグリフたちとしては、匂いからしてまったく趣が違うように感じた。

細長い米を蟹の身をほぐしたものと一緒に炒めたものに、脂で揚げた川魚が載っている。そこに甘いような辛いような、不思議な味付けのソースがかかっていた。他にはサボテンの実だという変に柔らかい果肉のようなものが付いている。スープには香辛料がふんだんに使われていて辛い。

馴染みがない分うまいかどうだかピンと来ないが、しかし嫌いではない。アンジェリンたちは美味しいと言って食べている。味付けが濃いのには少し参ったが。

食べてからも長話に花は咲き、日が暮れかける頃に店を出て、ダンカンたちといったん別れて宿に向かった。

ぎらぎらと照っていた太陽は西の山陰に隠れ、まだ空気はもったりと暖かいような気がしたが、夜の気配がひやりと背中を撫でて行くような気もした。

次の満月まで二週間もない。その前には辿り着くようにダンカンとイシュメールは出発するそうだ。別にベルグリフたちは大海嘯を狙っていたわけではないが、どうせなら一緒に行く方が安全度も上がる。だからダンカンたちと一緒に出発する予定になった。

少女たちと別れて部屋に落ち着き、荷物を点検した。馬車や旅の道具はもうギルドに返したから随分身軽だ。その分、道具の取捨選択が大事になる。徒歩での行軍だから荷物は少ない方がいいが、少なすぎても途中で困窮する。

また、『大地のヘソ』での戦いでも何か必要になるものがあるかも知れない。目的地は町ではない。補給が十全に行くかどうか分からないのだ。

唯一現場を知るイシュメールにアドバイスをもらうのがいいか、とベルグリフは顎鬚を撫でた。

「明日は準備だな……」

「何が要るんだろうね？　普段より強力ったって、オイラたち普段を知らないもんね」

「まあな。しかし、そんなに強力じゃ小細工が通用するかどうだか……それに、まずはきちんと目的地に辿り着かなきゃ」

「それは大丈夫でしょ。ここのギルドマスターから借りた魔水晶もあるし」

「俺も大丈夫だとは思っているが……油断はするなよ、命取りになるぞ?」

「分かってるよお。へへへ、君は容赦ないねえ」

カシムはそう言って、少し寂し気に笑った。

「……オイラ、ちょっと怖いよ。柄にもないけど」

「パーシーに会うのがか?」

「うん。参ったね。いざ会うのが近いと思うと、今までの楽しみよりも怖さが湧いて来るよ。オイラですら捨て鉢だったからね。ヤクモたちの話じゃアイツもきっと荒れてるよ。オイラ、アイツに何かしてやれるかなあ……」

ベルグリフは微笑んでカシムの肩を叩いた。

「気負うなよ。パーシーはパーシーだ。他人になったりしないよ」

「……そうだよな。へへ、素直に楽しみにしとこっと」

カシムはごろりと寝床に仰向けに転がった。

ベルグリフはくつくつと笑って、また荷物に向き合って一つ一つ点検を始めた。早く終わらせてゆっくりと眠りたい。

不意に、ずきんと幻肢痛が疼いた。

○

「なあ、パーシヴァルってどんな奴だったんだ？」

だらだらの山道を歩きながら、マルグリットが言った。あちこちに切り立った岩が屹立していて、そこに点々と緑の草が生い茂っている。

足元を見ていたベルグリフは少し考えるように歩みを緩めた。

「……元気で自信に溢れた奴だった。実際に才能があったよ。剣であいつに敵う気はしなかったな」

カシムが顎鬚を撫でる。

「確かに、パーシーとサティは強かったねえ。変なところでドジだったけどさ」

「例えば……？」と先頭を行くアンジェリンが振り返った。

「そうだなあ。素材を頼まれてるのに、目的の魔獣を倒したら解体もせずに満足して帰ろうとしたりな」

「あったあった！　何やってんだかって思ったよ」

「……いや、あの時は君もあっち側だったぞ。三人してさっさと帰ろうとするから俺の方が間違ってるかと思ったくらいだったもの」

「え、嘘？　そうだっけ？」

カシムは眉をひそめて頭を掻いた。殿《しんがり》のダンカンが愉快そうに笑った。

「その頃から大物だったのですなあ、〝覇王剣〟も〝天蓋砕き〟も！」

「……それをまとめていたお父さんが一番凄い」

アンジェリンがそう言って、ふんすと鼻を鳴らした。ベルグリフは困ったように笑った。

「凄いかどうかは別にしても……まあ、確かに危なっかしい所はあったな」

「ふふー、マリーみたいなもんですにゃー」

「なんだと、ミリィコンニャロ！」

「きゃー」

マルグリットがミリアムのほっぺたをつねり、ミリアムがきゃあきゃあと悲鳴を上げた。アネッサが呆れたように弓を担ぎ直す。

「何やってんだよ……足場が悪いんだからふざけるなって」

一日休息、それからまた一日かけて準備を整え、いよいよイスタフから『大地のヘソ』を目指して山に入った。浅い所は鉱石や山菜などを採る人々がいるせいか、ある程度は整備されて歩きやすかったけれど、先に進む程に人跡未踏という感じになっており、さっきから段々と足場が悪くなっていた。

最初は曲がりなりにも道のようになっていたけれど、次第に獣道のようになってきた。その獣道も、次第に目を凝らさねば分からないくらいに曖昧になって来ていた。

先頭のアンジェリンが下げる魔水晶錐は方位磁石のように同じ方向を指し続けているから、道は間違っていない筈だ。流石は人外魔境である、一筋縄ではいきそうもない。

やがてごつごつした岩が増え、足の下も石がごろごろ転がるようになって来た。義足のベルグリフなどには余計に歩きにくくて仕様がない。バランスを崩さぬようにと思うと、どうしても歩みが遅くなった。手ごろな枝を拾って杖代わりにしてはいるが、それでも健脚の冒険者たちよりは遅い。

アンジェリンが度々振り返りながら、心配そうにベルグリフの方を見やった。

「お父さん、大丈夫……？」

「ああ、すまん。参ったな」

「まだ先は長いです。少し休憩しましょう」

イシュメールが言った。歩き続けで少しくたびれていた一行は一も二もなく賛成し、銘々に腰を下ろして水筒や携帯食を手に取った。

魔水晶錐を手に持ったアンジェリンは、その切っ先の示す方を、目を細くして見ている。

「……もっと急。あそこを越えなきゃ駄目かも」

切り立った急な斜面が先に見えた。そこを越えて向こう側に行かなければいけないらしい。マルグリットが水筒の蓋を閉めて立ち上がった。

「よし、ちょっと見て来てやるよ」

そう言って軽い足取りで駆けて行った。斜面の手前を右に曲がり、大きな岩の方に回り込んでしばらく様子を探ってから、今度は逆方向に行って下り斜面の向こうに姿を消した。

こんな時に義足なのが嫌になるな、とベルグリフは嘆息した。普通に歩く分には何の問題もないし、剣を持って戦うのにも何の障害にもならない。しかし、足場の悪さだけは別だ。やはり義足は生身の足とは違う。

やがて戻って来たマルグリットは首を横に振った。

「駄目だな。あっちに行くにはあの斜面が一番マシだぜ。他は危な過ぎらあ」

「そうか……うん、ありがとう、マリー」

回り道もなさそうだから、何とか頑張るしかあるまい。幸いにして足場はありそうだから、急がずにゆっくり行けばよさそうだ。ベルグリフは考えるように視線を泳がし、荷物から布を出して義足の先端に巻き付け、外れないように紐で縛り上げた。クッションと滑り止めを兼ねたものである。

「行こうか」

「ベル殿、危ない所は肩を貸しましょうぞ」

「はは、ありがとうダンカン」

一行はゆっくりした足取りで斜面を上り始めた。

重い荷物を持っている上に、一々足場を確かめざるを得ないベルグリフとは対照的に、アンジェリンたちは軽い身のこなしでひょいひょいと上って行ってしまう。そうして上の方からロープを投げ落とした。

摑まって上れという事かとベルグリフが上を見ると、アンジェリンが叫んだ。

「荷物、先に上げる！」

「……ああ、そういう事か」

合点がいって、ベルグリフは持っていた荷物をロープの先にくくり付けた。鞄の外に下げた大小の鍋が触れ合ってかちゃかちゃ音を立てながら上って行く。

何度かそれを繰り返して、すっかり身軽になった。それからロープを摑んで、体を支えながら上って行けばいい。

「お父さん、来れそう?」

「ああ、大丈夫だ。ちょっと遅いけど、待っててくれ」

ロープで体を支えられるようになって、かなり動きやすくなった。ダンカンたちの手助けもあって、何とか上まで上り切ると、ひんやりとした風が頬を撫でた。

てんやわんやで日が暮れかけていた。距離としてはあまり進んでいないように思われたが、急斜面という難所を抜けたのは大きい。

野営の支度もあるから、早めに進むのを切り上げた。アネッサとマルグリットが何か獲物を探しに出かけ、他の者で火を熾したり周囲の見回りをしたりした。

ベルグリフは石でかまどを組みながら辺りを見回した。この辺りが高台になっていて、向こうは緩やかに傾斜して下り、そうして少し離れた所でまた上り坂になっている。

一際大きな岩が妙に目を引いた。その他にも岩が多く、荒涼とした山脈地帯である。しかしあちこちに背の低い常緑樹が生えており、灌木の茂みもあった。枯れた木や枝もあり、薪には不自由しなさそうだ。汗で濡れた肌に風が心地よい。

イシュメールが眼鏡の位置を正しながら呟いた。

「さて……夜になると魔獣の動きが活発になります。注意しなければ」

「そうだな。上手くローテーションを組んで全員が休めるようにしなくちゃ……」

イシュメール曰く、ニンディア山脈の魔獣は『大地のヘソ』の魔力の影響もあって、他地域のものよりも強力な種が多いらしい。

ベルグリフは煮立った鍋の湯に乾燥豆を入れた。

「しかし、それだけ魔力が多いのにダンジョン化しないものなのだろうか？」

「さて……もしかしたら既にかなり広大なダンジョンになっているのかも知れませんよ。現に、『大地のヘソ』を目指す者は少なくないのに、未だに決まったルートも開発されず、道すらもできていないんですから」

　成る程、それは確かにそうかも知れない。山脈自体の地形が変化するとすれば、道も作れず、地図も描けないだろう。腕利きの冒険者ばかりが分け入るというのに、安全なルートが開発されていないのも不自然だ。

「じゃあ、イシュメールさんが前に行った時と道が違うのー？」

　ミリアムの言葉にイシュメールは頷いた。

「そうです。私はもっと密林のように草木の茂る道を通りました。恐らく別の道だとは思いますが、その道も変化している可能性はあります」

「そうか……いずれにせよ、気は抜けないな」

　豆がくつくつ煮える頃、傾いて眩しかった太陽が隠れ、辺りがにわかに薄暗くなって来た。狩りに出ていたアネッサとマルグリットが戻って来たが、手には何も持っていない。どちらも変な顔をしている。アンジェリンが首を傾げた。

「何も獲れなかった？」

「ああ……というか、この辺生き物の気配がしないんだ。魔獣はおろか、獣や鳥すら見なかった」

「変だよなあ。岩鳩か野生の山羊くらいはいると思ったんだけどよ」

　マルグリットが詰まらなそうに頭の後ろで手を組んだ。カシムが顎鬚を捻じった。

「そいつは妙だね。なんかの縄張りかも知んないよ？」

「しかし、それにしては今のところは大きな魔力の気配もありませんが」

　イシュメールが言った。アンジェリンが頷いた。

「それが余計に変だよね……」

強大な魔獣は下位種の魔獣を引き寄せる事が多いが、逆に縄張りを作って他の生き物を寄せ付けないものも存在する。しかし、それだけの魔獣ならば、強者の気配というものを漂わせている。そういうものがいたとすれば、アンジェリン始め腕に覚えのある冒険者がそれを察知できないのは妙だった。

「まー、小難しく考えたって仕様がないぜ。何か来たらぶっ飛ばす。それでいいじゃねーか」

「マリーは楽観的ですにゃー。でも、一理あるね。あんまり考え込んでちゃ、きちんと休めないよー」

「へっへっへ、それもそうだな。ま、飯にしようぜ。オイラ腹減ったよ」

「はーあ、肉食いたかったなあ」

マルグリットが嘆息した。ダンカンが苦笑しながら荷物を引き寄せた。

「まあ、そんな時もあるでしょう。干し肉は多めに仕入れております故、今夜はこれで済ませてしまいましょうぞ」

硬く焼きしめたパンを、豆と干し肉のスープに浸して食べているうちに、日がとっぷりと暮れて夜になった。濃い目の花茶をすすりながら見上げると、晴れ渡った空に星が広がっている。高い所に来たからだろう、イスタフの町よりも星の数が多いように思われた。

最初の夜番を買って出たベルグリフは、急激に冷え出した夜気に身を縮こめ、たき火に薪を放り込んだ。陽が出ているうちは暑かったが、こうやって夜になると息が白くなるくらいに寒い。尤も、トルネラに暮らしていたから寒さには慣れている。ただ、昼間との温度差に少し体が驚いているようだ。

同じく夜番のアンジェリンがもそもそとベルグリフにすり寄った。

「思ったより冷えるね……」

「そうだな……」

星の光が淡くなったと思ったら、いつの間にか月が昇っていた。半月とまではいかないが、随分膨らんでいる。山肌の岩が月明かりで青白く照らされ、辺りが明るくなった。

たき火にかけた薬缶がしゅうしゅうと湯気を噴く。

「お父さん、花茶飲む……?」

「ああ。ありがとう」

濃い花茶は寒さも眠気も紛らわしてくれる。コップを口に付ける時に立ち上る湯気が、月明かりで変に浮き上がったように見えた。

しかし本当に妙だ、とベルグリフは思った。静か過ぎる。昼間に獣が出ないのはまだしも、夜行性の生き物の気配すらしないのはおかしい。

ふと、背中の大剣が小さく唸り声を上げた。

ベルグリフは怪訝な顔をして周囲を見回し、そうして一点を見つめて目を細めた。

「ん?」

「……どうしたの、お父さん?」

「あの影……妙だぞ」

ベルグリフの視線の先で、何か大きなものがゆっくりと動いているらしかった。今までは気付かなかったが、微かに地鳴りのようなものを感じる。アンジェリンがさっと立ち上がった。剣の柄に手をやる。

「起きて！　敵！」

たき火の周りで寝息を立てていた仲間たちはたちまち跳ね起きて武器を手に取った。向こうも気取られたと分かったらしい、途端に隠していた気配を充満させた。

岩と岩が擦れるような鈍い音がして、月明かりの下で岩の巨人が腕を振り上げた。まるで地鳴りのような低い唸り声が聞こえる。

カシムが山高帽子をかぶり直した。

「ははあ、ギガント・ロックゴーレムかい」

「昼間見た大きな岩はあいつだったんだな……まさか魔力まで含めて完璧に岩に擬態するとは」

「むう、囲まれておりますな」

ギガント・ロックゴーレムよりも小さいが、同じような形の岩の巨人が一行の周囲を取り巻いていた。アネッサが呆れたような顔をして笑った。

「こいつらの縄張りだから他の生き物がいなかったんだな……しかし、魔力も漏らさず、気配も出さず……本当にゴーレムか？」

「ある意味変異種だねー。はー、ホントに油断できないや」

「それだけニンディア山脈というのは特別な場所なんですよ……爆ぜろ」

イシュメールの放った魔法を皮切りに、戦いが始まった。魔力が渦を巻き、一番近いゴーレムが砕け散った。カシムがひゅうと口笛を鳴らす。

「やるねえ」

「はは、〝天蓋砕き〟にそう言ってもらえるとは光栄です……雑魚は引き受けます。大きいのは任せましたよ」

イシュメールはぱちんと指を鳴らした。途端に、何もない所から淡い光をまとった分厚い本が現れ、宙に浮いたままばらばらとページがめくれた。ミリアムが目を剝いた。

「魔導書召喚だ！　すごぉい！」

「ミリィ、感心するのは後だ。わたしらも雑魚を片付けるぞ」

「前はおれに任せときなッ！」

マルグリットが滑るような足取りでゴーレムに肉薄し、一気に数体を切り刻んだ。マルグリット程の技量になれば、ゴーレムの岩の体もバターを切るのと変わりない。

アネッサは素早く弓を引き絞り、一気に数本の矢を射った。矢はゴーレムに突き刺さるや炸裂し、ゴーレムは幾つもの岩になって転がった。ミリアムも杖を掲げて雷雲を呼び出す。

流石に実力者揃いだ、危なげなくゴーレムを倒して行く。しかし、まるで山脈中の岩がゴーレムになったかと思うくらい、ゴーレムは次々と押し寄せて来た。

一方のアンジェリンは、ギガント・ロックゴーレムの振り下ろした拳を軽くかわし、その腕に飛び乗るや肩まで駆け上がった。そうして横なぎに剣を振るう。しかしその気になれば鋼鉄さえも斬り裂く剣撃が、やや傷を付けただけで止まった。

「硬……ッ！」

普通のギガント・ロックゴーレムと侮って力を抜いたか、とアンジェリンは顔をしかめた。ぎょろり、とこちらを向いたゴーレムの顔に当たる部分に穿たれた穴が、目のようにアンジェリンを見た気がした。

　怖気を感じてアンジェリンは飛び退る。その後を大槌のような石の拳が通り抜けて行った。

　それを眺めていたカシムがベルグリフの肩を叩いた。

「どうする？　大魔法使おうか？　デカブツはアンジェに斬れないくらい硬い。多分魔力のコーティングもあるね、ありゃ。となると魔法が早いぜ」

「どれくらいかかる？」

「んー……二十秒。ただ地形が変わるかも」

「……地形を変えない程度に威力と範囲を絞るとしたら？」

「一分おくれ」

　カシムはギガント・ロックゴーレムに指を向けた。魔力が渦を巻き、カシムの髪の毛を揺らす。

　ベルグリフは大剣を抜き放った。

「アンジェ！　こいつの注意を引きつけてくれ！　ダンカン、左足を頼む！」

「任されましょう！」

　ベルグリフは地面を蹴り、立ちはだかるゴーレムを斬り払いながら岩の巨人の右足へと近づく。

　アンジェリンはギガント・ロックゴーレムの体を足場にして、まるで宙を舞うように跳び回った。

　それが良い具合に巨人の注意を引いた。

　歩く時は義足のバランスが気になるのに、戦いの場となると意識せずにバランスがとれる。緊張感が義足との感応を高めているのか、と頭をよぎったが、そんな場合ではない。

ベルグリフは剣を後ろに引いた。そうして裂帛《れっぱく》の気合と共にギガント・ロックゴーレムの右足へと横なぎに振るう。大剣は唸り声を上げ、ゴーレムの太い右足を事もなげに切断した。ダンカンもその戦斧で思い切り左足を打ち据える。斬り裂く事はできずとも、強烈な衝撃にギガント・ロックゴーレムはバランスを崩した。そのままぐらりと傾く。

素早く距離を取ったアンジェリンは、思わず目を剥いた。ダンカンは素早く離れたが、ベルグリフはまだ右足付近にいる。上からは巨大なゴーレムの体が落ちて来ている。

「お父さん！」

アンジェリンが悲痛な声を上げるのと同時に、圧縮された魔力の塊が放たれた。強烈な光が辺りを照らし出す。思わず目を伏せ、開けた時には、ギガント・ロックゴーレムはわずかな足先だけ残して完全に消し飛んでいた。

カシムが前に向けていた腕を下ろして、ふうと息をついた。

「タイミングばっちし……つってもちょっとドキドキしたな、まったく」

「お、お父さんは……？」

「ん？　ほれ、あそこ」

カシムの指さす先に、咄嗟に身をかがめていたらしいベルグリフが立ち上がっているのが見えた。アンジェリンが脱兎の勢いで駆け寄って抱き付いた。

「お父さん！」

「ああ、アンジェ……やれやれ、何とか倒せたな」

「もう……ビックリした！　潰されちゃうかと思った！」

「すまんすまん。でも気取られない為に動きを止める必要があったからね。それにカシムなら上手くやってくれるから」

ベルグリフは周囲を見回した。ゴーレムも数を減らしている。どうやら暗闇で数が読めなかっただけで、それほど驚異的に数が多かったわけでもないらしい。それとも親玉が倒されたから逃げたものもいるのだろうか。

カシムがやって来てからから笑った。

「あとは消化試合だね。けどベル、逃げるそぶりくらい見せてやらないと、アンジェが怯えちゃってたぜ」

「……怯えてないもん」

「ふぅん？　涙目になってるけど？　へっへっへ」

「うそっ！」

アンジェリンは慌てて手の甲で目をこすった。ベルグリフは大剣を鞘に収めた。殲滅戦は仲間に任せて大丈夫だろう。息をついて、抱き付いているアンジェリンの背中をさすってやった。

程なくしてゴーレムの群れは片付き、辺りには再び静寂が戻って来た。

マルグリットが詰まらなそうな顔をして手先で剣をくるくる回した。

「ちぇ、あのでっかいのはおれが仕留めたかったのに」

「わたしが斬れなかったのに、マリーに斬れるわけない……」

「なんだとお？　ってかアンジェお前斬れなかったのか？　ははっ、ダセェ」

アンジェリンは眉を吊り上げた。

「普通のゴーレムの硬度だと思って力を抜いちゃっただけ……本気でやれば斬れた」

「ふん、そんならおれだって斬れらあ」

「ほらほら、喧嘩しない。ちゃんと休まないと明日動けないぞ」

ベルグリフに言われ、二人は渋々黙った。

ゴーレムの破片を野営地から除け、改めて火を熾した。ふたたび夜番に起きるベルグリフとアンジェリンの他は横になって、ほどなく寝息を立て始めた。あれだけの戦いの後にも特段興奮する事なく眠れる。場数を踏んで来た実力者の余裕だろう。

アンジェリンがふわわとあくびをした。

「……お父さんは、カシムさんの事信頼してるね」

「ん？　ああ、短い間とはいえ命を預け合った仲だからな……」

尤も、あの頃はどちらもここまで強くはなかったが、とベルグリフは笑った。アンジェリンはちょっと頬を膨らましてベルグリフに寄り掛かった。

「わたしの事も信頼してるよね……？」

「もちろん」

「えへへ……」

アンジェリンは嬉しそうにベルグリフの肩に額を押し付けた。

けれど、アンジェリンの事はどうしても娘だという事が先に立ってしまう。実力のある冒険者だと頭では分かっていても、心の内では守るべき対象として捉えている。

自分よりも余程強いのにな、とベルグリフは自嘲気味に笑った。

まだ山脈に入って一日。早速洗礼を受けたような気分である。『大地のヘソ』へ辿り着くまで、どれくらい戦闘があるだろうか。そして、『大地のヘソ』で待つ魔獣はどんなものなのか。

あれこれ考えてしまって、次の夜番のカシムを起こして横になってからも、ベルグリフはしばらく眠れなかった。

すっかり天頂に昇った月が青白く輝いている。

○

あちこちでたき火が燃えていた。宵闇が空から降りてはいたが、満月に近づいて行く月明かりに加え、たき火やランプ、黄輝石の照明などで『穴』の周囲は明るかった。いつ魔獣が這い出して来てもいいように、冒険者たちは夜でもこうやって集まっている。

人影が行き来したり、たき火を囲んでいたり、ともかくかなりの人数がいるらしい。ざわざわと話し声が合わさってざわめいているが、その一つ一つは聞き取れそうもなかった。

大きな岩陰に男はいた。たき火の炎が揺れる度に、顔の陰影がゆらゆらと揺れて、表情が変わるように見えた。実際はしかめっ面のままちっとも変わっていない。白髪交じりの枯草色の髪の毛はくしゃくしゃと跳ね散らかっている。

岩に背をもたせて、男は目を閉じていた。眠っているようではなかった。全身には緊張感がみなぎっていて、即座に立ち上がって剣を振るえるであろう雰囲気があった。

火を挟んだ反対側で、犬耳の少女が肉を切り分けていた。一口大に分けたそれを、木の枝を削った串に刺して行く。そこに塩と香辛料を振りかけた。ふんふんと鼻歌が口からこぼれている。

「おう、びっぐまま。いっつそうていすてぃ」

ぱちんと音を立てて火の粉が舞い上がる。男は片目を薄く開けた。顔をしかめて胸を押さえる。小さく咳き込み、懐から匂い袋を取り出した。口元に押し当て、気化したエーテルオイルを吸い込む。薬草の溶けたそれは鼻と喉奥、胸まで染み込んで息を穏やかにした。

「要るか?」

少し離れた所に腰を下ろしていた黒髪の女が、酒の入った瓢箪を槍の先に引っ掛けて差し出した。男は無言で瓢箪を取るとぐいと呷った。そうして女に放って返した。女はくつくつと笑って自分も瓢箪を傾けた。

「相変わらず不愛想なやっちゃのう」

「……いつまで付きまとうつもりだ」

「そりゃそいつに聞くんじゃな」

男は肉を火にかざして炙っている犬耳の少女を見た。少女は何ともない顔をして男を見返した。

「おじさんが元気になるまでいてあげる。びさいじゅー」

「余計なお世話だ……」

男はにべもなく言って、より深く岩に背中を預けた。機嫌が悪そうだったが、この男が機嫌のよかった所など、女も少女も見た事がない。だから今更そんな事は気にしなかった。

鼻歌交じりに焼き上げた串焼きを、少女が差し出した。

「おあがりなさい、べぃべ」

「いらん」

もう食った、と男は目を閉じたまま言った。宵闇で目立たなかったが、たき火の周りに肉の焦げカスらしきものが転がっていた。犬耳の少女は口を尖らした。

「こげこげお肉とこんがりお肉、どっちがお好き？」

「知るか。飯なんざ適当に食ってりゃいい」

「昔の人は言いました。据え膳食わぬは勿体なし」

「間違っとるし意味が違うわい、阿呆」

黒髪の女が呆れたように言って、口から煙を吐き出した。犬耳の少女は自分で肉にかじり付いた。

「んまし……おじさん、本当にいらない？　わたしの故郷のスペシャルなていすとだぜ、べいべ」

男は黙ったままである。相手にならぬつもりらしい。犬耳の少女は詰まらなそうに肉を咀嚼し、酒で流し込んだ。

「おじさんは、ずっとおいしくないご飯ばっかり食べてたの？」

少女が言うと、男は薄目を開けた。昔の仲間たちと袂《たもと》を分かって、一人きりで修羅のように戦い続けた日々が思い起こされた。食事は楽しみではなく、ただ体を動かす為だった。何を食べても味気なく感じた。酒も、ただ酔いに身を任せる為のもので、味わう事はなかった。そして、そういうものの方が自分にはふさわしいと思った。

ただの自己満足だ。そういう風な思いが頭をよぎる事も何度もある。しかし、他にどうすればいいのか、男には分からなかった。

「……味なんざ分からん」

「そう」

少女は別に焼いていた串を取り上げて、黒髪の女に差し出した。女は煙管の灰を落として、串を手に取った。一口かじって、むぐむぐと噛みしめる。

「……うむ。中々いけるぞ。本当に食わんのか？」

男はそれには答えず、再び目を閉じてマントを体にかけ直した。すっかり寝る体勢に入っている。

犬耳の少女は肉のなくなった串を火に放り込み、膝を抱えて呟いた。

「おじさんは、寂しいね」

男は不意に体を起こした。たき火越しに手を伸ばして、少女の首を引っ掴んだ。

「あう……」

苦し気に目を細める少女を、男は鋭い目で睨み付けた。

「……知った風な口を利きやがって」

「そこまでじゃ」

男は目だけ横にやった。黒髪の女が槍の切っ先を男の首筋に突きつけていた。

「おんしの力じゃそやつは死んじまうぞ。そうなりゃ儂とて見過ごせん」

「……チッ」

男は手を離すと乱暴に立ち上がり、マントを翻して闇の中に消えて行った。解放された犬耳の少女は、けほけほと小さく咳き込みながら息を整えている。黒髪の女が歩み寄って背中をさすってやった。

「無茶をしよって……おんしが身を削る必要がどこにある」

「……あいがった、らいふ」

「あん？」

「昔の人は言いました。生きてるだけで丸儲け。でもおじさんは生きてるのが辛い。今苦しかっただけのわたしと、どっちが本当に苦しい？」

女は呆れたように息をついた。少女は何ともない顔をしながら大きく欠伸をし、ファー帽子をかぶり直した。

九十三　山脈の行軍は一週間ばかり

山脈の行軍は一週間ばかり続いた。悪路に加えて荒涼とした土地柄であり、水の確保に何度か悩んだ。しかし何とか湧水や川を見つけ出し、時には節約の為に木の根をかじって渇きを癒した。

次第に漂う魔力が濃くなり、あからさまに異様な雰囲気が漂い出していた。生えている植物さえもまったく質が違うように感ぜられる。何かの視線を感じるような気がして、そちらに目をやると小さな花を咲かしたスミレがあった、などという事もしばしばだった。

「そっち！　後ろに行った！」

アンジェリンはそう怒鳴って、向かって来たもう一匹に剣を振るった。しかしそれはたちまち足を止めて飛び退り、アンジェリンの剣を事もなげにかわした。魔獣は嘲るような挑発するような、おかしな調子で吼えた。真っ赤な体毛を持つ獅子で、尾が蠍《さそり》のものになっている。マルティコラスという魔獣だ。

すでに体にアネッサの放った矢が幾本も突き立っているのに、この魔獣はちっとも勢いを衰えさせずに向かって来た。魔法をかわされたミリアムが悔しそうに杖を振る。

「くそー、すっごいすばしっこい……！」

「参りましたね……一匹でも面倒なのに三匹とは」

イシュメールの脇に浮いた魔導書が淡い光を放っている。後ろに回って来た個体はマルグリットが剣を振るって追い払った。

頭の良い魔獣だ。力を過信して闇雲にかかって来るのではなく、一定の距離を保ちつつこちらが疲弊するのを待っている。アンジェリンは歯噛みして剣を構え直した。

「カシムさん、どうにかならない……？」

「さーて……どうするかね。下手に大魔法打ってもかわされそうだしね。負けはあり得ないけど、時間かかるかな、こりゃ」

「一匹ずつ仕留めるしかない」

ベルグリフがそう言った。

「見ていたが、攻撃する時は必ず連携して来る。動きは素早いが、一対一ならば勝機は十分ある」

「けど、こっちから攻めると距離を取って三匹揃って向かって来ますよ」とアネッサが言った。

「だからだ。こっちから一斉に一匹ずつにかかって合流させる暇を与えない。アンジェ、あの矢が突き立っているのはお前が抑えなさい。片目のない奴はカシムとマリーに任せる。あとの全員で残り一匹をやろう。行くぞ」

言い終わるや否やベルグリフは大剣を握り直すと地面を蹴った。ダンカンが後に続き、アネッサ、ミリアム、イシュメールの三人が援護の構えを取る。マルグリットも風のような素早さでマルティコラスに飛びかかり、カシムの周囲で魔力が渦を巻く。

アンジェリンは口端を上げ、残り一匹に向かい合った。

守勢だった人間が一転攻勢に出たので、マルティコラスたちもやや驚いているようだ。完全に間を塞がれて合流する事もできないらしい。

確かに、二匹相手では辛いような気がしたが、こうやって一対一ならば負ける気など欠片もしない。逃がしもしない。アンジェリンは一気に威圧感をむき出しにして、剣を構えた。

「散々からかってくれたな……！」

状況の変化に加え、アンジェリンの闘気に冷静さを欠いたらしい、マルティコラスは吼えると鋭い爪をきらめかせて飛びかかって来た。

アンジェリンはすうと息を吸って、軽く地面を蹴る。

二太刀。

振り下ろされた獅子の腕と頭とが、体と分かれて地面に転がった。

「……一対一ならなんて事ない」

目をやると、他の二匹も仕留められていた。仮に仕留めきれなければ散らばるのは却ってリスキーだったが、相手の虚を突いたのと実力者揃いだったのが幸いした。三匹に周囲を取り巻かれて、攻めようとすると直ぐに逃げて二匹や三匹でかかって来る相手だったから攻めあぐねた。一斉に散らばって一匹ずつ相手にすれば問題なかったのだ。それを見抜いた観察眼と、即座に判断を下して指示を出すベルグリフの頼もしい姿に、アンジェリンは嬉しくなって笑みを漏らした。

「ふふ……」

見ると、ベルグリフは大剣を収めて地面に腰を下ろしていた。その隣でミリアムが嬉しそうにぴょこぴょこ跳ねている。

「やったやった！　ねえ、ベルさん、この魔獣皮剝ぎますー？」

「ん……そうだな。素材としては悪くはなさそうだが……」

ベルグリフは少し辛そうに目を閉じて額を指先でつまむように押さえた。何となく顔色が悪い。

アンジェリンはドキリとして駆け寄った。

「お父さん、大丈夫？　怪我したの……？」

「いや……大丈夫だよ、少し疲れただけさ」

ベルグリフは弱弱しく微笑んだ。ダンカンが眉をひそめてベルグリフの額に手をやった。

「ベル殿……熱があるではありませんか」

「ん、む……ふらつくのはそのせいか……」

アンジェリンも驚いて額に手を伸ばす。確かに熱い。よく見れば目も熱っぽく潤んでいるように見える。カシムが頭を掻いた。

「おいおい……無茶するなよ、ベル」

「無茶したつもりはないんだが……参った」

マルグリットが嘆息した。

「だらしねーぞベル。どうすんだよ、今日はもう休憩か？」

「いえ、いっそ『大地のヘソ』まで行った方がいいでしょう。魔力の濃さから鑑みるに、もう半日もあれば到着する筈です。ここで夜を迎える方が危険度は高い」

イシュメールの言葉にベルグリフも頷き、杖を片手に立ち上がった。

「歩けないわけじゃない。先に進もう。またさっきのような魔獣が来たらまずい」

アンジェリンはベルグリフの腕を取った。

「肩貸す……」

だがベルグリフはそれをやんわりと押し戻した。

「いや……アンジェ、お前は先頭を頼むよ。魔獣の気配に一番気付けるのはお前だからね」

「ん…………けど……」

こんな気が気でない状況で冷静に周囲の索敵ができるだろうか。アンジェリンはもじもじした。

ベルグリフは苦笑してその頭をくしゃりと撫でた。

「そんな顔するな。早く着いて休めればすぐ治るよ。それに冒険者はいつでも冷静じゃなくちゃ駄目だぞ？　お父さんをがっかりさせないでくれ」

「……うん！」

アンジェリンは何とか笑顔を作ると、水晶錐を取り出して一行の先頭に立った。マルティコラスの皮を剝ぐような時間はなさそうだ。

足場が悪いから進みは遅いけれど、それでも何とか進んで行くと、ふと人の気配がした。斜面の上の方に冒険者らしき数人連れの姿が見える。進む方向はアンジェリンたちと同じようだ。

もしやと思って遠くに目をやると、高く切り立った峡谷に挟まるようにして、何やら城塞のような明らかな人工物が見えた。

イシュメールが安堵の息を漏らす。

「見えましたね……」

「え、城塞みたいに見えるけど……」

「古い時代のものだそうです。あの向こう側が『大地のヘソ』です」

目的地が見えるようになると、足取りは俄然軽くなった。斜面を上って行くと、道らしきものがあった。作られた道というよりは、人が行き来する為に自然とこうなったというような道である。それは城塞に向かって伸び、先には冒険者たちの背中が見えた。

マルグリットが詰まらなそうに頭の後ろで手を組んだ。

「なんだよ、道があるならこっちから来りゃよかった」

「いや、この道は城塞の近くにしかありません。御覧なさい」

イシュメールが城塞の反対方向を指さした。道はしばらく続いていたが、途中でまるで掻き消えたようになくなり、荒涼とした地面が広がっている。

「山脈の何処から入っても、最初はいいのですが、次第に入り組んで同じ道を通る事は困難らしいです。しかし何処を通ってもここに行き着く……不思議なものです」

アンジェリンは再び前に目を向けた。ひとまず辿り着く事が先決だ。ベルグリフの顔色はますます悪く、ダンカンに肩を借りて歩いているものの、今にも倒れそうである。

近づくと、城塞はかなり大きなものらしい事が分かった。石は切り出されたものではなく、大きさも形もばらばらのものだったが、石と石の隙間はぴっちりと合わさっており、紙一枚差し込めそうもなかった。

城塞に一歩踏み込んで、アンジェリンは目を剝いた。道の両側の斜面に石造りの建物が並び、多くの冒険者たちに交じって、商人らしき者たちの姿もあった。彼らは大きな荷物を担ぎ、木と布で簡素な露店を作って色々なものを売っていた。酒を酌み交わして笑っている者まである。

ぽかんとする一行を見て、イシュメールがくつくつと笑う。

「驚きましたか？　『穴』自体はもう少し先です。ここには高位ランク魔獣の素材の買い取りを狙って、耳聡い商人たちが集まっているのですよ。護衛の冒険者も一流揃いです」

「ビックリ……もっとこう……殺伐とした感じだと思ってた」

「『穴』の周辺はそうですね。けど、ここらは冒険者向けに店を出している者も多いので……ともかく、休める場所を確保しましょう。ベルグリフさんを横にしてあげなくては」

アンジェリンはハッとしてベルグリフを見返った。ベルグリフはしっかと立ってはいるものの、目を伏せて下を向き、浅い呼吸を繰り返していた。

少し奥に進むと、一際大きな石造りの建物があった。城塞と同じように天然の石が隙間なく組み合わされていて丈夫そうである。一部は積み方が粗雑な所もある。一度崩れたのを誰かが積み直したのかも知れない。

もしかしたら、ここは古い時代は国があったのかも知れないなとアンジェリンは思った。歴史の陰に埋もれた知られざる王国。魔獣に滅ぼされてしまったのかしら、と思う。

大きな建物では冒険者たちが起臥《きが》しているらしかった。大きな広間のような場所のそこかしこに布で仕切りが作られ、たき火が燃えて、各自が自分の場所を整えているようだ。それとなく通り道のようなものができていて、そこを塞がないのは暗黙のルールになっているらしい事が窺えた。

もう随分混み合っているが、それでも何とか場所を見つけた。天井を支える太い柱の脇である。床を綺麗にし、ロープに布を垂らして何となく場所を区切る。もちろん完全に囲う事などできないけれど、それでも小さな区画のようになった。

ようやく横になれたベルグリフはホッとしたように眠りに落ちた。アンジェリンは額に手をやった。熱は引いていない。むしろ熱くなったように思う。

　カシムが荷物を漁っている。

「薬草を煎じようかね。汗も拭いてやんなきゃ……あー、くそ、足りない。なんか店いっぱいあったから、レペの薬売ってないかな」

　アネッサが革袋を持った。

「わたしが探して来ますよ。ついでに水も汲んで来ます」

「あ、おれも行く。ちょっとこの辺見て来たいし」

「じゃわたしも行こーっと。マリーが迷子になりそうだし」

「一言多いんだよ、馬鹿。アンジェ、お前は……行かねえよな」

「うん。お父さんの傍にいる」

　アネッサたち三人は連れ立って出て行った。

　アンジェリンはしばらくベルグリフの手を握っていたが、やがて立ち上がって仕切りの外に出た。壁際に行き、穿たれたような形の窓から外を見る。さらりとした風が頬を撫で、髪を揺らして建物の中を通って行った。標高が高くなったせいか、イスタフほどの気温の高さはない。風がひんやりとして、心地良いくらいだ。

　眼下には沢山の人が行き交っている。見下ろす道を行き交っている一人一人が、腕に覚えのある冒険者なのだろう。

　ざわざわして、活気があって、小さな町くらいの賑わいがある。というより本当に町のようだ。大海嘯が近いから冒険者の数も多いのだろうか。これだけの数の高位ランク冒険者が一堂に会するのは経験がない。オルフェンの魔王討伐の時でさえ、こんな事はなかった。

「賑やかだね」

隣から声がしたので驚いて目をやった。同じか少し年下くらいの少年が隣に立って、同じように窓から下を見下ろしていた。少年は長く伸ばした髪の毛を頭の後ろで束ねている。顔立ちは中性的で、一見黒髪だが、光が当たると群青色に照り返した。貫頭衣の上からキータイ織りの着物を羽織っている。東方の出身らしい。

この距離で気取られないとは、とアンジェリンは驚いた。かなりの腕前なのは間違いない。

少年はアンジェリンの方を見てにっこり笑い、手を差し出した。

「トーヤです。よろしく」

「は……どうも」

アンジェリンは訳も分からずにトーヤの手を握り返した。トーヤは可笑しそうに笑った。

「そんなに怖がらないでよ。短い間とはいえ、一緒に戦う事になるんだから」

「は」

「……？　君も大海嘯を狙って来たんでしょ？」

「……ああ」

何の事か、と思ったけれど、そういえば『大地のヘソ』では冒険者同士が協力し合わないと危険だと聞いていたっけと思い出し、アンジェリンは小さく会釈した。

「よろしく……」

「名前は？」

「……？　ああ、わたし？　アンジェリン……」

アンジェリンの不愛想さにトーヤは苦笑して肩をすくめた。

「嫌われたかな？　ごめんね」

「いや……こういう性格なんで……」

アンジェリンは頭を掻いた。別にトーヤの事を警戒しているわけではないが、初対面の相手に何をどう話したものか、イマイチ頭が回らない。ベルグリフの調子の方が気になってしまう。

トーヤは何となく話の接ぎ穂がなくなったようにもじもじしたが、やがて口を開いた。

「実は人を探していて……エルフを見てないかな？」

「エルフ……？」

マルグリットの事か？　とアンジェリンは首を傾げた。

「トーヤ、どうしました？」

その時、ふらりと人影が現れた。そちらを見てアンジェリンは仰天した。滑らかな銀髪に笹葉のように尖った耳、背の高いエルフが立っていた。女性だ。トーヤと似たような東方風の服を着ている。髪の毛はエルフらしい銀髪だが、やや短めに整えられて、滑らかながらも少し癖があるように見えた。

「……サティさん？」

思わず呟くと、エルフは首を傾げた。

「サティ？　いえ？」

「あ……すみません」

別人か、とアンジェリンは肩を落とした。そう都合よくは行かない。

トーヤは頬を掻いた。

「どうしたじゃないよ、モーリン。君の姿が見えないから、こうやって窓から眺めて探してたんじゃないか」

「いなくなったのはそっちじゃないですか、もう……そちらのお嬢さんは？」

「ああ、アンジェリンさんだって」

「どうも……」

アンジェリンが会釈するとモーリンは微笑んだ。

「モーリンです、よろしく。トーヤがご迷惑を……」

「何も迷惑じゃないったら……ねえ？」

「はあ」

アンジェリンは当惑して視線を泳がした。モーリンは呆れたように嘆息した。

「やっぱり迷惑じゃないですか。ほら、行きますよ。お腹が空きました」

「さっき食べたばっかりじゃ……まあいいや。じゃあねアンジェリンさん。また」

「はあ、まあ……」

二人は去って行った。何となくホッとする。悪い人たちではなさそうだが、どうにもノリに付いて行けない。いつもカシムにからかわれる自分の不愛想さが何となく気恥ずかしい。この場にカシムがいなくてよかった、とアンジェリンは息をつき、踵を返して戻った。

石で組んだかまどで火が熾されて燃えている。ベルグリフは穏やかに寝息を立てていた。

「お父さん、ちょっと落ち着いたのかな……？」

「ああ、ベルが色々薬を持っててね、息を楽にする塗り薬があったから塗ってやった。後は水待ちだね」

「しかし意外ですね。ベルグリフさんはもっと頑丈な方だと思っていたのですが」

イシュメールの言葉に、戦斧を磨いていたダンカンが首を振った。

「いや、ベル殿は素晴らしい腕と観察眼をお持ちですが、トルネラでの暮らしが長い。体が頑健とはいえ、旅慣れていなければ環境の変化は体に負担をかけます。おそらくそれに起因するものではありませんかな？」

「成る程……それはそうですね。そういえば冒険者ではないとか……」

「やれやれ、しかもオイラたちもベルに頼りっぱなしだったからなあ」

カシムがそう言って後ろ手に手を突いた。

「けど参ったね。この有様じゃパーシーに会うどころじゃないぞ」

「うん……」

アンジェリンはたき火の脇に腰を下ろし、俯いた。しかもこれだけ人が多いと探し出すのも容易ではあるまい。大海嘯が始まってしまえば久闊《きゅうかつ》を叙している場合ではなくなるかも知れない。

しかし、あまり急ぐ必要もないのではないかとも思う。パーシヴァルはずっとこの『大地のヘソ』にいるのであるし、大海嘯が終わったからといって何処かへいなくなるわけではないだろう。大海嘯が終わって人が減ってから、ゆっくりと会うのも悪くはないのではあるまいか。

そうだ、ヤクモとルシールもいるのだろうか。いれば会いたいなとアンジェリンは膝を抱いた。

斧の手入れを終えたらしいダンカンが顔を上げた。

「アンジェ殿、何か発見はありましたかな？」

「ん……人がすっごく多い。みんな実力者ばっかり……さっき話した人たちも。あ、エルフがいたよ。サティさんじゃなかったけど……」

エルフという単語に少し反応したカシムを見て、アンジェリンは付け加えた。カシムは苦笑して山高帽子をかぶり直した。

「へっへっへ、そう上手くは行かないかね……けど珍しいもんだね。ま、オイラたちもマリーを連れてるけどさ」

「しかしこれだけ実力者が多いと、情報も集まりそうですな。アンジェ殿は何の話をなされたのですか？」

「えっと………」

あ、自己紹介しかしていない、とアンジェリンは頬を掻いた。これじゃあ不愛想さをまたカシムに笑われてしまう。

「……なにか食べ物探して来る」

何となく落ち着かなくなって、アンジェリンは誤魔化すように腰を上げた。カシムがからから笑った。

ベルグリフの事は心配だが、ずっと横で膨れていても仕様がない。何か栄養のあるものを探して来て、食べさせてあげようと思う。その方がよっぽど建設的だ。

建物を出て、城塞の方に歩いて行った。人が沢山行き交っている。上手い事アネッサたちと合流できればなどと考えていたが、この人ごみではそれは望むべくもあるまい。大陸中から集まっているのだろう、意匠様々な冒険者装束ばかりとすれ違い、小さな露店が幾つも並ぶ中を進む。日が暮れかけて、露店の軒先にランプが灯り始めている。こんな光景を見ると、すぐ近くに高位ランク魔獣の巣窟があるなど信じられないようだ。

露店は傷薬や食い物を売る店が多い。また、逆に素材を買い取る事を専門にしている店もあるようだ。酒場のような所もあり、驚く事に婀娜《あだ》な姿でしなを作り、男に酌をする女の姿も見受けられた。本当に町である。ここで生計を立てて暮らしている者までいるような気がする。商魂もここまで来るとたくましいどころの話ではない。

思わず目移りしていると、どん、と誰かにぶつかった。何か薬草のような匂いがした。アンジェリンは慌てて前を見た。

「すみません……」

と言いかけて、アンジェリンは思わず息を呑んだ。

立っていたのは獅子のような男だった。簡素な鎧の上にマントを羽織っている。前に立つだけで何だか総毛立つような気分だ。自分が気圧されるとは、と思う。

男は鋭い目線でアンジェリンを見ると、何も言わずに去って行った。喉元を摑まれていたのが解放された、というような気分でアンジェリンは息をついた。

「……あんな人、久しぶり」

アンジェリンにとって、勝てそうもない、と思う相手はそう多くない。ベルグリフやグラハムがそうだ。この地に居並ぶ多くの冒険者たちも、眺める限りは強そうではあるが負けはしないという気がしていた。しかし今の男だけは別格だった。

「……大丈夫。敵じゃないし……それにお父さんほどじゃない」

怖気を払うように深呼吸を繰り返していると、くいくいと服の裾を引っ張られた。見ると垂れた犬耳の少女がくりくりした目でアンジェリンを見ていた。

「どぅーゆー、りめんばーみー？」

「あ！　ルシール！」

アンジェリンは思わず嬉しくなってルシールの手を取った。怖気が一気に吹き飛ばされた感じがした。ルシールは耳をぱたぱたさせた。

「お久しべいべー、アンジェ。しぇけなべいべ、してる？」

「うん。ルシールも元気だった……？」

「もちのろん……お一人さま？」

「ううん。お父さんもカシムさんも、皆来てるよ」

ルシールは目をぱちくりさせた。

「ぐっど。シャルは？」

「シャルは……来てない」

「おー、悲しみろけんろー……でもここは危ないもんね」

「なんか想像とちょっと違うけど……」

「賑やかだけど、命の危機は隣り合わせ。だったら楽しくれっつえんじょい」

成る程、ルシールの言によれば、この賑やかさも死と隣り合わせゆえのものなのか、とアンジェリンは何となく理解した。

冒険者はいつ死ぬか分からない。ついさっき酒を酌み交わした者が物言わぬ屍になる事も珍しくないのだ。だから冒険者は楽しめる時には思い切り楽しむ。酒や食い物の店が多いのも納得できた。稼ぎの良い者ほど金遣いも豪快だ。高位ランク冒険者ばかり集まっているんだから、ここでの商売はさぞ潤うだろう。

しかし、だからこそ何だか不思議な気もした。

「けど、こんな場所によくこれだけ……食料とかどうしてるんだろ」

「昔の人は言いました。パンがないなら魔獣を食べればいいじゃない」

「え？」

「露店のご飯も魔獣の肉。植物型の魔獣も多いから野菜もたっぷり。お肉を売れば冒険者もほくほく。一石二鳥。鳥可哀想」

何だか妙な自給自足が成り立っているんだな、とアンジェリンは半ば呆れたように笑った。もしかして、自分で魔獣を狩って、その肉を料理して出している変わり種の冒険者もいるかも知れない。

「ヤクモさんは……？」

「迷子。迷える子羊やくもん、今いずこ……」

「そっか……」

迷子なのはルシールの方じゃないかしら、と思ったけれど口には出さなかった。

ルシールがやにわにアンジェリンの顔を覗き込んだ。

「〝覇王剣〟のおじさん、会いたい？」

「……！」

アンジェリンは息を呑んだ。そうだ。元はといえばヤクモとルシールが教えてくれて、この場所に来る事になったのだ。二人がパーシヴァルの事を知らないわけはない。

「会い、たい……けど、わたしよりもお父さんが……でも、お父さんは今ちょっと」

「わっつはっぷん？」

その時、突然大きな音がした。アンジェリンが驚いて振り返ると、向こうの方で何か騒ぎが起こっているようだった。『大地のヘソ』の中心部である『穴』の方角である。

ルシールが鼻をひくつかした。

「……魚臭い。ばっどすめる」

少しして、アンジェリンの鼻にも妙な生臭さが漂って来た。冒険者が一人、『穴』の方から何か叫びながら走って来た。

「出た出た！　大物だ！　しかもこっちに来やがるぞ！」

何か魔獣が現れたらしい。往来で酒を飲んでいた連中の目つきが変わり、たちまち武器を携えて立ち上がる。ルシールがアンジェリンを見た。

「行ってみる？」

「ん……」

こっちに来ている、という事は寝床に決めたあの大きな建物も危ないかも知れない。

今のお父さんは戦える状態ではない。わたしが守ってあげなくちゃ。

アンジェリンは頷いて駆け出した。ルシールも軽い足取りで付いて来る。

二人は同じ方向に向かう人を追い越しながら通りを疾走し、建物の脇を通り抜けて開けた所に出た。

「うっ……」

アンジェリンは思わず息を呑んだ。

大勢の冒険者たちが手に手に武器を持ってそれを見上げていた。

暮れかけた紫色の空に、巨大な魚が浮かんでいた。体は扁平で長く、背びれや腹びれがない代わりに、体の両側から鳥の羽のような大きなひれが張り出して、悠然と空気を掻いている。細かな、といってもその一枚一枚が人間の腰くらいはありそうな鱗が全身を覆い、大きな口の付近から髭が幾本も伸びて水に漂うように揺れていた。

龍鯨《りゅうげい》バハムート。

魚でありながら〝龍〟の名を冠されるSランク魔獣であった。

九十四　息苦しさに思わず目を

息苦しさに思わず目を開けた。まだ熱は引いていないらしい、朦朧とした視界に石造りの天井が飛び込んで来た。何処にいるのだか分からなくなったが、少し考えて『大地のヘソ』にやって来たのだという事を思い出した。

突如として幻肢痛が疼き出した。

ベルグリフは驚いて跳ねるように上体を起こした。額に載せられていた濡れ手ぬぐいが滑り落ちた。

ある筈のない右足が焼けるように痛む。ここ数年はほんの一瞬蘇るばかりだったのだが、今回のは強力だ。思わず義足を握りしめる。

「ぐ……ぅ……」

苦悶の声が漏れた。熱のせいか視界が変に歪む。頭が締め付けられるようで、ぐわんぐわんと奇妙な音が耳の奥で鳴り響いた。

「ベル殿！」

窓辺で外を見ていたらしいダンカンが気付き、慌てたようにやって来て、ベルグリフの背中をさすった。

「如何いたした……」

「……いや、大丈夫だ。すまない……」

額に浮いた脂汗を落ちた手ぬぐいで拭い、大きく息をつく。幻肢痛は去ってしまえば何もなかったかのようになる。実体のない痛みなのだから当然だとはいえ、これが鎌首をもたげると、自分には右足がないのだと嫌でも思い出させられる。

建物の中はがらんとしていた。たむろしていた冒険者たちの姿はほとんどない。代わりに窓の外は騒がしいようだ。何やら戦いが起こっているらしい。魚のものらしい生臭さが漂って、何だか異様な雰囲気になっている。

「何か起こっているのか……？」

「魔獣が現れたのです。あれは噂に聞く龍鯨バハムートかと」

「バハムート……」

下位ランクで引退したベルグリフでさえも、名前くらいは知っている魔獣だ。安穏と寝ている場合ではない、とベルグリフは立とうとしたが足に力が入らないから諦めた。不甲斐なさに舌を打つ。

「カシムたちは……」

「魔獣がかなり近くまで来ておりますからな、出て戦いに行き申した。某はここを任されましたので……ベル殿、具合は如何ですか？　苦しそうでしたが……」

ベルグリフは弱弱しく笑った。

「いや、大丈夫だよ。ちょっと悪い夢を見ただけさ……アンジェも行ったのか？」

「アンジェ殿は食べ物を探して来ると出て行かれたまま戻られておりませんが……そのまま戦いに

行かれた可能性もありますな」

「そうか……」

ベルグリフは頭痛を感じて再び体を横たえた。

必死になって読み込み、頭に叩き込んだ魔獣の図鑑の事を思い出す。バハムートはSランクの魔獣だという。実際に高位ランク冒険者ばかりが揃っているというこの場所で、未だ戦いが終わらないくらい強力なのだろう。

アンジェリンならば心配は要らないだろうと頭では思っても、やはり落ち着かない。しかし、こんな体の自分が出て行って何ができるだろう。

その時石の床を踏んで駆けて来る音が聞こえた。

「うわ、全然人がいねえ！　あっ、ダンカン！」

「おお、御三方。ご無事でしたか」

「市場の方は何ともないですよー。こっちもまだ平気そうだねー」

「あれ、カシムさんは？」

アネッサが辺りを見回した。ダンカンが戦斧を床についてもたれた。

「カシム殿とイシュメール殿は戦いに。某はベル殿の事を任されまして」

「ベルさん、具合は……ああ、いいですよ起きなくて」

ごそごそと起き出そうとするベルグリフを制して、アネッサが手ぬぐいを水で洗って絞り直してくれた。ベルグリフは大きく息をつく。

「すまん。まだ動けそうにない……」

「なんだ、だらしねえなあ。おれも行くぜ。Sランク魔獣なんて面白そうだ」

「わたしたちはどうしよっか、アーネ」

「んむ……」

視線を泳がせるアネッサに、ベルグリフは話しかけた。

「二人とも、マリーを見ていてもらっていいかい？　危なっかしいから……」

「あ！　またそういう事を言いやがって！」

頬を膨らませるマルグリットに、アネッサとミリアムはくすくす笑った。

「分かりました。行こう、二人とも」

「うん。アンジェもいるかもねー。合流しないと……」

「ったく、退屈しなくていいけど、ちょっとくたびれるぜ……」

三人が足早に出て行き、再び遠い喧騒が聞こえるばかりになった。

ベルグリフは再び横になり、目を閉じた。こんな時に動けない自分が嫌に情けなかった。だが体は素直に休息を欲している。

やがてまどろんで来ると、遠くから聞こえる戦いの音が単調なリズムになって来た。ベルグリフは再び眠りに落ちて行った。

〇

バハムートの方からきらきら光る水滴のようなものが飛び散らかったと思ったら、誰かが「まずい！　よけろ！」と叫んだ。

アンジェリンは咄嗟に身をよじり、凄まじい勢いで剣を振るって水滴を打ち払った。思わず腕に力が籠る。握りこぶしくらいの透明な水滴は、まるで鋼のように固かった。アンジェリンでも斬り裂けないところを見ると、かなりの魔力が込められているようだ。あちこちでまともに食らったらしい連中の悲鳴が聞こえた。

何とか水滴を打ち払ったアンジェリンは、後ろを見返った。

「ルシール、大丈夫？」

「どんうぉり」

ルシールは獣人らしいしなやかな身のこなしで攻撃をかわしていた。普段は変な感じだけれど、流石は高位ランク冒険者である。アンジェリンはホッと胸を撫で下ろし、空に浮かぶバハムートを睨み付けた。既に魔法や矢による攻撃を食らっているにもかかわらず、空飛ぶ巨大な鯨は悠然と空気の中を泳いでいた。

何やら魔力による障壁をまとっているらしく、生半可な攻撃では通用しない。空を飛んでいる為、剣士たちでは手が出せずに、水滴から魔法使いや射手を守るのが精いっぱいだ。

「ずるいぞ、飛ぶのは……」

アンジェリンは口の中でぶつぶつと文句を言い、それでも剣を構え直した。

バハムートはゆっくりと、しかし確実にあの石造りの建物の方に向かっている。

ベルグリフの事が頭をよぎる。まだ治ってはいないだろう。

「……お父さんはわたしが守る」

決して楽観できる状況でもないのに、何故だか口元には笑みすら浮かんだ。

「障壁が厚い！　一点狙いで一斉に行くぞ！　合わせろ！」

誰かが大声を出して、何か詠唱を始める。見ると、さっき話したトーヤという若者が剣の先でバハムートを指していた。よく通る声だ。ばらばらだった冒険者たちの動きが、たちまち揃った。

リーダー向きの性格なんだな、と感心し、同時に魔法使いなのに剣？　とアンジェリンが首を傾げている間に、周囲の魔法使いたちが一斉に大魔法の準備を始め、射手始め遠距離攻撃を持つ者たちが武器を構えて魔法のタイミングを待つ。流石に百戦錬磨揃いだ。咄嗟の一斉攻撃にも即座に対応している。

今にも攻撃が放たれるというその時、バハムートの口が開いた。まるで地の底から響いて来るような、背筋がびりびりと震える咆哮が耳に刺さった。目の前が揺れるようだ。

射手たちはこらえきれずに耳を塞ぐ。集中した魔力が掻き消され、詠唱が無理矢理中断された。この声には魔力を霧散させる効果もあるようだ。魔法使いたちは顔を歪めて歯噛みした。

「くそっ……」

「焦るな！　まだ勝機はある！　障壁も無限じゃない！　同じ場所を狙って攻撃を！」

トーヤはまるでめげる事無く、鼓舞するように剣を振るった。再び降り注ぐ水滴を掻い潜りながら、冒険者たちはバハムートの下を行き交った。

アンジェリンは足を踏ん張って、バハムートを睨む。その肩を誰かが叩いた。振り向くとカシムが立っていた。

「ほれほれ、あれ相手じゃ剣士はお呼びでないよ。しっかし参ったね。来て早々あれが相手とはっいてないなあ。煎じ薬作る暇もないぜ、まったく」

「カシムさん……」

「いいから下がってな。ん？　ありゃ、ワンコ。お前いたの？」

「お久しぺいぺ、カシムさん……どうするの？」

「さーてね。ベルがいりゃいい策をくれそうなもんだけど……ま、相当分厚い魔力のコーティングがありそうだから、あの若いのの言う通り一点に集中して攻撃するのがいいかもね」

「けど大魔法の詠唱を始めたら魔力を掻き消す咆哮、そうでなくてもこの水滴じゃ攻撃する暇がないんじゃありませんか？」

さらに別の声がした。見るとアネッサがいた。ミリアムとマルグリットもいる。

ミリアムが「わあ」と言って駆け寄って来た。

「ルシールだ！　久しぶりー！」

「オッス、ミリィにゃん……アーネも」

「はは、元気そうだな。ヤクモさんは……？」

「誰だよ？　おれ知らないぞ、紹介してくれよ――うわっと」

マルグリットの足元に水滴がめり込んだ。地面に落ちると、水滴はさっきまでの硬さが嘘のように溶けて、ただの水になって地面に広がる。

カシムが山高帽子を押さえて笑った。

「暢気だねえ、お前らは。ま、話は後だよ。今はともかくあれを何とかしなきゃ……」

カシムがそう言いかけた時、バハムートの背中の方から何かがわらわらと現れた。小さい、といっても大人くらいの大きさのある種々の魚である。本来水を掻く筈のひれは空気を掻き、開いた口に鋭い牙が見えた。

飛ぶ魚たちはバハムートを中心に衛星のように回りながら、不規則な動きで冒険者たちに襲い掛かった。降り注ぐ水滴に加えて、この予想外の強襲に冒険者たちは浮足立ったが、すぐさま体勢を整えて迎撃に入った。しかしこのままではバハムートを攻撃するどころではない。

牙を剝き出しにしてかかって来た魚を、アンジェリンは一太刀で切り伏せた。しかしその後からまた別の魚が向かって来る。

「数が……痛ッ！」

小さな水滴が太ももを打った。どうにも集中力が散らされていけない。アネッサにしても弓を構える暇もなさそうだし、ミリアムも魔力を集中する前に魚や水滴に阻まれている。マルグリットは危なげなく戦ってはいるが、バハムートに対しては為す術がなさそうだ。

このままではあの建物まで到達するのは時間の問題だ。冒険者たちとしても大海嘯が始まってもいないのに拠点を潰されるのは堪らないらしい、何とか動きを止めようとしているが中々功を奏さない。

ジリ貧だ、とアンジェリンは口を結んだ。カシムの方を見返る。

「カシムさん、大魔法撃てる……？」

「撃てるけどね、他の連中を巻き添えにしないくらいの調整なら……一分だな。まあ、あの咆哮が来なけりゃだが……」

と言いかけたカシムは、不意に怪訝な顔をして後ろを振り向いた。アンジェリンも思わず背筋を震わせる。異様な威圧感がのしかかって来た。

自然と人が左右に寄って道ができた。

そこを獅子のような男がゆっくりした足取りで歩いて来た。さっき表の通りでぶつかった男だ。

しかし、その威圧感は先ほど感じたものの比ではない。強者に、というよりはまるで怪物に出くわしたような気配だ。アネッサ、ミリアム、マルグリットの三人も、凍り付いたように棒立ちになって男を見ている。

男はアンジェリンたちを一瞥もせずに脇を通り過ぎ、バハムートの方へと近づく。

カシムが呆然としたように両手をだらんと垂らした。

「……パーシー？」

「え？　え？」

アンジェリンは困惑して男の後ろ姿を眺めた。枯草色の髪の毛が獅子のたてがみのように跳ね散らかっている。

ルシールが袖を引っ張った。男の方を指さす。

「あれが〝覇王剣〟のおじさん」

「嘘……！　あれが？」

心臓が激しく胸を打った。あんな怪物みたいな人がお父さんの昔の友達？

パーシヴァルは腰の剣を抜いた。そうして勢いよく足を踏み込むや、割れるのではないかと思うくらいに地面を蹴って、矢のような勢いで飛び上がった。かかって来た魚の頭を踏み付け、さらに高く跳躍する。魚たちがさらに向かって行くが、男はそれらを足場にしながらまるで宙を駆けるようにバハムートへと向かって行き、悠然と泳いでいた龍鯨の腹に、片刃の長剣を勢いよく突き刺した。

　バハムートが咆哮した。魔法を打ち消す攻撃の咆哮ではない、苦悶の声だ。冒険者たちがどよめいた。

「あ、あいつ……バハムートの障壁を貫きやがった！」

「なんて野郎だ……あの距離じゃ魔力障壁でボロボロだろうに……」

　パーシヴァルはすとんと着地した。頬や額にも傷があるが、小さなものばかりでちっとも応えた様子はない。マントは何か特殊な素材でできているのか、それとも魔力のコーティングがあるのか、ちっとも傷ついていなかった。パーシヴァルは頬を伝う血を指先で拭うと、再び剣を構え直す。

「はは……ははは！　おい、パーシー！」

　カシムが怒鳴った。パーシヴァルはピクリと肩を動かし、顔だけ振り向いた。

「……誰だ？」

「なんだよ、オイラを忘れたの？　薄情な奴だなあ！」

　パーシヴァルはしばらく怪訝そうな顔をしてカシムをじろじろと見ていたが、やにわに驚愕したように目を見開いた。

「……カシム？」

「へへ、久しぶり！　ゆっくり話がしたいけど、まずはそこの邪魔モン、片付けちまおうぜ！」

　カシムは腕を上げてバハムートを指さす。魔力が渦を巻いてカシムの長い髪の毛を揺らした。パーシヴァルは困惑した様子で、懐から匂い袋を出して口元に押し当てた。そうして剣を握り直してバハムートを見上げる。

アンジェリンは少しはらはらした気分だったが、今はそれどころではない。同じように剣を握り、前に踏み出した。パーシヴァルの横に並ぶ。

パーシヴァルは怪訝な顔をしてアンジェリンを横目で見た。アンジェリンはそれを感じながらも、そちらを見ないようにしてバハムートを睨んだ。強者であるがゆえに、感じた事のない痛みに戸惑っているのだろう、バハムートは咆哮するでもなく、ゆるやかに身をよじらせている。水滴も魔力を失ったのか、柔らかく肌を打つばかりだ。

「……一点狙い」

「ゴホッ…………カシム！　叩き込め！」

パーシヴァルが怒鳴った。後ろからカシムの魔法が飛ぶ。細く、鋭く、さっきパーシヴァルが付けた傷に直撃した。バハムートが苦し気に身をよじらせる。

パーシヴァルが跳んだ。

遅れまいとアンジェリンも、ぐん、と足を踏み込んだ。地面を蹴り、向かって来る魚の頭や背を蹴り、瞬く間に空中へと跳び上がる。

アンジェリンは剣を両手で持ち、切っ先をバハムートに向けたまま後ろに引く。

ある地点から、まるで水の中に飛び込んだような抵抗を感じた。鋭く、濃い密度の魔力がびしびしと肌に当たり、服や肌を傷つける。

魔法や矢の威力を軽減したのはこれか、とアンジェリンは目を細めた。しかしダメージを受けたからか、弾かれるほどではない。

「はあああああっ!!」

気合と共に剣を突き込む。カシムの魔法が広げた傷に剣は易々と吸い込まれた。刃の先から迸る魔力が、その刀身の長さ以上にバハムートを貫き、肉を断ち内臓を引き割く。

横目で見ると、パーシヴァルの剣もバハムートに突き立っていた。

耳をつんざくような咆哮が水音で途絶え、バハムートの体が傾いた。

アンジェリンは逆さまにバハムートの体を蹴り、強引に剣を引き抜いて地面に降り立った。わあと歓声が上がる。しかしアンジェリンは目を細めてバハムートを見た。

「まだ……?」

バハムートはぐらつきこそしたが、大きなひれをバタつかせて体勢を整えている。目に怒りの炎が燃え、血の滴る大きな口を開けた。魔力が凝縮して行くのを感じる。

トーヤが叫んだ。

「やばい！　大魔法が来るぞ！　防御魔法！」

魔法使いたちがハッとしたように魔法の展開を始める。バハムートの口に魔力が固まり、輝きを増して行く。

その時パーシヴァルが再び跳び上がった。魚たちを蹴るようにして高度を上げ、たちまちバハムートの高さに並んだと思うや、その顎を蹴り上げた。口の中に溜まっていた魔力が暴発し、バハムートの口はずたずたになった。

百戦錬磨の冒険者たちも、これには呆気に取られてぽかんと上空を見たままになってしまった。

「おいおい……冗談だろ？」

「あの状況で飛び込むかよ、普通……」

不意に、上の方から声がした。

「危ないですよ。下がってください」

見上げた。エルフのモーリンが浮いていた。銀髪が魔力の奔流になびいている。

『力は天に満ち　白は黒　黒は白　形を持って星の根に唄う』

モーリンは掲げていた両手を振り下ろした。空から低い音がしたと思ったら、巨大な火の玉が落っこちて来てバハムートの背中に直撃した。

ミリアムが帽子を押さえて呟いた。

「星落とし……凄い……」

魔力の星の直撃を食らったバハムートは、断末魔の声を上げると急降下を始めた。アンジェリンは周囲を見回して叫ぶ。

「落ちて来る！　逃げて！」

冒険者たちは、我に返ったように武器を収めて龍鯨から距離を取った。

バハムートは大きな口からごぼごぼと血を溢れさせ、まるでもがくようにひれを動かしたと思ったら、横向きになって地面に落っこちた。地響きがし、足が地面から浮き上がるようだった。

大仰な音の後の沈黙が一瞬、それから歓声が上がった。

アンジェリンは安堵して大きく息をつき、頬から流れる血を指先で拭った。ミリアムが駆けて来てアンジェリンに抱き付いた。

「凄いよアンジェー！　ビックリした！」

「ちょ、ミリィ、血が付くよ……」

アンジェリンは顔を逸らしながら、それとなくパーシヴァルの姿を探した。

パーシヴァルは少し離れた所に立っていた。剣を鞘に収め、妙に落ち着かない様子で手を握ったり開いたりしている。そこにカシムが歩み寄って声をかけた。よく聞こえないが、何か話している。

カシムは嬉しそうだが、パーシヴァルは困惑の方が先に立っている様子である。久々の再会なのに、笑う気配もない。

何となく不穏なものを感じながら、アンジェリンは口をもぐもぐさせた。

九十五　建物の外はバハムートの

　建物の外はバハムートの解体で大騒ぎだった。Sランク魔獣の死骸ともなれば、骨から肉、筋、牙や鱗、皮や血、脂の一滴に至るまで高価な素材となる。

　魔獣を仕留めるのに大きな貢献をした者たちが、最も大きな権利を得る。それが『大地のヘソ』に於ける暗黙の了解であったが、アンジェリンは解体をアネッサたちに任せてさっさと建物の方に帰って来てしまった。バハムートの素材などよりも、ベルグリフの方が気にかかったのである。

　さらに増して彼女を不安にさせたのはパーシヴァルだった。往来でぶつかった時、そして先ほどの戦いの時、アンジェリンが彼に抱いた印象は畏怖とも恐怖とも知れぬものであった。いずれにせよ、決して良い印象ではない。

　ベルグリフの事が気にかかる、というのは建前なのかも知れない。ともかく、頼れる父にすがってこの不安を何とかしたかった。

　石畳の床を音を立てて踏んで行き、仕切りの布をまくって中に入ると、ベルグリフはまだ横になっていた。傍らにダンカンが座っている。アンジェリンが近づくとダンカンはそっと口元で指を立てた。

「すっかりよく眠っておられます……顔色は悪いですが」

「……ありがと、ダンカンさん」

アンジェリンはベルグリフの横に腰を下ろした。眠る父の顔は何だかやつれているように見えた。手を握るとじっとり汗をかいていた。

「……お父さん」

パーシヴァルさん、いたよ、と喉まで出かかったが黙った。

あれだけベルグリフが望んでいたパーシヴァルとの再会が何だか怖かった。会わなくていいんじゃないかとさえ思った。しかし、自分がそんな事を言うのも筋違いな気がして、結局何も言えなかった。

アンジェリンは大きく息を吸って、ダンカンの方を見た。

「具合、悪そうなの……?」

「良いとは言えませんな。命に別状があるとは思えませんが……某も医者ではないものですから」

ダンカンは申し訳なさそうに頭を掻いた。アンジェリンは目を伏せて首を振り、息をついた。

こつこつと床を踏む音が近づいて来た。もう建物に人が戻って来て、辺りは妙な騒がしさに包まれているのに、その足音は妙にはっきりと聞き取れた。

仕切りの布がまくられた。ハッとして顔を上げると、カシムに連れられたパーシヴァルの姿があった。

「あれ、ベル……寝てんの?」

「うん……」

アンジェリンはおずおずとパーシヴァルを見上げた。跳ね散らかったたてがみのような髪の毛、眉間に怒ったように刻まれた深い皺、鋭く刺し貫くような視線。ベルグリフの話に聞くような、かつての快活な少年の面影は、少なくともアンジェリンには見て取れなかった。

パーシヴァルは口を真っ直ぐに結んで、横たわるベルグリフを見つめていた。その目には喜びよりも悲しみの光が見て取れた。

カシムが曖昧な表情で小さく笑った。

「な？　ベルだろ？　老けたけど……それはオイラたちも同じだし」

「……ああ」

パーシヴァルは胸を押さえた。ひどく辛そうな表情だった。それからアンジェリンに視線を移す。

アンジェリンはドキリとして少し体を動かした。

「……そうか。お前が、ベルの娘か」

「あ……う……」

頷きこそしたが、言葉が出てこないでアンジェリンは俯いた。

ふと、ベルグリフが呻いて身じろぎした。右の義足が床を打って乾いた音を立てる。何か言いかけたパーシヴァルは、義足をジッと見つめたまま黙ってしまった。

カシムが困ったように髭を捻じり、アンジェリンの方を見た。

「アンジェ、ダンカン、悪い、ちょっと出てもらえる？」

「う、うん……」

アンジェリンは一瞬ためらったが、頷いて立ち上がった。外に出ようとして、ふと立ち止まる。

「あの……パーシーさん」

パーシヴァルは黙ったままアンジェリンの方を見た。

「……ごめん、何でもない」

アンジェリンはさっと早足で仕切りの布をめくった。

窓の外はもうすっかり陽が落ちて、しかしバハムートの解体は終わっていないらしい、まだがやがやと騒がしく、人が行き来する気配があった。眼下の闇の中で松明やランプ、黄輝石の光がひっきりなしに行き交い、向こうの方で次第にばらされて行くバハムートの巨体が光魔法に照らされていた。

ダンカンがアンジェリンの肩を叩いた。

「何、心配召されるなアンジェ殿。もう少し休めばベル殿の具合もよくなりましょうぞ。それに、探していたご友人もおられたのでしょう？」

「ん……」

アンジェリンは頷いた。そうなんだけど、と言いそうになったが黙った。

仕切りの向こうからは何の物音もしない。そんなつもりはないのに耳をそばだてていると、誰かが早足でやって来る気配がした。

「やあ、やあ、やあ！　やっと見つけた！」

見ると、トーヤが息を切らしてやって来るところだった。頬が赤らんで、すっかり興奮しているらしかった。

「凄いな！　アンジェリンさん？　だよね？　さっきは驚いたよ！　ホントに！」

「え、は、はあ……」

トーヤはアンジェリンの手を握ってぶんぶんと振った。アンジェリンは困惑気味に、しかし失礼にならない程度に会釈した。トーヤはそんな事には頓着せずににっこりと笑った。

「いやあ、『大地のヘソ』は初めてなんだけど……想像以上だね！　俺も自分には自信があったけど、まだまだだなあ……あのライオンみたいな人はパーティメンバーなのかい？」

アンジェリンはドキリとして、ちらと横目で仕切りの方を見た。相変わらず静かだ。しかし、何か小さく話し声が聞こえるような気もした。

ダンカンが不思議そうな顔をして顎鬚を撫でた。

「アンジェ殿、お知り合いですかな？」

「え、あ、いや……」

「ん？　ああ、アンジェリンさんの仲間の人ですか？　初めまして、トーヤです」

「や、これはご丁寧に。某はダンカンと申します」

慇懃《いんぎん》に頭を下げ合う二人を見て、アンジェリンは何となく気が抜けたようになって壁にもたれた。

窓の外を見ると、バハムートの死骸はまたさっきよりも小さくなったように見えた。流石に練達の冒険者揃いだと、解体も手慣れた者ばかりのようだ。

アネッサたちに任せて来てしまったが、大変ではないだろうかと思う。

あんなに大きな魔獣では、素材もたっぷり採れるだろう。しかし全部を持って来るなど到底不可能だし、一つ一つも大きい。荷車を引いて来るわけにもいかない場所だから、素材の取捨選択も大変そうだ。ここの冒険者たちは、得た素材をどうやって持ち帰るのかしら、と思う。

その時なにやら賑やかな話し声がした。見ると、マルグリットとモーリンがけらけら笑いながら、並んで歩いて来るところだった。

「あっはははは、いやや、あの時はねえ、途中でわたしが尋ねたもんだから話が中断されて、それでマルグリット様は随分へそを曲げてましたよ。わたし、ばしばし叩かれましたもん」

「えー、ホントかよ。そんなのおれ覚えてねーぞ」

「いやあ、それにしてもあのおチビさんがこんなに大きくなってるなんて、ビックリですよ」

「おれは全然覚えてねえけどな！　でも大叔父上は変わってねえなあ。お、アンジェ。何やってんだ、そんなとこで。ベルの具合はどうなんだよ」

「あら、トーヤまでこんな所に。もう、すぐにいなくなっちゃうんですから。あ、バハムートの串焼き、食べます？　おいしいですよお？」

アンジェリンは目をぱちくりさせ、二人を交互に見た。トーヤも呆気に取られている。

「エルフ……モーリン以外のエルフなんて初めて見た……」

「……知り合いなの、マリー？」

「知り合いっていうか、おれがまだチビの頃にこいつが大叔父上の所に来た事があるんだってよ。おれは忘れてたんだけど、よく覚えてたなあ」

「だってグラハム様の姪孫《てっそん》だって言うでしょう？　しかも西の森の氏族のお姫様だって言うんですから、そりゃ覚えますよ。まあ、グラハム様は来客も多いだろうし、向こうは一々覚えてないとは思いますけどね」

エルフ二人はくすくす笑った。極北のエルフ領から遠く離れた南の地では、同族という共通項は距離を縮めるのには十分なようだ。

マルグリットとモーリンといい、自分とルシールといい、再会がこんな風ににこやかなものなら良かったのに、とアンジェリンは何だかやるせない気分になった。

いずれにしても、もうパーシヴァルはここまでやって来た。そうしてベルグリフの前に立っている。今更自分がどうこういう事ではない。

それにお父さんなら大丈夫だ。きっと大丈夫。アンジェリンは自分に言い聞かせるように心の中で呟くと、顔を上げた。

「アーネたちは？」

「なんか他の連中と話してたぜ。素材も多すぎるから買い取ってもらうんだってさ」

その方がいいだろう。別に自分たちはひと儲けを期待してここまでやって来たのではない。

モーリンが串焼きを頬張りながら、不思議そうに首を傾げた。

「アンジェリンさん、でしたっけ？　何だか落ち込んでますね。大金星だったのに」

「あ、いや、その……」

アンジェリンは口をもぐもぐさせた。マルグリットが口を尖らしてその肩を小突いた。

「なんだよ、お前がそんなんじゃ調子狂うじゃねーか」

「ん、ごめん……ルシールはどうしたの？」

「あの犬の獣人か？　なんか仲間らしいのが来て引っ張られて行ったぜ。あいつらは知り合いなのか？　おれにも紹介しろよ」

「ん……そうだね。また会うと思うから、その時……」

マルグリットの調子がいつもと変わらないのが、アンジェリンには何だかホッとするように感ぜられた。しかし、マルグリットもパーシヴァルの事は間近で見た筈だ。凍り付いたように棒立ちになっているのを見た。彼女はパーシヴァルにどんな印象を持ったのだろう。

アンジェリンが何となくじれったい気分になっていると、仕切りの向こうから誰かが咳き込むのが聞こえた。

○

眠っているベルグリフの脇に、カシムとパーシヴァルが腰を下ろしていた。

「……お前は今までどこにいたんだ?」

「あちこちうろうろしてたよ。帝都にいたのが一番長かったけどね……君はここが長いの?」

「……数えちゃいない。だが、長いといえば長い気もする」

「そっか……なあ、辛かっただろ?」

「俺の辛さなんざ大したもんじゃない」

パーシヴァルは顔をしかめて口元に手をやり咳き込んだ。

「ゲホッ……だが……どうして今になって……」

「……色んな偶然が重なったってのもあるけどね。でもおかげでここを知る事ができたってわけさ」

「……その為だけに来たのか」

「一番はそれだよ。まあ、必要な素材もあるんだけど、それはついで」

「……ゴホッ、ゴホッ」

パーシヴァルはまた咳き込んだ。大きく息をついて黙り込む。カシムはじれったい気分で言葉を紡いだ。

「なあパーシー。君はまだ自分を許しちゃいないかも知れないけどさ、ベルは君の事はもう許してる筈だよ？　変に突っ張らかったって仕方ないじゃない」

「許す、か」

パーシヴァルは妙に自嘲気味に笑った。

「そんなもの、誰の為にもならねえ」

「パーシー？」

「……欲しい素材ってのは何だ」

「へ……？　ああ、確か、ア・バオ・ア・クーとかいう魔獣の魔力の結晶が……」

「あいつか」

そう言うとパーシヴァルは立ち上がった。

「お、おい、パーシー」

カシムが何か言いかけた時、ベルグリフが呻いてうっすらと目を開けた。パーシヴァルがぎくりとしたように表情をこわばらせ、マントの裾を持って口元を押さえた。カシムが山高帽をかぶり直す。

「ベル、具合はどう？」

「カシム……いや、妙に寒い……いくらなんでも……」

ベルグリフは体を起こそうとしたが、体が上手く動かないらしく身じろぎするに留まった。

パーシヴァルが鬼気迫った顔をして手を伸ばし、ベルグリフの額に手をやった。ベルグリフは朦朧とした表情ながら、やや驚いたようにパーシヴァルを見た。

「君は……？」

「……いいから寝てろ」

パーシヴァルは体を起こそうとするベルグリフを制すと、乱暴な足取りで仕切りの布をめくり、早足で立ち去った。

ベルグリフは目をしばたたかせながらカシムを見た。

「彼は……何か懐かしい感じが……」

「へへ……分かんないかな？　ま、お互い老けたもんね」

「なに……？　おい、まさか」

「ちょっと追っかけて来るよ。何考えてんだろ、あいつ」

カシムは立ち上がって仕切りの向こうに出た。アンジェリンたちが呆気に取られた顔をして立っていた。

「カシムさん……」

「アンジェ、ベルを頼むよ。なんか具合悪そうだ」

そう言ってカシムは見当を付けて駆けて行った。アンジェリンは慌てて仕切りの中に踏み込む。

「お父さん！」

「ぐむ……ああ、アンジェ」

ベルグリフは立ち上がろうとしていたらしかったが、足に力が入らないようで諦めたように上体を起こしただけだった。アンジェリンはおずおずと傍らに屈んでベルグリフの額に手をやった。

「熱が凄いよ、お父さん。寝てなきゃ……」

「……情けない」

ベルグリフは再び仰向けになって目を閉じた。

「アンジェ……さっきカシムと一緒にいた男は……」

アンジェリンはドキリとしながらも、何も隠しておくことはない、と思い口を開いた。

「うん……パーシーさん、だよ……」

「やっぱりそうか」

ベルグリフは大きく息をついた。何となくホッとしたような表情だった。

「お父さん……」

「まったく、しかめっ面して……仕様がない奴だ」

「あのう、よかったら霊薬お分けしましょうか？」

後ろから声がしたので、アンジェリンがビックリして振り返るとモーリンが立っていた。串焼きの串を口に咥えている。ベルグリフは不思議そうに目を細めた。

「あなたは？」

「モーリンです、よろしく。これから大海嘯ですし、具合が悪いと辛いでしょう？」

ベルグリフは少し考えた様子だったが、すぐに微笑んだ。

「申し訳ない……お言葉に甘えてもよろしいでしょうか？」

「もちろん。ここじゃ一緒に戦う仲間ですもの。ね、トーヤ」

「うん。けど凄いなあ、親子で冒険者だなんて……」

後ろから見ていたらしいトーヤは感心したように言って、それからふと柱に立てかけてある大剣を見て息を呑んだ。

「うわ……なんだあの業物」

「ええと、霊薬霊薬……どこにしまったかな」

モーリンは背負っていた荷物を下ろしてごそごそ漁り始めた。

その時、また建物の外が騒がしくなって来た。また『穴』から別の魔獣が這い出して来たらしい。

後ろの方にいたマルグリットが窓の方を見て、それから口を開いた。

「また来たみたいだぜ。アンジェ、どうする？」

「……お父さんの傍にいる」

「よっしゃ、そんならそうしてな。おれは行って来るぜ」

「では今度は某も参りましょう。イシュメール殿も心配ですからな」

ダンカンは戦斧を担ぎ、マルグリットと一緒に駆けて行った。トーヤが困ったように視線を泳がした。

「モーリン、どうするんだよ。皆行っちゃったぜ？」

「ちょっと待ってくださいよ。んー……あれえ、おかしいなあ？」

モーリンは色々な道具を取り出して並べているが、霊薬は出てこない。頼りになるんだかならないんだか、こんな状況なのに、アンジェリンは思わず笑ってしまった。ベルグリフは再び横になって静かに目を閉じていたが、ふと口を開いた。

「アンジェ」

「どうしたの、お父さん？」

「……お前はパーシーの事、どう思った？」

ドキリとした。正直、今のところ怖いという印象しか持てていない。マルグリットに尋ねても、同じような印象だった。触れれば斬り裂かれそうな、そんな気がした。

言いあぐねて口をもぐもぐさせるアンジェリンを見て、ベルグリフは全部悟ったように苦笑した。

「本当はな、もっと明るくて元気な奴なんだが……」

「……会いたい？」

「ああ。その為にここまで来たんだからね。早く治さないとな……ごめんな。不甲斐ない父親で」

ベルグリフは微笑んでアンジェリンの肩を叩いた。そうして目を閉じ、やがて静かに寝息を立て始める。

ずっと父親の手を握っていたアンジェリンだったが、ベルグリフが眠りに落ちたのを見ると口を結んで立ち上がった。振り返って、未だ荷物を漁っているモーリンとトーヤを見た。

「あの、こんな事頼むのも変だけど、お父さんの事、任せてもいい？　ですか？」

「ん、いいですよ。けど霊薬……まだいっぱいあった筈なのになあ」

「アンジェリンさん、どこか行くのかい？」

「……お父さんの友達、連れて来る」

アンジェリンは二人の脇をすり抜けるようにして駆け出して行った。

○

音が消えたようだった。喉を絞るようにして、何か叫びたいのに声が出ない。

右足の先が燃えるようだった。痛みなどという生易しいものではなかった。燃え盛る万力で足を挟まれているかのようだ。

変にぐにゃぐにゃと歪んでいた周囲の風景がはっきりしたと思ったら、喉奥から雄叫びが耳を抜けるように出た。

「――ッアあぁァぁアアぁあぁアァあぁあぁ!!」

膝下だ。両手で握るようにして押さえる。

生温かい液体が手の平を汚すのを感じた。嫌にべたべたして、肌にまとわり付くような感触だ。

濡れたズボンの先が足にぺしゃりと貼り付く。

燃えるように熱いのに刺すように冷たく、呼吸は荒くなった。

「え、あ……な、なにが……」

エルフの少女が呆然とした様子でかくんと膝を突いた。

「あ、あ、あ……足が……」

茶髪の少年が震える声で言った。

「カハッ……ハァ……ハァ……」

喉が嗄れたようになって、叫び声は止まった。赤髪の少年は胸が詰まったようにぜえぜえと浅い呼吸を繰り返した。

　仰向けに倒れていた。さっきまで洞窟にいた筈なのに、雲がかぶさった空が見える。陽射しは微弱だ。影も薄い。

　天井がない、という事はダンジョンの外だろう。脱出のスクロールは間に合ったようだ。全身に脂汗が滲むのに、背筋が変に寒い。だが右足だけは燃えるようだ。

「みんな、無事……だった……？」

　少年は顔と目だけ動かして周囲を確認した。

　泣きそうな茶髪の少年、蒼白な顔をしたエルフの少女、そして呆然と尻もちを突いたままの枯草色の髪の少年、みんないる。赤髪の少年は痛みに顔を歪めながらも胸を撫で下ろした。

「よかった……」

「オ、オイラたちは……でも、でも……」

「お……れ、の……俺の足、は……どう、なってる……？」

「あ、あう……」

　茶髪の少年は言葉に詰まったように黙った。

「止血しないと！」

　ハッと気づいたようにエルフの少女が駆け寄って来た。細い縄を取り出して、少年の膝下をぎゅうと縛り込む。ああ、そこから下が、と変に冷静になっている赤髪の少年の瞳に、エルフの少女の泣き顔が映り込んだ。

「寒くない!?」

「……寒い……おかしいな……」

「うぅ……血がこんなに……やだよう、こんなの……お願い、死なないでぇ……」

エルフの少女は目から涙をぼろぼろこぼしながら、尚も血が止まらない傷口を必死に手で押さえている。

「大丈夫だよ……肩さえ……貸してくれれば……」

安心させようと、赤髪の少年は立とうとした。しかし足に力が入らない。

おかしいな。こんな筈じゃないのに。ああ、そうだ。右足は怪我してるんだっけ。治るのには、どれくらいかかるだろう。その間、皆に迷惑がかかるな。

自分を呼ぶ声がした。よろよろとした足取りで、枯草色の髪の少年が歩み寄って来た。

「なんで……なんで……」

「……よかった……無事で」

「――ッ！　なんでッ――！」

枯草色の髪の少年は何か言おうと口を開いた。しかし唐突に苦し気にむせ込み、胸元を押さえた。痛々しく咳き込みながら膝を突く。

「ゴホッ！　ぐっ――ゴッホゴホッ！　ちくしょう、こんな時に……チクショウ!!　止まれ……ゲホッゲホッ……止まれよおッ!!　ガハッゴホッ！」

少年は懐から匂い袋を取り出し口元に押し当てた。いつもはすぐに効果が現れるそれが中々効かない。苛立たし気に胸を拳で何度も殴りつける。

何も可笑しい筈はないのに、赤髪の少年は思わず笑ってしまった。

段々と瞼が重くなって、体の感覚は薄まって行くのに、足先ばかりが嫌に熱い。

○

カシムがパーシヴァルに追い付いた時は、『穴』の周辺で戦いが始まっていた。その間を縫うようにして、パーシヴァルは迷いのない足取りで進んで行く。

ざらざらした甲殻を持つ大きな蟹が、太く鋭い足で地面を鳴らしながら迫って来た。甲羅には髑《ど》髏《ろ》のような不気味な模様が入っている。それを真ん中からパーシヴァルが真二つにした。

「パーシー！　おい！」

後ろから追っかけて来たカシムが、手近な蟹を魔法で消し飛ばした。

「どうする気なんだよ。何処行こうってのさ」

「魔力の結晶を取って来る」

パーシヴァルはそう言ってまた蟹をなで斬りにした。カシムは呆れたように山高帽をかぶり直す。

「おいおい……罪滅ぼしのつもり？　そんな事しないでもベルは怒っちゃいないよ。言っただろ、ここに来られるくらい剣の腕だって上がってる。君が気に病む事なんか何もないんだ」

「許しを請うわけじゃない……俺はベルに会う資格なんざない。必要なもん手に入れたら帰るんだな」

「お、おい」

パーシヴァルは変に達観したような顔をして小さく笑った。

「……娘までできて、元気そうだ。それで十分だろう。今更俺がどうこうする話じゃねえよ」

「そんな事ないよ！　オイラはベルが辛いのも君が辛いのも見たくないぜ！　オイラはちゃんと再会できたんだ、君だって重荷を降ろすべきだよ！」

「……ベルが足を失ったのは、お前のせいじゃないからな」

カシムは凍り付いたように立ち尽くした。パーシヴァルは匂い袋を口元に押し当てながら、カシムの方を見返った。

「さっき、あいつのなくなった足を見た時……やっぱり駄目だと思った。あの時の光景、鼻をつく血の臭い、荒い呼吸の音……全部思い出した。俺は結局何一つ清算できちゃいない」

パーシヴァルは呟きながら剣を振って、刃についていた魔獣の破片を払った。

「さっさと死んでおくべきだったんだ。でも、怖かった。口じゃ何度もそんな事を言っていたのにな……お笑い草だ。友人の未来を奪っておいて、自分は命が惜しいなんて……俺は卑怯者だ」

「違うよ……ベルは未来を失ってなんかいなかったよ。なあ、君はアンジェと話した？　さっきもいただろ？　ベルの娘さ。ホントに良い子だぜ？　ベルは一人でも頑張ってたんだ。君はいつまで逃げるつもりなんだよ」

「……それだけじゃない。俺は、さっきベルに対してさえ……」

言いかけたパーシヴァルに魔獣が爪を振り上げてかかって来た。パーシヴァルはそれを事もなげに両断すると、『穴』に向かって跳躍した。マントをはためかせ、そのまま暗闇の中へと落ちて行く。

カシムが驚愕に目を見開いて『穴』の縁に駆け寄った。

「パーシー！」

返事はない。

カシムは一瞬躊躇したが、すぐに後を追おうと足に力を込めた。

だが、カシムが飛び込むよりも早く、後ろから来た人影が追い越すようにして『穴』へと身を投じた。驚いたカシムが足を止めるのと同時に、生ぬるい夜風に、三つ編みにした長い黒髪がなびき、暗い穴の中へと落ちて行った。

九十六　森の中を吹き抜けるような風の

　森の中を吹き抜けるような風の匂いがしたと思ったら、ふっと体が軽くなった。清涼な風が心臓から指先まで抜けて行ったような、そんな清々しさだ。

　うっすらと目を開けると、年季の入った石造りの天井が見えた。煤で黒く染まっている部分もある。身じろぎすると薄い旅用の寝具越しにごつごつした石の感触があった。

「あら、起きられました？」

　声のした方をベルグリフが見ると、エルフの女が腰を下ろしていた。たき火に鍋がかけられて、何か煮えているらしい、食欲をそそる良い匂いがした。

　ベルグリフは頭を掻き、手の平で軽くこめかみを叩いて意識を覚醒させた。

「確か……モーリンさん？」

「はい、モーリンでございます。よかった、霊薬が効いたみたいですね」

　モーリンはおどけるように笑って、鍋の中から何か大きなものをつまみ出して皿に載せた。そうしてベルグリフの方に差し出す。

　湯気を上げているのは腕くらいの太さがあって、繊維が絡まったような見た目で、所々鮮やかに赤い変なものだった。磯の匂いがする。

「怪物蟹の塩茹でです。おいしいですよ」

「や、これはどうも……霊薬とは、まさかエルフの？」

「まあ、わたしの自作ですから、エルフのといえばそうですねえ」

モーリンはくすくす笑って、自分も蟹の肉を頬張った。

「もぐもぐ……本領産並みの効果はありませんけど、外国産よりも効きはいいかなと」

「申し訳ない、貴重なものを……助かりました。どうもありがとうございます」

「いえいえ、困った時はお互い様ですよ。それに霊薬いっぱいあるんですよね。けど普段全然使わないから分けて持ってたの忘れてて……ホントにおいしいな、これ」

そう言いながら、モーリンはまた鍋から蟹の肉を引っ張り出してはふはふ言いながら頬張っている。

何だか摑みどころがない性格だ、とベルグリフは苦笑した。記憶の中のエルフの少女もそんな風だった気がする。他人に左右されない飄々とした気風はエルフには珍しくない特徴なのだろうか。そんな事を思う。

いずれにせよ、本調子ではないにしてもだるさや辛さはもうない。残っている倦怠感は硬い床で寝ていたゆえのものだろう。

「魔獣はまだ来ているのですか？」

「さっき上がって来たのは撃退したみたいですよ。これがそうですから」と言って、モーリンは蟹の肉を指さした。「けど、もう大海嘯始まってるんでしょうかね？　もう次の魔獣の気配がするみたいで、みんな『穴』の周辺で準備してますよ。まだ満月じゃないんですけどね」

「ふむ」

ベルグリフは顎鬚を撫でた。すると、一緒に来た仲間たちも、モーリンの仲間らしい少年も、外にいるのだろう。モーリン一人、わざわざここに残ってくれた事がありがたくもあり申し訳なくもあった。

「すみません、ご迷惑を……」

「いえいえ、丁度いい休憩になりますし、別にわたしは戦うのが好きってわけじゃありませんから。けど凄いですね。色んな人に会って来ましたけど、親子で冒険者やってる人には初めて会ったかも知れません。はふはふ」

「いや、私は冒険者というわけではないんですが……」

「あれ？　そうなんですか？　マルグリット様の話では確か〝パラディン〟のグラハム様に教えを受けたとか。その剣もグラハム様の聖剣でしょう？　……もぐ」

モーリンは蟹の肉を頬張りながら、柱に立てかけてある聖剣を見た。

「それはそうなんですが……なんと説明すればいいやら」

ベルグリフは頭を掻きながら周囲を見回した。モーリンの他は誰もいない。アンジェリンは何処に行ったのだろうかと思う。そしてパーシヴァルは……。

そう思いかけた時、仕切りの布がばさりとめくれて黒髪がひょいと覗いた。

「お邪魔するぞ」

「おお、ヤクモさん」

黒髪を縛ってブリョウ装束に身を包んだヤクモは、にやりと笑って踏み込んで来た。その後ろからひょこりとルシールも顔を出した。

「お久しべいべ、ベルさん」

「調子が悪いと聞いとったが、どうやら心配はなさそうじゃの……いやはや、ご無沙汰しておりますのう、ベルさん」

「二人も元気そうで何より……ロベール卿の事は大丈夫だったかい？」

「うむ。自分の政争で手一杯みたいじゃったから、疑われもせんかったよ。おかげでたっぷり報酬をもぎ取ってやったわい。あの分じゃ先行き長くなさそうじゃし、後は勝手に破滅してくれれば言う事なしじゃ、ふっふっふ」

ヤクモは笑いながら腰を下ろした。そうしてモーリンに目を留めて不思議そうな顔をして首を傾げた。

「エルフ……？　よもや昔の仲間だったという？」

「いや、彼女とは違うんだ。ここに来て初めて会ったんだよ」

「ふぅん、そううまい話もないか」

モーリンは相変わらず蟹を食いながらきょとんとしている。

「もぐもぐ……アンジェリンさんも言ってましたけど、エルフをお探しなんですか？」

「ああ、私が昔パーティを組んでいた相手がありましてね……サティというエルフの女なんですが」

「サティ、サティ……うーむ？」

モーリンは何か考えるように視線を泳がした。ルシールがひょいと首を突っ込んだ。

「〝覇王剣〟のおじさん、来た？」

「パーシーか……あいつめ」

まともに顔を見せる前に逃げるように去って行った旧友を思い出し、ベルグリフは苦笑した。どうにも自分はタイミングが悪い。具合の悪い有様を見せては、当てつけかと思われても仕方がないだろう。せめて話ができていれば。

ルシールは首を傾げて耳をぱたぱた動かした。

「来てないの？」

「いや、来たよ。でも話をする前にどこかに行ってしまった」

「昔の人は言いました。友あり、遠方より来る、ああ楽しかった」

「どうかな……あいつは苦しんでたかい？」

ヤクモが難しい顔をして腕を組んだ。

「あまり他人を寄せ付けん男じゃったからのう……儂は近づくのが怖かったが、そういう人間は往々にして悩み苦しみを抱いとるもんじゃ」

「違うよ。おじさんは寂しかったんだよ。ふぃーるろんり」

「寂しい、か」

ベルグリフは目を伏せた。

それは確かにそうなのだろう。ヤクモとルシールの話からすれば、パーシヴァルはずっと孤独だった筈だ。夢破れたとはいえ、故郷に帰って娘までできた自分はよほど恵まれている。パーシヴァルはまだあの頃に置き去りにされたままなのだ。

「……探しに行かなきゃな」

立ち上がろうとしたベルグリフを、モーリンが慌てて制した。

「まだ駄目ですよ、霊薬がちゃんと体中に回るまで待たなきゃ。ぶり返しちゃいますよ？」

「む……」

ヤクモがからから笑った。

「そう焦るでないよ、おんしらしくもないぞベルさん。それに、あやつも突然の事で心に整理がついておらんのかも知れんしの……しかし、本当に会いたいか？」

「……どういう事だい？」

「儂は正直不安じゃ。あの男は悲しみも大きかったが、時折憎しみを抱いているようにも思えた。時間というのは残酷じゃ、時には人の心を歪ませてしまう事もある……好意が一転して憎悪に変わるなんちゅう事も珍しくない。それに、人の心は微妙なもんじゃ。理屈じゃ分かっていても情が許さんという事もある」

「そうだな……俺もそう思うよ。でも、それでも会わなきゃいけない。心配してくれるのは嬉しいが……」

「そうか……いや、余計な事を言ってすまんの。しかし、〝覇王剣〟の事を教えたのは儂らじゃし……その、何となく放っておけなくてな」

「大丈夫だよ。ありがとうヤクモさん」

ベルグリフは微笑んだ。ヤクモは下を向いて頬を掻いた。

「まったく……前も思ったが、一々難儀じゃのう、おんしらは」

「はは、すまないね……」

過去と向き合う事は時として辛い。自分だってかつてはそうだった。足を失った事は悲しかったし、冒険者を辞めざるを得なかったのだって苦しかった。

しかし、トルネラでアンジェリンを拾い育て、彼女が幾つもの出会いと再会を運んで来てくれた。目を背け続けて来た事に向き合う事ができたのも、娘のおかげだろう。だからこそ、自分は逃げずに向かって行かなくてはならない。そんな風に思う。

ふと、それでアンジェリンの事を思い出してベルグリフは顔を上げた。

「そういえば、アンジェは……」

「アンジェリンさん？　その、パーシーさん？　ですか？　お父さんのお友達を連れて来るって言って出て行きましたけど」

「……駄目な親父だな、俺は」

また娘ばかりが頑張ってくれている、とベルグリフは情けなさに頭を掻いた。

ルシールが手に持った楽器をちゃらんと鳴らした。

「えべしん、ごな、ぴーおーらい」

○

肌にまとわりつくような闇だった。一歩歩くごとに肌を生温かいものが撫でるような気がした。

ランプの明かりは心もとなく、ほんの少し先をかろうじて見通せる程度である。

隣を歩くパーシヴァルは、時折怪訝な顔をしてアンジェリンを見た。

「……どうしてついて来た」

アンジェリンはちょっとムスッとした顔でパーシヴァルを見返した。ずっと畏怖を感じていたこの男に、今は妙な苛立ちを感じた。お父さんがあんなに会いたがってるのに、どうして逃げるようにしてわざわざこんな所に来ているんだ、と思った。そうなると、もうパーシヴァルを目の前にしても萎縮しない。むしろ睨み返すくらいの余裕ができた。

「お父さんが会いたいって……だから捕まえに来たの」

「……そうか」

パーシヴァルは眉根の皺を深くしたまま前を向いた。

またしばらく互いに無言の時間が続く。周囲に魔獣の気配がするものの、向かって来る様子はない。アンジェリンとパーシヴァルがピリピリしているのが、妙な闘気になって魔獣を寄せ付けなくなっているのかも知れない。

「パーシーさんはお父さんに会いたくないの……？」

パーシヴァルはそれには答えず、黙ったまま少し足を速めた。アンジェリンもそれに合わせて早足になる。

ごつごつした岩が靴越しに足の裏に感ぜられた。ちらと見上げる頭上も闇が包んでいる。星も月も見えない。そういえば、ここに飛び込んだ時霧のような雲のような、妙な靄を通り抜けたな、とアンジェリンは思った。

不意にパーシヴァルが剣を抜いた。アンジェリンも即座に柄に手をやる。ざらざら、と地面をこするような音がしたと思ったら、大きく長い胴体に無数の足を生やしたムカデのような魔獣が暗がりから飛びかかって来た。

しかしパーシヴァルはさらりと身をかわし、すれ違いざまに頭を叩き落とした。アンジェリンは胴体を真二つにする。戦いとも言えないくらい、一瞬で勝負はついた。また気配ばかりが濃くなっている。

パーシヴァルはアンジェリンの方を見た。

「……やるな」

「……お父さんに教わったんだから、当たり前」

ピクリ、とパーシヴァルは眉を動かした。

「ベルから……？　カシムが言っていたが、まだ剣を振るっているのは本当だったのか」

「そう。お父さんはめっちゃ強いんだぞ……きっとパーシーさんよりも強い」

「そうか……」

パーシヴァルは一瞬可笑し気に笑うと、不意に顔を歪めて匂い袋を取り出した。そうしてまた前を向いて歩き出す。

アンジェリンは思わず呆けた。一瞬見せた笑顔は、確かに快活さの面影を感じさせるものだった。

少し立ち止まっていたアンジェリンは、ハッとしたように足早にパーシヴァルに追い付くとマントの裾を摑んだ。

「パーシーさんは、ずっとここで戦ってたの？」

「……どれくらいかは忘れたがな」

パーシヴァルは遠い目をした。過ぎた過去に思いを馳せるような顔だった。

「だが、結局ここにもいないいんだろう……心のどこかじゃ分かっていたんだが、自分への言い訳をしたかったのかも知れねえな」

「……？　何がいないって？」

「ベルの足を奪った魔獣だ」

アンジェリンはドキリとした。

「……その魔獣をずっと追いかけてたの？」

「ああ……初めは足を治す方法を探していたが、ベルがいなくなったと分かってからは、死んだものだとばかり思っていたからな。だからせめて復讐くらいと思っていたが……とんだ道化だ」

パーシヴァルは自嘲気味に笑った。その笑顔はさっきのものとは全く違って、見ていて痛々しいように感じた。

「一瞬見ただけだが、あいつの姿は今でも思い出せる。黒い影、四足の狼のような容姿……一番近かったのは魔王だが……あれが魔王の一種だったのか、まったく別種の魔獣だったのか、今となってはそれすら分からん」

「魔王……倒したの？」

「ああ。だが別に大した話じゃない。あの魔獣じゃなけりゃ魔王だろうが龍だろうが無意味だ」

「だから……ここで、ずっと？」

「言っただろう。結局自分への言い訳だ。何もしてなかったって言いたくなかっただけだ」

アンジェリンはくっと唇を結んだ。エストガル大公家でカシムと一触即発になった時も、同じような事を言っていた気がする。

パーシヴァルは立ち止まって大きく息をついた。再び匂い袋を取り出して口元に当てる。

「……だが、ベルが現れた今、俺は……」

「俺は……？」

「ゴホッ……」

パーシヴァルは答えずに再び歩き出した。アンジェリンも黙ったまま付いて行く。

二人はしばらく何も言わずに歩いて行った。時折魔獣が現れたが、無言のまま切り伏せられた。アンジェリンは剣に付いた血を振り払い、鞘に収める。

「『穴』の中ってもっと凄いのかと思ってた……外があんなに凄いのに」

「場所による。この辺りはもう……見えて来たぞ」

パーシヴァルがずっと先を指さした。その先に白く、真っ直ぐに屹立したものが見えていた。目を細めて見ると塔のようだった。塔自体が光を放っているのか、その周辺だけが妙に明るく、ごつごつした岩肌が照らされて見える。塔自体は白いレンガ造りらしく、周囲の景色から切り離されて奇妙に浮かび上がるように見えた。

遠目には細く小さく見えた塔だったが、近づくと中々の大きさがある事が分かった。

「ここは……」

「ア・バオ・ア・クーの住処だ。この周辺には他の魔獣も近づかん」

パーシヴァルはそう言うと、扉のない入り口を潜った。アンジェリンも慌ててその後に続く。

中はがらんどうだった。遥か上に天井があるらしいが、高いから分からない。壁に沿ってらせん状になった階段が伸びていて、ずっと上まで続いていた。すべて白いレンガで造られていて、それがみんな淡い光を放っているらしかった。

パーシヴァルがアンジェリンを見た。

「ここで待ってるか？」

「やだ」

「……そうか」

パーシヴァルはアンジェリンの肩を摑んで、階段の壁側に立たせた。匂い袋のものだろう、種々の薬草の混じった爽やかな不思議な匂いがした。

「いいか、後ろを向くな。何かの気配がしても見るな」

「え、うん……どういう事？」

「行けば分かる。屋上に着くまで前の階段だけ見てろ」

そう言ってパーシヴァルは歩き出した。アンジェリンもその隣を行く。

白いレンガは光を放っているせいか、変にのっぺりしていて陰影がなく、油断すると見当違いの所を踏んで転びそうな気がした。

ふと、カシムの事を思った。追い越すようにして自分が先に穴に飛び込んだが、カシムはどうしたろうかと思う。恐らく後から飛び込んだ筈だが、着地した先には現れなかった。パーシヴァル曰く、『穴』の中は空間が歪む事もあり、同じ場所から入っても別の場所に飛ばされる事もあるそうだ。

「カシムさん、どうしたかな……」

「さあな。まあ、あいつなら何とでもなるだろう」

パーシヴァルは素っ気ない。しかしその裏側に本当に何とかなるだろうという信頼感が透けているように感じた。

「……カシムさんの事、信頼してるんだね」

「そういうわけじゃないがな。何とかなるって分かってるだけだ」

それが信頼っていうんじゃないのかな、とアンジェリンはくすくす笑った。何だか、最初に感じた威圧感がちっとも怖いものではなくなって来たようだった。

パーシヴァルは怪訝な顔をして横目でアンジェリンを見た。

「なんだ」

「ふふ……ねえ、パーシーさん。お父さんはどんな冒険者だったの？」

「ベルか……慎重で、臆病で、冷静な奴だった。あいつからは多くを学んだよ。剣で負けた事は一度もねえがな」

アンジェリンは少し面白くなさそうに頰を膨らました。

「今ならお父さんも負けないもん……」

「随分ベルにゾッコンだな。お前、母親は誰だ？　あまりベルには似ていないな」

「わたしは拾われっ子なの……だからお父さんしか知らない」

「……そうか」

不意に、斜め後ろ側に妙な気配がした。咄嗟に振り向こうとしかけたアンジェリンの肩を、パーシヴァルが摑んで押し留めた。

「見るな」

「で、でも……」

「屋上まで我慢しろ。今振り向くと襲って来るぞ。そうなると勝ち目はねえ」

「……ア・バオ・ア・クーって、どんな魔獣なの？」

「透明だ。この塔を上る者にぴったり付いて一緒に上って来る。上に行くほどに実体が現れ、屋上で完全に姿を現す。途中で振り向くと襲って来るが、完全に実体化していない場合は、こちらの攻撃はすべて通らん」

「……魔法も？」

「魔法もすべてだ」

ゾッとした。そんな相手、勝てる筈がない。

硬くなった表情のアンジェリンを見て、パーシヴァルはくつくつと笑った。

「そう怖がるな。屋上まで上がれば攻撃は通る。そうなれば単なるSランク魔獣と変わらん」

「そっか……よかった……」

アンジェリンは胸を撫で下ろした。しかし、どうしてパーシヴァルはそんな事を知っているんだろう。

「パーシーさんは、戦った事あるの？」

「ある。だが最初は死にかけた。攻撃の通じない相手と、この悪い足場で延々とやり合うんだからな」

「ど、どうして助かったの……？」

「勝てないと諦めて、一目散に逃げた。まだそれほど上がっていなかったから階段からぎりぎり飛び降りられたからな。塔から出れば追っては来ない。満身創痍だったが……」

パーシヴァルは懐かしむように目を細めた。

「意地を張らず勝てない相手からは逃げる、ってのを教えてくれたのはベルだったかも知れん。俺もカシムも突っ走るタイプだった。全力で戦ってりゃ勝てると本気で思ってた」

「サティさんも？」

「サティの事も知ってんのか……そうだな。自分の腕に自信があった。俺たち三人はそうだった。ベルは俺たちが持つものは持っていなかったかも知れんが……俺たちにないものは全部持っていた。戦闘の実力だけが冒険者の価値じゃない、ってのを体現した男だったな」

ほんの少しのきっかけで、パーシヴァルの口からは思い出がこぼれ出て来た。段々と背後の気配が濃くなって来るから、アンジェリンは何となく落ち着かないような気がしたが、パーシヴァルの思い出話が気になって、振り向こうなどとは思いもよらなかった。

そんなに温かな思い出があるのに、どうしてパーシヴァルはこんなに悲しそうなのだろう。折角、その思い出の中の友人と再会できるというのに、どうして足踏みするんだろう。アンジェリンにはそれが分からず、じれったい思いでパーシヴァルのマントを握りしめた。

「お父さんに会ってよ、パーシーさん……」

「……ここから無事に戻れたらな」

「約束だよ？　お父さん、会いたがってるもん」

「ははっ……恨み節でも用意してんのかね、遠路遥々……」

「——ッ！　お父さんはそんな人じゃないよ！」

自分でも思った以上に大きな声が出たので、アンジェリンはびっくりした。

パーシヴァルは横目でアンジェリンを見た。ほんの少し、愉快そうに口端が上がっていた。

「……拾われっ子でも、確かにお前はベルの娘だな」

「似てる……？」

「さあ？　似てるってのとは違うが……ベルの娘って感じがする」

アンジェリンは口をもぐもぐさせて視線を泳がした。背中の方からかぶさって来る気配が鬱陶しいように思う。

「……いっぱい話したい事あるよ。思い出も、それぞれ何してたかって事も。ここまでの旅でも、色んな事があったんだよ、パーシーさん」

「だろうな。正直、ベルがここまで来るとは驚いた……大した奴だよ」

パーシヴァルは腰の剣の位置を直した。

「あいつは前を向いて歩いていたって事だ。俺は……それができなかった」

「そんな事ない……だってパーシーさん、すっごく強い。それだけ頑張ったって事じゃないの？」

「大事なのは誰の為の努力だったかって事だ。結果だけでどうこう言うのはいくらでもできる。ベルの為だと思って来たが……俺は結局」

「……自分で自分を責めたって仕様がないと思う……それこそ誰の為なの？」

「さてね……話は終わりだ。着くぞ」

いつの間にか随分高い所まで来ていた。見上げた先に天井があって、階段はその上まで続いている。背後の気配はいよいよ濃くなり、鳥肌が立つような不気味な呼吸の音や、生温かな吐息を耳の後ろに感じた。

最後の一段に足を置いた瞬間、パーシヴァルがアンジェリンの手を摑んで引っ張った。

「跳べ！」

ぐん、と踏み込んで跳躍する。最上階、屋上の床を踏むと同時に剣を抜いて振り返る。

奇妙な生き物がいた。毛を抜かれた鼠のような容姿で、しかしアンジェリンよりも遥かに大きい。顔には大小の目が左右非対称にあって、それがぎょろぎょろ動いている。

牙は長く鋭く、手足の先にも鉤爪があった。しかし後肢は大きく、二足がしっかと地面を踏んでいる。前足はさながら腕のように動かせるらしく、鋭い鉤爪が武器になる事は一目瞭然である。ピンク色の肌にはうっすらと産毛が生えているらしく、さながら桃の肌を思わせるようであった。

ア・バオ・ア・クーは顔を上げて何か叫ぶような格好をした。しかし想像したような金切り声は聞こえて来ず、まるで衣擦れを思わせるような、微かで、淡い鳴き声を発したのみであった。

「分かれるぞ。爪は二度来る。気を付けろ」

「二度？　それって」

アンジェリンの言葉を待たず、パーシヴァルが左に跳んだ。アンジェリンは即座に右側に行き、魔獣を挟むように位置取った。

ア・バオ・ア・クーはぎょろりと一瞬二人をそれぞれに見据えてから、アンジェリンの方に跳んで来た。速い。鎌のように湾曲した爪が振るわれた。アンジェリンは落ち着いたまま小さく後ろに身をかわした。だが、妙な悪寒に捉われ、咄嗟に剣を体の前に出すと、爪が通り過ぎた後なのに、剣に衝撃が走った。

　魔獣の後ろから飛び込んで来たパーシヴァルが、ア・バオ・ア・クーの右腕を肩から斬り落とした。魔獣は微かな声を上げて後ろへ飛び退った。

　アンジェリンは不満そうに口を尖らしてパーシヴァルを見た。見えない斬撃とは聞いていない。

「二度って……もっとちゃんと言ってよ」

「甘ったれんな。俺はお前の親父じゃねえ」

　パーシヴァルは剣を構え直し、飛び退ったア・バオ・ア・クーを追って地面を蹴った。アンジェリンもその後を追う。

　言葉を交わすわけでもないが、パーシヴァルが行くのと逆側に足を向け、魔獣を挟んで向き合った。一瞬だけ目を合わせ、同じタイミングで踏み込む。

　不意に、ア・バオ・ア・クーの姿が陽炎《かげろう》のように揺れた。アンジェリンは目を細めて、それでも横なぎに剣を振るう。剣は魔獣の胴体を両断し、向かいからパーシヴァルが振るった剣は首を跳ね飛ばした。

　おかしい。呆気なさすぎる。

「終わり……？」

「……！　違うな。いるぞ」

　咄嗟に二人は背中合わせになって剣を構えた。

　周囲からチッ、チッ、と何かが地面をこするような音が聞こえる。それは二人の周囲を回るようにして、少しずつ近づいているように思われた。

「なんの音……？」

「爪が地面を引っかく音だ。感覚を研げ。視覚に頼るな」

「……透明なの？　さっきのは幻？」

「そうだ。だが階段で戦うのと違って攻撃は通る。取り乱すんじゃねえぞ」

「余裕……確認しただけ」

アンジェリンは油断なく柄を握る手に力を込めながら、少しずつ近づいて来る音に集中した。音がぶれ、変に重なったように聞こえた。衣擦れのような音がした。パーシヴァルが舌を打った。

「二体いやがる……前と違うぞ」

「……一人一体。丁度いい」

「ははっ！　ベルの娘とは思えねえくらい強気だな。そっちはお前がやれ」

パーシヴァルが地面を蹴るのと同時に、アンジェリンも前に踏み出した。見えないが、気配が迫る。アンジェリンは剣を振り上げて受け止める。

「もう一撃……！」

手に力を込めた。一度受けて押された剣に再び衝撃が走る。それを耐え、ぐんと押し返した。

よく見れば完全な透明ではない。光を放つ白いレンガの上で、陽炎のようにもやもやしたものが動いていた。

動きはかなり速いが、捉えられないほどではない。数多くの魔獣を討伐して来たアンジェリンの瞳が、ア・バオ・ア・クーのわずかな姿を正確に追った。

「――そこっ！」

体を捻り、つま先の踏み込みと肩の回転で鋭く突き込む。剣の切っ先はア・バオ・ア・クーの動きに合わせたように的確にその胸を刺し貫いた。魔獣は微かな悲鳴を上げて、後ろ向きに倒れた。アンジェリンが息をついた時、ア・バオ・ア・クーの心臓辺りから不意にまばゆい輝きが溢れ出た。驚いて剣を構え直したが、光はやがて小さくなり、手の平くらいの小さな光る塊になって床に転がった。

大きく息をつく。神経を張りつめたままだったので、動いた以上に疲労を感じた。一人だったら危なかったかも知れない。肩を並べると、パーシヴァルの頼もしさは尋常ではない、と感じた。

アンジェリンは後ろを見返る。パーシヴァルも上手い具合に片付けたようだが、こちらのように光る塊は落ちていなかった。

パーシヴァルが剣を収めて振り返った。

「……二匹じゃなくて分身だったらしいな。そっちが本物か」

「そうみたい……これが魔力の結晶？」

「そうだ。お前が持っておけ」

「駄目。パーシーさんがお父さんに渡して」

「……頑固だな。しかし良い腕だ。誰かと肩を並べて戦うのは久しぶりだが……大したもんだな」

「だってわたしは〝赤鬼〟ベルグリフの娘だもん……」

「ふん……似てねえのに、確かに娘って感じがするからな。おかしなもんだ……赤鬼？」

魔力の結晶を懐にしまいながら、パーシヴァルは怪訝な顔をして首を傾げた。

その時、下の方から誰かが階段を駆け上がって来る音が聞こえた。二人は咄嗟に剣の柄に手をやったが、現れた顔を見て手を離した。カシムが息を切らして立っていた。

「魔法使いを一人置いて行きやがって……ふざけんなよ、お前ら！」

「うるせえ。現に平気だったんだからいいだろうが」

「もー、なんで君は昔っからそうガサツなんだよ！　それにアンジェ！　驚かせやがって、足が止まっちゃったじゃないか。おかげでタイミング外して空間軸がずれちゃったよ！」

「ふふ、ごめんね……でもカシムさん、よくここが分かったね」

「魔力感知で追っかけて来たんだよ。でもここ他の魔力の気配がデカすぎるし、すっごく大変だったんだからね！　もうくたくただよ！」

カシムはそう言って怒ったように床を足で叩いた。サンダルがぺちぺち鳴った。パーシヴァルは面倒臭そうに腕を回してこきこきと音を立てた。

「そりゃご苦労。だが用事は終わった。帰るぞ」

「もー、あったま来た！　パーシー！　ベルときちんと話するまで絶対逃がさないからね！」

「……元より逃げられそうもねえからな」

パーシヴァルはそう言ってちらりとアンジェリンの方を見た。

アンジェリンはにんまりと笑ってパーシヴァルのマントを握りしめた。

九十七　戦いの音が断続的に響いていた。夜が

戦いの音が断続的に響いていた。

夜が更け、ほとんど満月に近い月が地面を照らす中、幾つもの光魔法が打ち上げられ、白と黒の陰影の中で大小様々な影が動き回っていた。バハムートに始まり、魔獣はわずかの間を空けるのみで、ほとんどひっきりなしに『穴』から湧き出て来ているらしかった。

素材を採る為に戦いの場から引っ張って来られた魔獣の死骸が、建物の裏手の方にいくつも転がっていた。下界では一つで値千金ともいうくらいの高価な素材も、これだけ数が集まると何となく扱いがぞんざいである。

いつの間にか空が白んでいた。所々に雲がかかって黒い影になってはいるが、概ね晴れていると言っていいだろう。涼風が肌を撫でていたが、やがて太陽が辺りを照らし始めると汗をかくような心持である。

もう大海嘯は始まっているのかも知れませんね、とイシュメールが言った。

「別に満月と同時に始めると誰かが決めたわけではありません。おおよそ、それくらいの周期で魔力と魔獣の溢れる時がある、というだけの事ですから」

「ふむ……しかし大変だな、これは」

ベルグリフは音を立てて首を回し、窓の外を見た。青い空に幾つもの雲の塊が浮かんでいた。

イシュメールが大きく欠伸をした。眼鏡を外して目をこする。

「さてと、私も少し寝かせてもらいましょうかね。流石にくたびれました」

「ああ、ゆっくり休んでくれ。こんな混戦では大変だったろう」

「そうですね。皆さんとはぐれた時はどうしようかと……」

イシュメールはぼさぼさ頭を掻いて苦笑した。見通しの悪い夕刻の混戦で、仲間とはぐれて別の場所で戦っていたらしい。

ベルグリフは大きく息を吸い、吐いた。眠っているうちにすっかり霊薬が体に回ったようだった。倦怠感も疲労感も体の芯にわずかに残るばかりで、動く事はもちろん、剣を持って戦う事だってできそうだ。

「ベルさん、スープ飲みますか?」

仕切りから顔だけ出してアネッサが言った。ベルグリフは振り向いた。

「ああ、いただこうかな……アーネ、少し寝ておいた方がいいんじゃないかい?」

「いえ、さっき仮眠とったんで……あんまり熟睡できないですね、ここ」

確かに床は石で固い。徒歩での旅路だったから、寝具もそれほどいいものを持っているわけではない。荷物を丸めて枕にし、薄布を敷くか掛けるかするくらいである。眠ると却って体が石になったような気がする。

自分がしっかり眠れたのは霊薬のおかげかな、とベルグリフは改めてモーリンとトーヤに感謝した。

モーリンが茹でた蟹の残り汁が良いスープになっていて、それに具を足して簡単に味付けした。ホッとする味だ。体に染み渡るようである。

仕切りの中ではミリアムとマルグリットが並んで寝ていた。ダンカンも壁に寄り掛かって腕組みし、こっくりこっくりと船を漕いでいる。その脇でイシュメールも膝を抱くようにして寝息を立てていた。

陽が昇ってからは魔獣の襲撃も少し落ち着いたようだ。建物の外は魔獣の解体や、その肉を料理する連中でざわざわしている。

結局アンジェリンたちは戻って来ていない。這い出て来た魔獣と戦いに行ったのならばもう戻って来ても良い筈なのだが、と思う。

スープの湯気を眺めながら、一瞬だけ見たかつての仲間の顔を思い出す。

「……老けたな。まあ、お互いにだが」

アネッサが鍋を掻き回しながらベルグリフを見た。

「パーシヴァルさん、ですか？」

「うん……あんな風に険しい顔ばかりしていた奴じゃないんだがな……会ったんだろう？」

「会ったというか見たというか……わたし、正直怖いって思っちゃいました。凄く大きく見えて、息が詰まるみたいで……あ、すみません、友達の事、そんな風に」

「いや、構わないよ……ただまあ、本当はそんな奴じゃないんだ。よく笑ったし、カシムと二人で悪ふざけして……ああ、サティも一緒になって三人で俺を困らせる事も多かったな」ベルグリフは小さく笑いながらアネッサを見た。「君がアンジェとミリィにからかわれるのに似てるかも知れないな。アーネ？」

「ああ、そう考えると……」

アネッサはくすくす笑ってスープを椀によそった。もそもそと衣擦れの音がして、ミリアムが起き出して来た。

「ふにゃー……寝辛いー……」

「なんだよ、寝ておかないと疲れが取れないぞ」

とアネッサが言った。ミリアムは頬を膨らましてコップを手に取った。

「だって逆に体が硬くなりそうだもん。イスタフの宿のベッド、柔らかかったにゃー」

「そういう事言うんじゃねえよ、余計に寝辛くなるだろ」

マルグリットまで起きて来た。眠そうに目をこすって欠伸をしているのに、首や肩をほぐすように回している。野営は野営でそういうものだという意識があるが、こういう建物の中で野営のように眠るのは、何となく感じがちぐはぐになっているのかも知れない。

それでも野営よりは遥かに寝やすい筈なのだが、『大地のヘソ』が持つ一種独特の緊張感が神経を刺激して、余計に眠らせなくしているのだろうか。

ずっと休んでいた反動か、パーシヴァルが傍にいる筈だと分かっているせいか、どうにも落ち着かない。ベルグリフはスープを飲み干すと立ち上がってグラハムの大剣を手に取った。

「少し外に出てみるよ。調子は悪くないし」

「あ、おれも行く。ちょっと待てよ」

「構わんが……マリー、休まなくて大丈夫か？」

「こんな所で寝てるくらいなら動いてた方がいいって。酒場行こうぜ、酒場。酒飲んだ方が元気出るぜ、絶対」

「ん、まあ、そうだな……とりあえず行ってみようか」

「わたしも行くー。お酒飲みたーい」

ミリアムも立ち上がって帽子をかぶった。ベルグリフは苦笑して大剣を担いだ。

「ほどほどにね……アーネはどうする？」

「え、あ、う、どうしよ……」

「いいじゃん、どうせする事ないし。ダンカンさんとイシュメールさんは寝てるんだし、行こ行こー」

「う、うん……じゃあ行こうかな」

鍋を下ろし、たき火に灰をかぶせて建物の外に出た。すっかり良いお天気で、夜明けの時にかかっていた雲は薄くなって、透明な月が浮かんでいるのが見えた。

あちこちで魔獣の解体が行われているせいか、どことなく血生臭い。

バハムートの肉はうまいようで、さっそく露店や酒場で色々に料理したものが出ていた。明け方までは命のやり取りをしていたのに、今はお祭り騒ぎだ。こんな所に集まる連中はたくましい。

少し行くと、道端に置かれたテーブルを挟んで、ヤクモとルシールが酒を飲んでいた。近づくとヤクモがにやりと笑った。

「おう、おはよう。おんしらも朝酒としゃれ込むんかの？」

「おれはそのつもりだぜ！　ここの酒はうまいのか？」

「朝の一杯はなんでもうまし。ねくたぁ」

ルシールがそう言ってうまそうに喉を鳴らしてコップを空にした。

いずれにせよ当てもなく歩いていたのであるし、一も二もなく同席となった。マルグリットもヤクモとルシールとは既知となり、物怖じしない性格で異国の話を聞きたがった。

ミリアムがにやにやしながら言った。

「けど凄いよねー。昨日のバハムートの素材だけで相当の収入だったもんね。アンジェとパーシーさん様様ですにゃー」

「そうだな。わざわざ遠路遥々来る連中がいるのがよく分かったよ……」

アネッサがそう言ってコップに口を付けた。ヤクモが口から煙を吐き出した。

「流石、アンジェもあやつも大した腕前よの。あれに跳びかかって剣を突き込むなんぞ、考えただけで背筋が凍るわい。さぞ素材の分け前もあったんじゃろ？　金にするだけでなく、武器防具の材料にするのも有用じゃぞ」

「そうですね。バハムートの髭、弓の弦にするとしなやかでよく飛んで、しかも魔力の循環もあって、凄くいいんだって」

「へえ、よかったじゃん。おれも何かそういうの手に入らないかなー」

「大海嘯じゃからのう、まだチャンスはあると思うぞ」

「けどマリー、それで焦って前に出過ぎるなよ？　これだけ実力者が集まってるから分からんが、本来高位ランク魔獣はかなり危険なんだからな」

「分かってるっつーの！　ったく、ベルは説教ばっかだな！」

マルグリットは頰を膨らましてそっぽを向いた。ルシールがふふんと鼻を鳴らした。

「昔の人は言いました。親の心子知らず、だって見えないもん」

「おんしは静かにしとれ。で、ベルさん。あやつと話は？」

ベルグリフは黙ったまま首を横に振った。ヤクモがため息とともに煙を吐き、煙管をテーブルの縁で打って灰を捨てた。

「怖いような気になるような……こうなってはさっさと話をして欲しいもんじゃのう」

「俺もそうしたいんだが、どこに行ったのやら……」

不意に、担いだ大剣が小さく唸った。ベルグリフはハッとして空を見上げる。きらめく太陽を背に何か黒い豆粒のようなものがあると思ったら、たちまち大きくなった。何かが急降下して来た。

ベルグリフは立ち上がって大剣を抜き、怒鳴った。

「魔獣だ！　上から来るぞ！」

一斉に立ち上がってパッと散った後に、蝙蝠《こうもり》のような羽を生やした妙な魔獣が四つん這いに降り立った。上半身は人間だが、顔と下半身は山羊である。そうして首から笛のようなものをぶらさげていた。

周囲の冒険者たちがたちまち殺気立って武器を構えた。

「〝堕ちた農神〟じゃねえか！　またSランクたァ景気が良いな！」

「なんにせよ、ぶっ殺す！」

「おい、笛に気ィ付けろ！」

誰かが叫ぶのと同時に、堕ちた農神は笛を吹き鳴らした。甲高い、鼓膜を刺すような音が響き、冒険者たちは思わず両手で耳を塞いだ。

同時に、周囲の地面がぼこぼこと小さく盛り上がったと思うや、次々と植物が芽を出し、恐るべき勢いで育ち始めた。だが、そのいずれも茎が曲がっていたり花弁が歪んでいたりして、嫌な臭いを漂わせていた。

「くそっ！　舐めやがって！」

「笛をぶっ壊せ、笛を！」

しかし農神は瞬く間に宙に舞い上がり、余裕の表情で眼下を睥睨した。

現れ出でた草たちは葉や茎、蔓を動かして冒険者たちに襲い掛かる。植物も高位ランク相当の戦闘力を持っているようだ。そこいらはあっという間に混戦状態になった。

アネッサが迫って来た蔓を短剣で斬り裂いた。

「ベルさん、どうします！」

「アーネとミリィはあの山羊の魔獣を狙ってくれ。マリー、俺たちは二人を守るぞ」

「よっしゃあ！　任しとけ！」

マルグリットは剣を振るい、軽々と植物たちを細切れにした。アネッサとミリアムはすぐに宙に狙いを定め、魔法と矢とを放つ。

周囲の冒険者たちも流石に一流揃いだ、次々と矢や魔法が堕ちた農神を狙って飛んで行くが、魔獣は涼しい顔をして手を振り、その身に到達する前に次々と打ち落としてしまう。ミリアムが地団太を踏んだ。

「もー！　ムカつく！　『雷帝』撃っちゃうぞ！」

「出し惜しみしてる場合か！　さっさと撃て！」

「よーし、行くぞー！」

アネッサに言われてミリアムは詠唱を始める。ベルグリフは植物をまとめて斬り裂き、上空を見上げた。

「やっぱ大魔法しかないか……けどそう易々と撃たせてくれるか……」

あちこちで大魔法の詠唱が始まっている。だが、懸念通り農神は笛を吹き鳴らした。魔法使いたちはたまらずに耳を塞ぎ、詠唱は中断された。バハムートといい堕ちた農神といい、最上位の魔獣ともなれば様々な対抗策を持っているらしい。

楽器を構えていたルシールが怒ったようにがうがうと吼えている。

「ただの雑音はロックではない！」

「馬鹿言うとらんで戦わんかい！」

ヤクモが怒鳴って手近な植物を槍で薙ぎ払った。

その時、周囲で火の手が上がった。火魔法を得意とする魔法使いが、植物たちに火を放ったらしい。元々乾き気味だったから火はたちまち燃え上がり、植物たちは炎に包まれて身悶えした。しかし冒険者たちの怒号も飛ぶ。

「バカヤロー！　俺たちまで燃やす気か！」

「誰か水魔法！」

ベルグリフは剣を振って炎ごと植物を吹き飛ばし、上を見た。堕ちた農神は地上の大騒ぎを愉快そうに見下ろしている。あの位置では手出しができない。ベルグリフが歯噛みすると、手の中の大剣が不愉快そうに唸った。何だか怒られているようだ。

「……どうにかできるのかい？」

ベルグリフは思わず剣に話しかけた。大剣は唸って刀身から淡い光を放った。そういえば、アンジェリンもグラハムも、この剣で衝撃波を放っていたな、と思い出す。剣が何を言っているのかは分からないが、このまま草ばかり相手にしているよりも、試してみる方がよほど価値がありそうだ。

しかし、どうする？　闇雲に振ってみても分かるまい。まして距離が長い。仮に衝撃波が放てたとして届くだろうか。

「やってみるしかないか」

大きく息を吸って集中する。体の中の魔力が渦を巻き、大剣へと流れ込む。剣の魔力とベルグリフの魔力が混じり合い、大剣が唸り声を上げて輝いた。斬撃ではなく、細く長く貫くイメージで、そのまま体を捻って剣を後ろに引く。切っ先は魔獣に向けたままだ。そうして勢いよく左足を踏み込んで、引いた大剣を空に向かって突き込んだ。

途端、剣先から魔力が細くらせん状に伸び、さながら槍のような鋭さで堕ちた農神の胸を、下げた笛ごと貫いた。農神は驚愕に目を見開いたが、叫び声と同時に吐血し、そのままぐらりとバランスを崩して落下し、どずん、と音を立てて地面に落ち込むと動かなくなった。

「……何とかなるもんだな」

ベルグリフは大きく息をついて剣を鞘に収めた。駄目で元々、と試してみたがまさか上手く行くとは、と達成感よりも困惑の方が先に立つ。

統率者がいなくなった事で周囲の植物は勢いを失くし、枯れたようになってしまった。それでも

まだ鬱蒼としていて、消えていない火もあちこちで煙を上げている。

冒険者たちは魔獣が仕留められたらしい事は分かったが、消火やらなんやらの大騒ぎで誰が仕留めたかまでは分かっていないようだ。誰だ誰だと騒ぎながら、火を消したり、植物を切り払ったり、落ちて来た魔獣の死骸を検分したりしている。

マルグリットがベルグリフの背中を叩いた。

「やるじゃねーか！　もう随分使いこなしてるっぽいぜ！」

「まあ、こいつを持つと体が軽くなるからね……剣のおかげだよ」

「それが〝パラディン〟の剣の威力か……大したもんじゃ」

ヤクモがやって来て、感心したように剣を見た。

「しかし、よう使いこなせるのう……ベルさん、おんしの腕もかなりのもんじゃの」

「……前よりはね」

頬を掻くベルグリフの袖を、ルシールが引っ張った。

「来た」

「ん？」

見ると、向こうからアンジェリンが駆けて来てベルグリフに飛び付いた。ベルグリフはたたらを踏んでアンジェリンを抱き留めた。

「お父さん！」

「お、おお、アンジェ。何処に行ったのかと……」

「やー、こっちまで魔獣が来たんかい。やっぱ飛ぶ奴は面倒だね」

カシムもからから笑いながらやって来る。ベルグリフは、その後ろに立つ男に視線を合わせた。獅子のたてがみのような髪の毛は枯草色で、鼻は気が強そうにつんと尖っている。眉根には深い怒り皺が寄っていた。長く顔をしかめて戻らなくなってしまったのだろう。

アンジェリンがぎゅうと腕に力を込めた。

「パーシーさん、だよ」

パーシヴァルはしかめっ面のままベルグリフを見た。

「………よお、ベル」

ベルグリフはふっと微笑んだ。

「久しぶりだな、パーシー」

○

不思議に張りつめた空気が漂っていた。

ベルグリフとパーシヴァルは酒場のテーブルを挟んで向き合っていた。カシムがその脇に椅子を置いて座り、他の者たちは離れた席で息を呑んで見守っていた。しかし周囲の関係のない冒険者たちは銘々に酒を飲んで大声で話し合っている。だが、その喧騒も幕一つ隔てたように感じた。

「……長かったな」

ベルグリフが言った。パーシヴァルが小さく頷いた。

「二十年以上にはなるか……」

「そう、だな」

パーシヴァルはちらりとベルグリフの義足に目をやり、閉じた。

「……十七の時だったか」

「そうだな。俺と君がそうで、カシムはまだ十五だったかな？」

「だったなあ。ベルとパーシーが同い年で、サティが一つ下、オイラが二つ下で」

パーシヴァルは嘆息して、ジッとベルグリフを見つめた。

「……どうして今になって来た。こんな所まで」

「過去の清算が必要だと思ったんだ。俺にも、君にも」

「清算、か」パーシヴァルは自嘲気味に笑った。「そんな事ができればな……」

「……君たちを置いてオルフェンを去った事、済まないと思っているよ」

「違う!!」

突然パーシヴァルは大きな声を出してテーブルを叩いた。置かれたコップが揺れて、酒がいくばくかこぼれた。カシムが驚いたように目を見開いた。

「な、なんだよ……何怒ってんの？」

「……お前が謝る事なんか何もない。あの時、俺がもっと奥まで行こうなんて言わなけりゃ」

「それはただの結果論だ、パーシー。Eランクのダンジョンだ、誰もあんな魔獣がいるなんて考えもしない」

「俺にはそんな風に都合よく考えられない」

パーシヴァルはぎろりとベルグリフを睨み付けた。

「お前が俺の代わりに足を失った事に変わりはないだろ？」

「……だが、そうでなければ君は死んでいた」

「死んでればよかったんだ」

「そんな事言うもんじゃないよ、パーシー！」

カシムが怒ったようにテーブルに両手を突いた。

「さっきベルが戦ってるのを見ただろ！　ベルは足を失った事を枷になんかしてない！　君が気に病む事なんか何もないんだよ！」

「だからだよ」パーシヴァルはいよいよ病的な笑みを浮かべてベルグリフを見据えた。「俺はお前たちの友人である資格すらねえ。なあ、ベル。俺はここで最初にお前を見た時、お前に憎悪を抱きさえしたんだぜ？」

「んな……」

カシムが驚愕の表情を浮かべた。ベルグリフは静かにパーシヴァルを見つめている。

「お前の為だなんて言い訳して自分を追いつめて……それでようやくお前を見た時に憎しみが湧くなんて……自分で自分が嫌になる！」

パーシヴァルは激高したように両手で頭を掻きむしった。

「カシムとサティと……足を治す方法を探した。強くなって、上に行って、自分たちの知らない魔法や技術を手に入れる事ができると思った。思えばあの時から俺は狂ってたのかも知れねえ。散々無茶をして、何度もカシムとサティを怒鳴り付けた。サティはよく泣いてたよ。ベルを助けるつもりがないのか、なんて追いつめるような事ばかり言った。あいつが限界を迎えたのもよく分かる」

「けど、けど、それは……」

「黙ってろ、カシム。ベル、お前がいなくなってからは、死んだとばかり思ってた。悔しかったが、変にホッとした自分もいたんだ。もう自分を追いつめなくていいかも知れないってな。だが、そんな自分が許せなかった。だから無理矢理理由を作った。お前の足を奪った魔獣を追ってあちこちの魔獣を倒して回った」

「……見つけたのか？　その魔獣は」

とベルグリフが言った。パーシヴァルは拳を握りしめた。

「見つかってりゃ世話はねえ。だが、見つからない事に安堵してもいた。理由を失わずに済むってな。俺は卑怯モンだ。お前の為だと言って、自分の為に剣を振るっていた。そうする事で、無理に生きる意味を作っていたんだ」

カシムが肩を落とした。

「……パーシー、オイラも似たようなもんだったんだよ。オイラはベルが生きてる筈だって思い込もうとしてた。足を治す方法をずっと探してた。けど、ベルは生きてて、娘もいてさ。何をこれ以上責任感じる必要があるのさ？　いつまでも過去にしがみついてても仕方がないじゃない」

「言っただろう？　俺は卑怯モンだって。なあ、カシム、お前は良い奴だからベルが無事だったら素直に喜べただろう。だが、俺は違うんだ。今まで俺がして来た事がすべて無意味だと突き付けられたみたいだった。ベルが前を向いて歩いていた事が妬ましかった。なあ、分かるか？　俺は心のどこかじゃベルに死んでいて欲しいと思ってたんだよ」

「そんな事……そんな事、思ってただけじゃないか！」

「思っただけかも知れねえ。だが、そんな事を思う奴が友達でいられると思うか？　そんな資格があるとでも？　違うだろう！」

パーシヴァルは不意に顔を歪め、懐から匂い袋を取り出して口元に当てた。

「ごほっ……くそ……」

「……その匂い袋、まだ使ってるんだな」

ベルグリフが穏やかに言った。パーシヴァルはぐっと唇を噛みしめた。ぐいと引っ張って紐を引きちぎり、そのままベルグリフに向かって突き出した。

「返す。もう必要ない」

「意地を張るな。そんな風に自分を恨ませようとしても無駄だよ」

パーシヴァルは眉根の皺を深くし、ベルグリフを睨み付けた。

「……恨みもしねえのか。そんな価値もねえか？」

「そうひねたように見るなよ。それとも恨んでいて欲しかったのか？　ここに来たのは君に恨み辛みを吐き出す為であって欲しかったと？」

「その方がずっと楽だった」パーシヴァルはテーブルに肘を突いて俯いた。「お前に死ねと言ってもらえれば、俺だって……」

カシムは言葉を失ったように呆然としている。パーシヴァルはしばらく黙っていたが、やがて顔を上げてベルグリフを見た。

「……過去の清算と言ったな？」

「ああ」

「ならこれで清算は済んだ。決別だ。お前らは帰れ。娘もいるんだろう？　わざわざこんな所までご苦労だったが、俺はもうずっとこうだ。今更……許されるべきじゃねえんだ。何より、俺は俺が許せねえ……」

パーシヴァルはそう言うと俯いた。ベルグリフはふうとため息をついた。

「そうか……分かった」

「べ、ベル……」

カシムが絶望したような表情でベルグリフを見た。

ベルグリフはにっこりと笑い、口を開いた。

「喧嘩するか。パーシー」

「……なに？」

パーシヴァルが怪訝そうな顔を上げたところで、ベルグリフは突然テーブルの上のコップを掴み、中の酒をパーシヴァルの顔にぶっかけた。

「ぶっ――!?」

ベルグリフはテーブル越しに身を乗り出し、ひるんだパーシヴァルの胸ぐらを掴んで立たせると、頬を思い切りぶん殴った。パーシヴァルはバランスを崩したが、即座に足を踏ん張る。テーブルがひっくり返り、椅子が後ろに転がり、カシムが驚いて立ち上がる。

「ちょ、ベル!?」

ベルグリフは何も言わずに足でテーブルを横に転がすと、今度はパーシヴァルの腹に拳を叩き込んだ。パーシヴァルはたまらずに膝を突いたが、口からぷっと血を地面に吐くと、ベルグリフを睨み付けた。

「てめえ……っ！」

「建前ばっかり言ってるんじゃないぞ。俺が納得するとでも思ったか？」

「――ざっけんなッ！」

パーシヴァルはベルグリフに飛びかかった。

組手などというようなスマートなものではない、二人は髪の毛を摑んだり首を絞め合ったり、まるで子供同士がするように取っ組み合って地面を転がった。周囲の冒険者たちが驚いて目をやったが、なんだ喧嘩かとまた元通りに酒を飲み始める。ここではあまり珍しい事ではないらしい。

慌てて駆け寄って来たアンジェリンも手が出せずにおろおろしている。

「お、お父さん！　パーシーさん！　やっ、やっ、やめてよ！　やめろーっ！」

しかし止まらない。二人は不格好に殴り合い、もつれるようにして砂埃にまみれた。

やがてベルグリフが仰向けに転がり、パーシヴァルがその上に馬乗りになって胸ぐらを摑む格好になった。どちらもすっかり息が切れて辛そうだ。

しかしベルグリフは苦し気ながらも妙に楽しそうに笑った。

「はあ、はあ……やっぱり勝てないか」

「ゼェ……ゼェ……ったり前だろうが……ッ！　何なんだよ……ッ！　なんでお前は……！」

パーシヴァルの目が涙に滲み、頰を伝って顎から垂れた。

「お前はいつもそうじゃねえか！　自分ばっかり貧乏くじ引きやがって……足のないお前が気にするなって笑う度に、俺は辛かった！　お前が偽物の笑顔を俺たちに向ける事が悲しかったんだよ！

どうして怒ってくれなかったんだ！　どうして助けを求めてくれなかったんだ！　俺は……俺たちは……寂しかったんだ……」

パーシヴァルは泣き崩れるように肩を落として震わせた。抑え込んでいた感情が溢れ出すようだった。

「やっと本音を言ってくれたな……いつつ……」

ベルグリフは殴られた所に手をやりながらも微笑んだ。

「……ごめんな。君はずっと、俺の事を友達だと思ってくれていたんだな」

「思ってなけりゃこんなに苦しいわけねえだろうが！　ちくしょお……」

「……俺は聖人君子じゃない」

ベルグリフはそう言って、切れた唇から滲む血を指先で拭った。

「なあパーシー。俺もさ、冒険者を辞めると決めた時は君たちを恨みもしたよ。どうして俺ばっかり、って思ったもんさ。オルフェンでもあえて君たちを避けていた」

「……当然だ。やっぱり」

「けど、ずっと悔やんでた。何も言わずに去った事も、君たちを恨んでしまった事も……結局俺は自分が良い恰好をする事しか考えてなかった。自分の実力のなさを言い訳にして、これ以上自分が傷つくのが怖かったんだよ。君たちが傷つくのも当たり前だ。ちょっと考えれば分かりそうなものなのに、目を逸らしてたんだ」

「悔やむ必要なんかない……そんな事当然なんだ」

「違うよ。今となっては俺はむしろ感謝してるよ。もしオルフェンで冒険者を続けていたとしても……おそらく俺はあれ以上伸びなかっただろう。君たちに比べて剣の才能はなかった。だから焦ってたんだ。他の分野で何とか力になろうとして足掻いていたが……」

「……随分助かってたんだがな」

「はは、そうかな？　けど、焦ってた。剣で劣等感を抱き続けてたからな……だからそのうち功を焦って前に出て魔獣に殺されてたんじゃないかと思う」

「そんなもの……今となっちゃ分からねえよ」

「そうだな。でも一つだけ確かなのは、俺は足を失って故郷に帰っていなければ、アンジェとは会えなかったって事だ」

「アンジェ……ああ」

パーシヴァルはアンジェリンを見た。傍らに立っていたアンジェリンは、どきりとしたようにベルグリフとパーシヴァルと交互に目をやった。

「……強かったぞ。俺と肩を並べられる冒険者はそういねえ」

「だろう？　俺は幸せ者だよ。だからこそ、君たちから逃げるようにして来てしまった事が、ずっと心のどこかに引っかかってたんだ。君たちなら大丈夫だろうなんて自分に言い訳しながらね。それが結局目を背けていただけだという事に、ようやく気付く事ができた」

「長く……かかったな」

「自分勝手だったんだよ……今になってようやく過去と向き合う勇気が出たんだ。それもアンジェのおかげさ。この子が沢山の縁を俺に運んで来てくれた」

ベルグリフは目を伏せた。アンジェリンがいなければ、パーシヴァルはおろかカシムにさえ会えなかっただろう。

「だが、俺はお前を憎みさえしたんだぞ……？」

「それでも構わないさ。君が完璧な人間じゃない事くらい、俺が知らないとでも思ったか？」

「くそ……やっぱりお前には敵わねえな、ベル」

パーシヴァルは諦めたようにベルグリフの上から降りて、地面にあぐらをかいた。そうしてふっと表情を緩めた。

「ったく……四十過ぎの親父が意地張って取っ組み合いか……恰好が付かねえな」

「はは、年甲斐がないのはお互い様だろ……もう自分を許してやってくれ。君は十分に頑張ったよ」

「……俺は、まだお前の友達でいていいのか？」

「仮に君がそう思わなかったとしても、俺はずっとそのつもりだ。これまでも、これからも」

ベルグリフは上体を起こし、にっこりと笑ってパーシヴァルの肩に手を置いた。

「長い事ごめんな、パーシー。生きていてくれてありがとう。また会えて嬉しいよ」

「……俺もだ……ありがとう、ベル。会いに来てくれて」

パーシヴァルはぎゅうと目をつむると、目頭を指で押さえた。

アンジェリンがベルグリフに飛び付いた。

「仲直り……？」

「はは、そうだな。アンジェのおかげだよ」

くしゃくしゃと頭を撫でられ、アンジェリンは嬉しそうに目を閉じた。

「コノヤロー！」

突然カシムがパーシヴァルの肩を蹴っ飛ばした。パーシヴァルはよろけてカシムを睨み付けた。

「何しやがる」

「うるせーッ！　ハラハラさせやがって！　この意地っ張り！　大体、昔っからそうだよ！　いっつも我が強くてオイラの気も知らず……もーっ！」

「あー、分かった分かった、怒るんじゃねえよ……大体、お前も似たようなもんじゃねえか」

うんざりしたように首を振るパーシヴァルの肩を、ルシールがつついた。

「よかったね、おじさん」

パーシヴァルはぎくりとしたように表情を強張らせ、バツが悪そうに頬を掻いた。

「その………悪かったな。色々と」

「どんうぉり。ぴーはっぴ」

「ふふふ、突然丸くなりおったのう。憑き物が落ちたようじゃ」

ヤクモがにやにやしながら煙管を咥えた。パーシヴァルはばりばりと頭を掻いて立ち上がった。

「うるせーよ。悪いか？」

「うんにゃ、良い事じゃと思うよ。のう？」

後ろの方で、アネッサとミリアム、マルグリットもホッとしたように頷いている。

ベルグリフが笑いながらパーシヴァルを小突いた。

「君、随分怖がられてたぞ？　なあ、アンジェ？」

「うん……怖かったよ、パーシーさん」

「親子揃って俺をいじめんじゃねえよ！」

そう怒鳴りながらも、パーシヴァルの顔は嬉しそうだった。まるで少年のような快活な笑みが顔いっぱいに広がっていた。

何やら『穴』の方が騒がしい。また魔獣が這い出して来ているようだ。

大きく息をついたパーシヴァルが立ち上がり、腰の剣の位置を直した。落ちていた匂い袋を拾い上げ、懐にしまう。そうして、アンジェリンたちのいたテーブルの酒瓶を引っ摑んで、そのままぐいとひと息にあおった。

「……ははっ、こんなにうまい酒は久しぶりだ！」

パーシヴァルは感慨深げにそう言って口元を拭うと、空になった瓶を投げ捨てた。

「ベル、カシム。ひと暴れするぞ。そういう気分だ」

「よし来た！　へへっ、嬉しいなあ！　次はサティを見つけようぜ！」

カシムが山高帽子をかぶり直す。ベルグリフは苦笑して立ち上がり、大剣を担ぎ直した。アンジェリンが嬉しそうにその横に立った。

「よかったね、お父さん！」

「ああ……本当に」

分かれていた道がまた一つ合流した、そんな気分だった。小さく細い縁が、少しずつ絡んで自分を導いてくれるように思う。あと一つ、エルフの銀髪が記憶の中で揺れている。

一行が歩き始めると、ふと思い出したようにパーシヴァルが後ろを向いた。

「そういやベル」

「ん?」

「アンジェが言ってたが……赤鬼ってのは何だ?」

「……アンジェ?」

アンジェリンは口笛を吹く真似をして明後日の方を見た。

風が雲を何処かへ押しやって、すっかり抜けるようないい天気だ。

書き下ろし

番外編

MY DAUGHTER
GREW UP TO
"RANK S"
ADVENTURER.

EX　辺境の夏

べえべえと喚きながら羊たちが駆けて行く。その周囲を取り巻くように牧羊犬たちが走って、羊を狙った方角へと動かして行く。

夏のトルネラの平原は賑やかだ。晩春から野に放たれた羊たちは日がな一日草を食み続け、初夏の毛刈りでいったん村に戻されてから、再び平原に放たれる。毛を刈られてさっぱりした羊たちは柔らかい青草をたっぷりと食べ、冬に向けて再び毛を伸ばしている。

毛刈り前の大捕り物は、村の牧童や手伝いが総出でやる大仕事だが、毛刈りが終わった後は、羊たちが遠くに行き過ぎないように定期的に見回り、群れが離れすぎていた場合は、牧羊犬を使って村の近くに誘導する。

丘の上から眺めると、羊たちはまるで全部で一つの生き物のようだ。犬の吠える声と、羊たちの騒ぐ声、牧童が犬に出す甲高い声が、遮るもののない平原に響いている。

その光景を眺めていたシャルロッテは、興奮気味に言った。

「凄い！　前も思ったけど、あの犬たちは本当によく躾けられてるのね！」

「そうさ。あいつらがいなきゃ仕事にならないからな」

バーンズがそう言って杖を肩に当てた。

「親父が羊は増やしたからなあ……うちの犬も年取って来たし、子犬をまた育てないと」

「育てるの？　わたしも育てたいなあ」

「それもいいかもな。でも牧羊犬として躾けるのは結構難しいぞ」

遠くからバーンズを呼ぶ声が聞こえて来た。

「あ、やべ。悪いなシャル、その話はまた後でな」

バーンズは杖を片手に草を踏んで駆けて行った。

羊追いは眺めていて楽しいけれど、それで一日潰しても仕様がない。そのうち参加したいとは思っている。アンジェリンだって十歳の頃にはベルグリフの手伝いで羊追いに出たそうだ。しかしトルネラで生まれ育った健脚の娘と、ルクレシアの貴族の家庭で育ったもやしっ子とでは、年こそ同じでも、まったく同じに動けるとは思えない。

焦らず、少しずつ、とシャルロッテは麦藁帽子をかぶり直して村の方へと足を向けた。

耕作歌が聞こえて来る。刈り入れが終わった麦畑や、森の木々に荒らされた土地が耕されているのだ。春まき小麦の畑では青々した若葉が風に揺れ、農夫が柵を点検しながら歩いている。

古森の襲撃の傷跡も癒え、トルネラは日常を取り戻しつつあった。オルフェンで孤児院の畑を手伝ったりしていたシャルロッテではあったが、生活の糧の為の本格的な農業というものは初めてだ。慣れない事ばかりであるが、楽しい事の方が多い。

ベルグリフやアンジェリンは今頃どの辺りにいるのかな、と思った。父と姉と慕う二人がいないのは寂しかったが、それでも復讐に邁進して放浪していた頃に比べて、トルネラの日々はあまりにまばゆく輝いていた。

家々の軒先で、村人たちが腰を下ろして芋の選別をしたり麦を干したりしている。しばらくの間あちこちから臭っていた羊の毛の臭いは、夏風に吹き払われて微弱になっていた。

刈った羊毛は洗ってから一度お湯で茹でてさらに脂や汚れを落とすのだが、その時の臭いが中々強烈なのである。初めてだったシャルロッテなどはその臭気に閉口した。しかしそんな過程を経た羊毛は真っ白でふわふわして、とても素敵な手触りである。篠《しの》をひと房もらったシャルロッテは、ミトと二人でそれを飽きもせずに揉んでいたものだ。

そんな羊毛はスピンドルで紡がれて糸になる。その糸を編んで服や布を作る。ベルグリフの家では編み棒を使った簡単なものしか作らないが、羊飼いの家には機織り機があって、その近くを通ると、かたん、かたんと機織りをする音が聞こえて来る。

トルネラでは羊毛の加工品は重要な産物だ。自分たちで使うのはもちろん、行商人に売ったり、物々交換の道具にも使ったりする。トルネラの羊毛は質が良いと行商人たちにも評判で、年に一回程度の頻度ではあるが、わざわざエストガルから買い付けにやって来る商人もいるくらいだ。

シャルロッテはケリーの家の前にやって来た。機織り機の音が聞こえて来る。ケリーの家はいくつかの工房があって、チーズを作っていたり、機織りをしていたりと、トルネラ一の豪農の名に恥じぬ仕事ぶりだ。ここが仕事場になっている村人も多い。

まだ昼餉には早いし、少し覗いて行こうかしらとシャルロッテは機織り場に行ってみた。石と木でできた壁に南向きの窓があって、開け放たれている。背伸びしてそこから覗き込むと、四台ばかり並んだ機織り機の前で、村の娘やおかみさんがせっせと働いていた。

経緯《たてよこ》の糸が織られて行くのが素敵に面白いので見ていると、後ろから背中をぽんと叩かれた。

「ひゃっ」と悲鳴を上げて振り向くと、リタが立っていた。糸玉の入った籠を持っている。

「何してる、の？」

「あのね、あのね、いいなあって思って……」

悪い事をしたわけではないけれど、何だかいたずらを見つけられたような気分になって、シャルロッテはもじもじと手を揉み合わせた。リタはくすりと笑うと、シャルロッテの手を握った。

「じゃあ、もっと近くで、見よ？」

「え、いいの？」

それで工房の中に入る。作業していた女たちは手を止めてシャルロッテに笑いかけた。シャルロッテはもじもじしながら、改めて工房の中を見回した。機織り機があり、大きな糸車もある。普通の家は小さなスピンドルを使うが、流石にケリーの家は規模も大きい。

「ほら、こっち」

リタに手を引かれて、シャルロッテは機織り機の一つの前に座った。何だかどきどきする。

「足が届くかしら」

さっきまでそこに座っていたお姉さんが、そう言ってシャルロッテの足元を覗き込んだ。足元にはペダルがあって、これを踏んで経糸を上下に動かすらしい。シャルロッテは少し椅子の前の方に尻をずらして、足をいっぱいに伸ばしてみた。それで充分に届く。踏むと綜絖《そうこう》が動いて、経糸が互い違いになった。その間に緯糸を通して行く。通したら筬《おさ》を使って緯糸を締める。そうしてペダルを踏み変え、また緯糸を通す。それの繰り返しである。

単純な仕事に見えるが、やってみると意外に難しく、シャルロッテは四苦八苦した。

「ほら、あんまり引っ張っちゃ駄目よ」

「おっと、そっちじゃ同じ所に通っちゃう。ペダルが逆だよ」

何回かやってみて、せっかく織りかけの布を台無しにしては悪い、とシャルロッテは手を止めた。

機織り機の前の壁に、模様の見本だろうか、綺麗に織り上げられた布が一枚かかっている。六色の糸を編み合わせていて、とても綺麗だ。

生まれ故郷のルクレシアでも綺麗な布は沢山あった。枢機卿の娘であったシャルロッテは、そんな布に触れる機会も多かった。だが、暖かい南の地でお目にかかるのは、薄くてさらりとした亜麻や綿、絹のものばかりだった。模様の意匠も馴染みがない。しかしそれは羊毛という重くてどっしりした質感の布によく合っているように思われた。

自分も練習すれば、こんな布が織れるようになるのだろうか、とシャルロッテは思った。

また機織り機の動き出した後ろで、シャルロッテは糸紡ぎの手伝いをした。この仕事は、ベルグリフがオルフェンまで羊毛を持って来て、空いた時間にやっていたのを手伝ったから、知っている。回るスピンドルの上で羊毛を少しずつ引っ張ると、両手の指の間に糸が伸びて行くのが、魔法のようで美しかった。

ベルグリフの糸紡ぎも上手だったが、リタはさらに上手い。てきぱきとしながら、だまの一つもない綺麗な糸を紡いで、あっという間にスピンドルを糸でいっぱいにしてしまう。

「リタはやっぱり上手ね……」

シャルロッテが羨望混じりに言うと、リタはにんまり笑った。

「シャルもすぐできるようになる、よ」

「そうかしら……」

また壁に掛けられた布を見た。あんな見事な布は、糸紡ぎからして上手でなくては織れないだろう。まだまだ練習が必要だな、とシャルロッテはスピンドルに向き直り、ふと思い出したように口を開いた。

「アンジェお姉さまは、機織りはしなかったの？」

「んー……アンジェは、やらなかった、かな。あの子は男の子に交じって、ちゃんばらする方が好きだったから、ね」

リタが言うと、周りの女たちも同調して笑った。

「そうだねえ、糸紡ぎだけはベルさんもやってたから真似してやってたけど」

「アンジェはベルさんの仕事を手伝うのが好きだったからね。わざわざ織物を習うなんて事は考えてなさそうだったねえ」

「それでまさかSランク冒険者なんてものになっちゃうんだから、あたしは驚いたよ」

「でも春告祭のドレス、あれは綺麗だったねえ」

「そうそう。男の子みたいに駆け回ってたアンジェからは想像も付かないくらい可愛かったよ」

「大公様の娘さんからいただいたんだってね。大したもんだよ」

きゃあきゃあと話が盛り上がりながらも、女たちは手を止めない。もう慣れた仕事なのだなあとシャルロッテは感心しつつ、自分の手が止まっているのに気付いて、慌ててスピンドルを回した。

そんな風にしばらく糸紡ぎに夢中になっていると、開け放たれた入り口からしかめっ面のビャクが入って来て、言った。

「昼飯だぞ」

○

ハンナの家はさながら工房のようだ。ささやかながら、木工道具がいくつも揃えてある。彼女の死んだ夫が、木こりで稼いだ金で少しずつ買い揃えた道具で、今でもハンナが丁寧に手入れして研ぎ上げているから、どれも切れ味が鋭い。

家の裏手には下屋が張り出して、その下に建材としては使えないような切れ端や、大小の枝などが置かれていた。これらは木工細工の材料で、ハンナは今でも畑仕事や飯炊きの仕事の合間に、これらを器やカトラリーに加工して、トルネラの家々にくれてやったり、行商人に売ったりしている。

ミトが好奇心に目を輝かせて、工具の前を行ったり来たりしている。壁に作られた棚の上に、木工の道具が整然と並べられていた。上の方には、木彫りの人形や食器などもある。作業台らしい木のテーブルの上には、作りかけの皿が置かれていた。他にも、木の皮を使って作られた籠や、蔓を編んだ笊《ざる》なども置かれている。ミトから見ると宝の山だ。

「刃に触っちゃ駄目だよ、怪我するからね」

お茶のポットにお湯を注ぎながら、ハンナが言った。手斧に手を伸ばしかけていたミトは、ハッとしたように慌てて手を引っ込めた。それを見てハンナはくすくす笑う。

「あんたには斧はまだ重いかもねえ」

「重い？」

ミトは手斧を見て首を傾げた。

「ああ、それは片手で持つものだからね。ほら、おいで。お茶が入ったよ」

ハンナに言われて、ミトはぽてぽてとテーブルの所に行った。

朝食を終え、裏手の畑の手入れを手伝ってから、ミトは一人で村の中を歩き回っていた。しばらくの間は古森を呼び込んでしまった事の引け目を感じて、ややびくびくしていたミトだったが、村人たちが努めてミトに優しく接してくれていたので、ベルグリフたちが旅立つ頃には、もう前の通りに過ごす事ができるようになっていた。

ベルグリフたちがいないのはもちろん寂しい。けれどグラハムがいるし、今はシャルロッテとビャクもいる。寂しくはあるが、孤独を感じるほどではなかった。

けれども今日は一人だ。別にみんな忙しかったわけではない。家には小さな子供たちも集まって来る。忙しい親たちに代わってグラハムが面倒を見ているのだ。いつもはそんな子たちと遊ぶのだが、今日は一人がよかった。ミトにも時にはそういう気分の時もあるらしかった。

ともかくそれで春まき小麦の畑を眺めたり、製材所の作業を見たりしているうちに、ハンナの家まで来た。まだダンカンが旅に出る前には、彼がコップを作るのに通っているのに付いて行った事もある。しかしここのところはご無沙汰だった。木こりたちの昼食の支度をしていたハンナは、相変わらずの快活な調子でミトを迎え入れ、今はこうしてお茶を淹れてくれている。

家は窓も戸も開け放たれて、夏風が通り抜けて行く。床にわずかに散らばった木くずがかさかさと音を立てて動いた。

ハンナは頭に巻いた手ぬぐいを巻き直した。

「なんだい、コップが珍しいかい？」

「うん」

お茶のコップを両手で持って、ミトは頷いた。このコップもハンナの手作りだ。木をくり抜いて作ってある。お茶を飲むでもなく、ミトはそれをしけじけと見ている。そんなミトを見て、ハンナは愉快そうに笑う。

「ただの木彫りのコップなのにねえ」

「ハンナが、作ったの？」

「ん？　ああ、そうだよ」

「……ぼくにも作れる？」

ハンナはおやという顔をした。

「そうさね、ちゃんとあたしの言う事を聞けるんなら、教えてあげてもいいよ」

「やりたい。教えて」

ハンナは暖炉にかけた鍋をちらと横目で見、それからミトの方を見た。

「昼にはまだ早いし……少しやってみようか」

「やった。ありがとう！」

「ふふ、きちんとお礼の言える子は好きだよ。さ、おいで」

研がれてギラギラしたノミを渡されて、ミトは緊張気味に拳を握りしめた。ハンナはミトの腕よりいくらか太いくらいの木の枝を持って来た。

「少し見てなさいね。手斧はまだあんたには重そうだから」

ハンナはそう言って、枝を削り始めた。皮を剝ぎ、それから平らな面を作る。慣れた手つきで鮮やかだ。平面ができると、ハンナはそこに細い炭で絵を描いた。コップを上から見た図だろう。そうしてそれを削り馬に置いた。これは足元のペダルを踏み込むと上部の木が木材を押さえ込む。ハンナは一度ミトを座らせて、それから笑い出した。

「あっははは、ごめんごめん、あんたじゃ届かないね」

ミトでは小さくて、ペダルを踏む事ができないのである。それでハンナは自分が削り馬にまたがり、ミトを膝の上に乗せた。しっかり固定された木を前に、ミトはノミと木槌を持った。

「さ、ここをくり抜くよ」

ハンナの示す通りに、炭で描かれた円の内側にノミの刃を当てる。

「そう、それで後ろを叩くんだ。こんこんって」

言われたままに、ノミの後ろを木槌で叩く。刃先が木にめり込んだ。

「もっと強く！　刃を少し斜めに」

ミトは緊張気味にノミを持つ手に力を加え、木槌を振るった。狙いが上手く定まらない。

「むつかしい……」

「あはは、最初からそんなに上手にはいかないよ。ほら、落ち着いて。手元が狂うと危ない」

何度も何度も木槌がノミの後ろを叩く。こんこんと小気味のいい音が部屋の中に響く。初めはよく分からなかったミトも、次第に要領が摑めて来たようで、音に濁りがなくなって来た。そうなると段々楽しくなって、初めの緊張はもう搔き消えて、今度はどうノミを入れようかという事の方が気になって来る。

「いいよ、良くなって来た……ダンカンもね、初めは戸惑ってたけど、すぐに慣れたよ」

「ダンカンも？」

ミトは手を止めて、肩越しにハンナを見返った。ハンナは微笑んだ。

「そうさ。いつ帰って来るかねえ。今度は深皿を作るって約束してるんだよ」

それは素敵だな、とミトは思った。自分も負けていられないと再びコップの方を見て、ノミと木槌を握りしめた。それでしばらく夢中になって、ハンナの方も面白そうな顔をしてそれを眺めているうちに、暖炉の方でしゅうしゅう音がした。

「ん？　あ、いけない！」

ハンナが素っ頓狂な声を上げた。ミトは驚いて手を止める。ハンナは暖炉の方にすっ飛んで行った。鍋が勢いよく湯気を噴いて、縁から泡が吹き出している。それが鍋肌を伝って火の上に落ちて、じゅうじゅうと音を立てていた。

ハンナが押さえてくれていなければ続きができない。ミトは削り馬に腰かけたまま、大慌てで鍋をかき混ぜているハンナを眺め、それから彫りかけたばかりのコップの方を見た。これを完成させれば、きっとベルグリフやアンジェリンは驚くだろう。自分のコップができたら、今度はベルグリフたちを始めとした家族みんなにコップを作ってあげたい。そんな事を考えた。

その時、開けっ放しの入り口からシャルロッテを連れたビャクが入って来た。

「昼飯だぞ」

と仏頂面でそう言った。

○

夏の陽光はかんかんと照っていた。しかし焼け付くほどではない。吹く風に熱さは感ぜられず、それが野の草を撫でて行く度に汗を掻いた肌に涼しかった。

朝食を終え、裏の畑に水をまき終えると、シャルロッテもミトも銘々に何処かへ出かけてしまった。ビャクは暖炉周りを掃除し、洗濯を済まして、また裏手の畑で何かやっている。魔王を宿すあの少年は、前までこの家に詰まっていた少女たちと同等か、それ以上に家事が上手い。元々そういう気質があったのだろう。グラハムは異端者であるとはいえエルフだから、あまり自然に対して積極的に手を加えようという意思に乏しい。年齢を重ねてよりそういう側面が強くなって来た。畑が不得手なのもそういう事情がある。

グラハムは庭先で薪を割りながら、集まって来た小さな子供たちを見ていた。忙しい時季には畑や家仕事を手伝う子供たちも、仕事が一段落すると遊びに夢中だ。大人たちが構ってやる暇がないから、子供たちはよくグラハムの所にやって来る。子供たちだけでは行ってはいけないと厳しく言われている森にも、グラハムが一緒ならば行く事ができる。

七歳くらいの女の子がグラハムの服の裾を引っ張った。

「おじいちゃん、今日は森に行かないの？」

「もう少し待ちなさい」

グラハムは割り終えた薪を薪棚に片付けながら、もう内装を仕上げ始めている新居の方を眺めた。

アンジェリンたちがいた頃は、子供たちは夜ごとにあちらの家に入り込んでボードやカードで遊んでいた。今は内装工事が始まった事もあって、新居では遊べない。だからシャルロッテとミトは寝床でグラハムの冒険譚を聞きながら眠ってしまう。

グラハムにとって、そういった時間は不思議な幸福感があった。妻も子もなく、マルグリットを預かっていた以外は子供と接する時間もそう多くはなかった。彼の人生の多くは戦いであり、エルフ領で隠居に近い生活を送るようになってからも、人間の地で戦い続けた過去が尾を引いて、同胞たちとの交流は少なかった。

そのまま静かに朽ちて行くかと思われた筈が、こうやってトルネラで子供に囲まれて暮らしている。因果とは不思議なものだとグラハムは思った。アンジェリンがベルグリフに様々な縁を運んで来たように、自分もマルグリットに縁を繋いでもらったのかも知れない、などと考える。この歳になって、得難き友を得るなど想像もしていなかった。

ベルグリフに預けた剣はどうしているだろうかと思った。自分は年を取ったが、あの剣は老いてはいない。今回の冒険も望む所であろう。あれが背中にないのを思い出すと、何だか片割れを忘れたような気分になる。しかし、自分が隠居のような生活を送っていた頃は、剣の方がそんな事を感じていたのかも知れない。

洗濯物が風に揺れている。

薪を片付け、太陽の位置を見た。まだ昼には早い。あまり深くまでは行かないが、森に行って編み物用に木の蔓を集めるのもいいかと思う。それでグラハムが道具を整えていると、ビャクが籠を抱えて戻って来た。

「何してんだ」

「森に行こうと思うが……そなたはどうする」

「俺まで行ったら誰が昼の支度すんだよ」

ビャクは相変わらずのしかめっ面で言った。籠には間引き菜や小さな夏野菜などが入っている。

「そうか。では留守を頼むぞ」

「……昼までには戻って来いよ」

ビャクはそう言って水場の方に行った。野菜を洗うらしい。

それでグラハムは子供たちを連れて村の外まで歩いて行った。子供たちは木の棒を剣のように振って張り切っている。

平原を踏んで、森の際まで行った。森の木々は風に吹かれていた。青々とした葉が擦れ合って音を立てている。しかし木立に一歩踏み込めば、風も微弱に感ぜられた。

子供たちは早速辺りを見回して、あれこれと宝物を探している。変な形の枝や、お面になりそうな大きな葉っぱ、綺麗な花や木の実など、子供たちの心をとらえるものはいくらでもある。

「私から離れてはならぬぞ」

「はぁい」

子供たちの返事は元気だ。しかし油断はならない。子供というのは気を付けていても、何かに夢中になればすぐに周りが見えなくなる。ベルグリフの代わりに子供たちの世話を請け負っているのだ、何かあっては申し訳が立たない。

そんな風に気を張る度に、グラハムはつい可笑しくなった。冒険者として戦っていた頃は、貴族や要人などの護衛を何度も請け負った。その時だって今ほど気を張った事はない。ちょろちょろ動き回る子供たちは、ふんぞり返った貴族などよりもよほど厄介な護衛対象だ。

ともあれ古森の襲撃以来、グラハムの感覚は、全盛期とまでは言わないものの、かなり研ぎ直された事は確かだ。他の事をしながらでも、魔獣の気配があれば、子供たちに近づく前に即座に反応できるだろう。それだけでなく、グラハムが気を漲らせると一種の魔除けのような状態になるらしく、危険なものは近づいて来ないらしかった。

森の木々はどれも立派だが、場所によっては背の低いものや灌木が茂みになっている場所がある。そんな所は日当たりが良いから下草も伸びて鬱蒼としている。そんな所にアケビやノズの蔓が絡まっていると、それを丁寧にほどいて採取する。しかしあまり採り過ぎないようにする。これらはこれから秋に実を付けるのだ。全部採っては楽しみがなくなってしまう。

エルフたちは人為的に畑を耕す事が殆どない分、森からの恵みを得る。食物もそうであるし、日常的に使う道具類も手で作る。蔓で籠を編むのはエルフならば誰でもできる事だ。

のんびりと寄り道をしながら進んで行き、振り向いても平原が見えない所まで来た。少しだけ登りの坂になっていて、普通に歩いているつもりでも足がくたびれて来る。

「おじいちゃん、つかれた」

「まだいくのー？」

「……この辺りで休むとしようか」

グラハムは周囲を見回して、そう言った。

木々の葉は夏の陽射しを柔らかく散らかして、あちこちにまだら模様を作っていた。はしゃぎ疲れたらしい子供たちは、銘々に地面に座り込んだり、倒木や石に腰を下ろしたりして、しかし口だけは忙しく動かして喋っている。彼ら彼女らにとっては、こんな事も大冒険なのである。

グラハムも同じように腰を下ろして、採った蔓を巻き直した。細かな枝もナイフで払っておく。

時間が嫌にゆっくり流れているように感じた。頭上で揺れる木々の音や、子供たちの喋る声が混然となっていた。このままいつまでも座っていられるような心持だ。

しかしもう戻らねばなるまい。子供たちも腹が減って来たようで、何となく物足りなさそうな顔をしている。お腹が空いたと正直に騒ぐ子たちもいる。

グラハムは周囲を見回して、クトワバの茎を折り取った。

「腹は満ちぬかも知れぬが、気は紛れるだろう」

クトワバは、茎自体は繊維が多くて食べられないが、茎をかじるとほのかな甘味と酸味がある。子供たちはそれをかじりながら、グラハムに付いて帰路に就いた。

帰り道は行きよりも短く感ずる。しかし森を出ると、思った以上に太陽が動いていた。おかしいなとグラハムは首を傾げた。

それで村へと戻ると、広場の辺りでミトとシャルロッテを連れたビャクと出くわした。

「あ、じいじだ」

「おじいさま、森に行ってたの?」

「うむ……」

グラハムはやや困ったようにビャクを見た。ビャクはじろりと不機嫌そうにグラハムを睨んだ。

「昼までには戻って来いっつったろうが」

「……すまぬ」

○

ビャクは妙にしゃんしゃんしたところがあって、決め事などにはうるさかった。食事の時間や、仕事の段取りなどが狂うとイライラした。ものが出しっぱなしになっているのも気に食わない。食べ終えた食器が汚れたまま重なっているのも嫌いらしかった。そういう性格なのだ。

グラハムが子供たちと出掛けた後、ビャクは野菜を洗っていた。夏野菜の苗はすくすく育ち、実もぽこぽこ付き始めて、段々と食卓が彩り鮮やかになっている。

オルフェンで暮らしていた頃から、ビャクは少しずつ家事をするようになっていた。

初めは面倒だった。放浪ばかりの生活で定住する暮らしを知らなかったから、掃除だの洗濯だのはやり方も分からなかったくらいだ。

しかし、血にまみれた生活と距離を置き、日々同じ家に起居して、食事も自前で用意しなくてはならないとなると、何となく手を抜くのが嫌だった。ベルグリフに教わるのは癪だったが、アンジェリンに教わるのはもっと嫌だったので、そこは妥協した。ベルグリフの教えるのが上手いのが余計にビャクの癪に障った。

だから教わらなくて済むように、基本的な事が分かってからは自分で試行錯誤した。すると意外にもそれが性に合っていて、今では家事全般をこなす事ができる。何もせずにいるよりも、何かしらしていた方が落ち着く、というのも大きかったかも知れない。更に彼には神経質な部分があったから、掃除を覚えて、綺麗なのが日常になると、部屋の汚れや散らかっているのが目に入って気に障る、というのも大きな理由だった。

とっくに人生に見切りを付けていた筈の自分が、こんな日々の仕事に一々細やかに手を回している。それを思うと馬鹿馬鹿しいと感じる事もある。しかし悪い気はしない。悪い気はしないのに、それを認めたくないという斜に構えた自分もいて、ビャクはよく一人で顔をしかめている。

野菜を洗い終えて、額の汗を拭った。太陽は段々高くなって行く。暑い。

「チッ……」

何ともなしに舌を打った。

洗い終えた野菜を持って家に入る。新居は内装工事中で使えないから母屋の方だ。暖炉の火を熾し、水を張った鍋をかける。野菜と塩漬け肉を一口大に切って、鍋に入れた。香草をいくつか入れて味を調える。塩気は塩漬け肉だけで十分だ。

それを煮こんでいるうちに、茹でておいた芋を潰して粉と混ぜ合わせ、小さくちぎっておく。食べる前に湯がけばいい。

ベルグリフたちが旅に出てから、基本的に料理はビャクがするようになっていた。シャルロッテやミトも手伝うけれど、二人だけですべての献立を賄う事はできない。グラハムも料理はできるが、あまり味にこだわらない性格のようで、まずくはないが取り立ててうまくもない。そもそもグラハムはどことなく浮世離れしたような所がある。戦闘では無類の強さを誇るけれど、日常生活に於いては妙に抜けているから、ビャクとしてはあまり手放しで仕事を任せられる相手ではなかった。

ともかく、そういうわけで現在はビャクが家事を取り持っている。消去法のような具合だが、ビャク自身料理が嫌いではなかった。慣れていないからレパートリーは少ないが、試行錯誤は嫌いではない。今では随分幅も広がった。

一段落して、椅子に腰かけた。開け放した窓から陽が射し込んで、埃が舞っているのが見えた。外は暑いが、窓から戸へと風が抜けて行くから、却って直射日光がない分室内の方が涼しいようにも思われた。

ビャクは手を表に裏にして見た。煤汚れが薄く残っている。指先は水で少しふやけて皺になっていた。かつて血に染まっていたこの手が、今はこんなだ。笑い話にもなりやしない。ビャクは自嘲気味に鼻を鳴らすと、大きく息を吸って、吐いた。目を閉じて魔力を体の中で循環させる。

グラハムやカシムからの教授で、瞑想の技法もかなり整って来た。彼の魂の奥に潜む魔王は、今でも表に出て来たがっている。しかし戦いの頻度が著しく減った事でビャク自身の心が安定しているのと、あまり魔王の意識に接続する事をしなくなったせいで、このところは静かだ。

目を開けて、立体魔法陣を浮かべた。砂色に明滅するそれらは、ゆらゆらとビャクの周囲を漂った。シャルロッテと共に放浪していた時よりも技量は上がった。数を増やしたり強度を増したりしても、魔王の魔力に繋げずに済むようになって来たのだ。

「……ふん」

立ち上がる。自分もいれば、ベルグリフたちの旅路ももっと楽になっただろうに、などと頭をよぎったのが癪に障った。

ビャクは外に出て空を見上げた。太陽は天頂に近づいていた。もう昼食を取るにはいい時間だ。しかしグラハムはもちろん、シャルロッテもミトも帰って来そうにない。

「……何してんだ、あいつら」

昼食が終わらねば食器が片付かない。台所が片付かないと、午後の仕事をするにも気が散っていけない。ビャクは既に少しイラつきながら、村の魔力を辿った。シャルロッテの強大な魔力と、ミトの魔王由来の魔力は辿りやすい。

それでケリーの家に行ってみると、機織り機がかたかた動いていた。戸口から見ると、シャルロッテはリタと喋りながら糸を紡いでいる。ビャクはしかめっ面のまま家に入った。

「昼飯だぞ」

「あら、もうそんな時間？」

女たちは手を止めて窓の外を見た。

「おやまあ、ホントだ。すっかりお日様が真上に来てるよ」

「お昼ご飯、ね。シャルは帰る、の？」

「うん。また後で来るわね」

それでシャルロッテを連れて、今度はハンナの家に行った。遠目に見えるくらいの距離から、こんこんと木を打つような音が聞こえていたが、不意にそれが止んだ。戸口から覗いてみると、暖炉の前でハンナががっくりと肩を落としており、奥の削り馬にミトが座っていた。

ビャクは仏頂面で一歩踏み込んだ。

「昼飯だぞ」

「ご飯？」

ハンナが顔を上げた。

「ああ、ビャク……そうだね、もうそんな時間だわ」

「……吹きこぼしたのか」

「まあね……やれやれ、まあそんなにこぼれなくてよかった」

木こりたちの腹を満たす程度には残っているようだ。ミトはひょいと削り馬から降りて、ビャクに駆け寄って来た。

「コップ、作ってたの」

「そうかよ」

それでミトも連れて夏空の下に出た。太陽は相変わらず燦々と降り注いでいる。また少し西に傾いたらしい。ビャクは苦々し気にそれを見上げ、それからミトとシャルロッテの方に視線を移した。

「じいさんはまだ森か？」

「分かんない……」

「だっておじいさまとは別々だったから……」

ビャクは面倒臭そうに頭を掻いた。森となると探すのは面倒だ。エルフの魔力は辿りやすいけれど、あまり奥だと行くのも大変だし、もっと昼餉の時間が遅くなってしまう。そうなるといつまでも片付かないし、午後の仕事にかかれない。尤も、それならそれでやりようはいくらでもあるのだが、その辺りの臨機応変さはまだビャクには備わっていなかった。

ともかくこの二人だけでも先に済ませてしまおうと、ビャクは二人と連れ立って家へと足を向けた。それで村を抜けて行くと、丁度広場の辺りでグラハムと出くわした。

「あ、じいじだ」

「おじいさま、森に行ってたの？」

「うむ……」

グラハムが微妙に申し訳なさそうにこちらを見るので、ビャクはむしろ眉根を寄せた。

「昼までには帰って来いっつったろうが」

「……すまぬ」

グラハムはバツが悪そうに頭を掻いた。ビャクはふんと鼻を鳴らして歩き出した。その後を早足で付いて来ながら、シャルロッテが服の裾を引っ張った。

「でもビャク、お日様はまだあの位置よ？　そんなに怒らなくてもいいじゃない」

「そうだよ。じいじをいじめちゃ駄目だよ、ビャッくん」

「それに遊んでたんじゃなくて、ちゃんとお手伝いしてたのよ？」

「うん。コップを作ってたんだよ」

ミトが言うと、シャルロッテが目をぱちくりさせた。

「木彫り？　ハンナに教わってたの？」

「うん。シャルは何してたの」

「機織り機をちょっと触っちゃった！　あとは糸紡ぎよ。リタがすごく上手なの」

「ぼくも行こうかな……ハンナは忙しいみたい」

「いいわよ。きっと皆喜ぶわ。そうと決まったら早く食べちゃいましょ」

「うん。行こう」

二人はビャクを追い抜いて駆けて行った。そうして途中で思い出したように立ち止まり、振り向く。

「ビャク、おじいさま、早く！」

「遅くなっちゃうよ」

「テメエら……」

ビャクは眉根の皺を深くした。二人はそんな事には頓着せずに、さっさと駆けて行ってしまう。

ビャクはムスッとしたまま腕組みした。

「……何が可笑しい」

「ふふ、いや、すまぬ」

普段笑う事の少ないグラハムが、くつくつと可笑しそうに笑っている。

どいつもこいつも、とビャクは嘆息した。明日からは弁当を持たせるようにしよう。きっとその方が面倒がなくていい。ベルグリフもそうする筈だ、などと考えてからハッとして頭を振った。

夏の陽射しに、木々の葉がきらきら光っている。

あとがき

私の友人のカメラマンは、毎年冬の寒い時期に、家族を連れてタイで過ごしている。寒い季節を逃れて、暖かで過ごしやすい気候の国で一月《ひとつき》ばかりのんびりと暮らす。タイは日本に比べて物価も安いし、飯もうまいから、上手くやればたいへん面白く過ごせるらしい。

そういった友人に倣い、私もトルネラに行ってみた。夏のトルネラというのは過ごしやすい場所である。空気がカラッとして、涼しくて、緑が美しい。

この文章を書いているのは冬だけれども、丁度ベルグリフ氏たちが旅に出た後だから、トルネラは初夏の良い時期で、とても過ごしやすい。そんな中で書くから原稿も捗る筈なのだが、居心地がよくて昼寝ばかりしていて、一向に書かないから困ったものだと思う。

さて、七巻である。

七というのは縁起の良い数字だそうである。だからといってこの本の縁起が良いかどうかは分からないが、ともかく七巻の刊行と相成った。よもやここまで続く事になろうとは思っていなかったので、世の中は不思議なものだと思う。

七巻を読んでいるという事は、もうこれまでの巻を読んでいる読者だと思って差支えないと思う。七巻を最初に読み始めるのは、余程験担ぎの人だけであろうが、そんな人はほとんどいないと作者は思っている。だからひとまずこれまでの話をなぞって来た読者だと仮定して後書きを書こうと思う。

とはいえ、七巻まで読んでいても、その中に後書きから読む読者が交ざっていないとも限らない。だから七巻本文中の出来事に言及するのは控えておこうと思う。

しかしながら、元々ここに書くべき事などほとんどないから、困る。

私は元々後書きなど必要ないと思っている人間なのだが、困った事に自分が後書きを書くようになると、他の人が後書きでどんな事を書いているのか気になる。それで、私もいつの間にか後書きから読む読者になっていて、本末転倒ではないかと思う。何をやっているのか。

いずれにせよ、他の小説家の皆さんは実に上手に後書きを書かれている。上手い具合に関係者各位への謝辞と物語中のネタとを織り交ぜてまとめてある。まったく以《もっ》て脱帽である。

門司柿家も、例えばイラストを描いてくだすっているtoi8さんであるとか、漫画版の作者である漆原玖さんであるとか、担当編集のMさんであるとか、そもそもここまで目を通してくだすってい る読者諸賢であるとか、そういった毎回感謝感激、頭の下がる方々への謝辞を述べるのが礼儀であるとも思うけれど、七巻まで続いていて、新しい巻が出る度に一々後書きで謝辞を入れ続けているというのも、何だか「私は感謝しています」というアピールを過剰にしているようで、妙に片付かない気持ちになる。

そんな事は気にせずに素直な気持ちで礼を言えばいいのだろうけれど、元々がひねくれ者だから、そういう考えがもたげて来ると、一々頭の片隅にちらついていけない。そもそも私ごときが謝辞を述べるまでもなくtoi8さんのイラストは素晴らしいし、漆原さんの漫画は面白い。

ただ言い訳をさせてもらうと、決して感謝をしていないわけではない。だからこそ、過剰に謝辞をつらつら並べ立てるのが、却ってポーズを取っているような気分になるのである。

尤も、それはやはり私の無用な心配であると思う。だからここは素直に感謝しておきたい。関係者各位、及び読者の皆様、ありがとうございます。

と、こういう風に書くと実に白々しい。無用な前置きをつらつらと書き連ねたせいだと思う。自分の気持ちを正直に書けば書くほど怪しくなるのだから、文章というのは実に難しいものである。

さて、そんな事はともかくとして、前巻でトルネラを旅立ったベルグリフ氏たちは、どこまで行ったのであろうか。そして、その先にどこまで行くのであろうか。この辺りは本文を読んで確かめていただきたい。

物語はこの辺りからまた展開を迎えて行く。果たして最後まで本として読者諸賢の手に届くかは分からないが、売れれば続く。願わくは、八巻の後書きで再びお目にかかる事ができれば幸いである。

二〇二〇年一月吉日　門司柿家

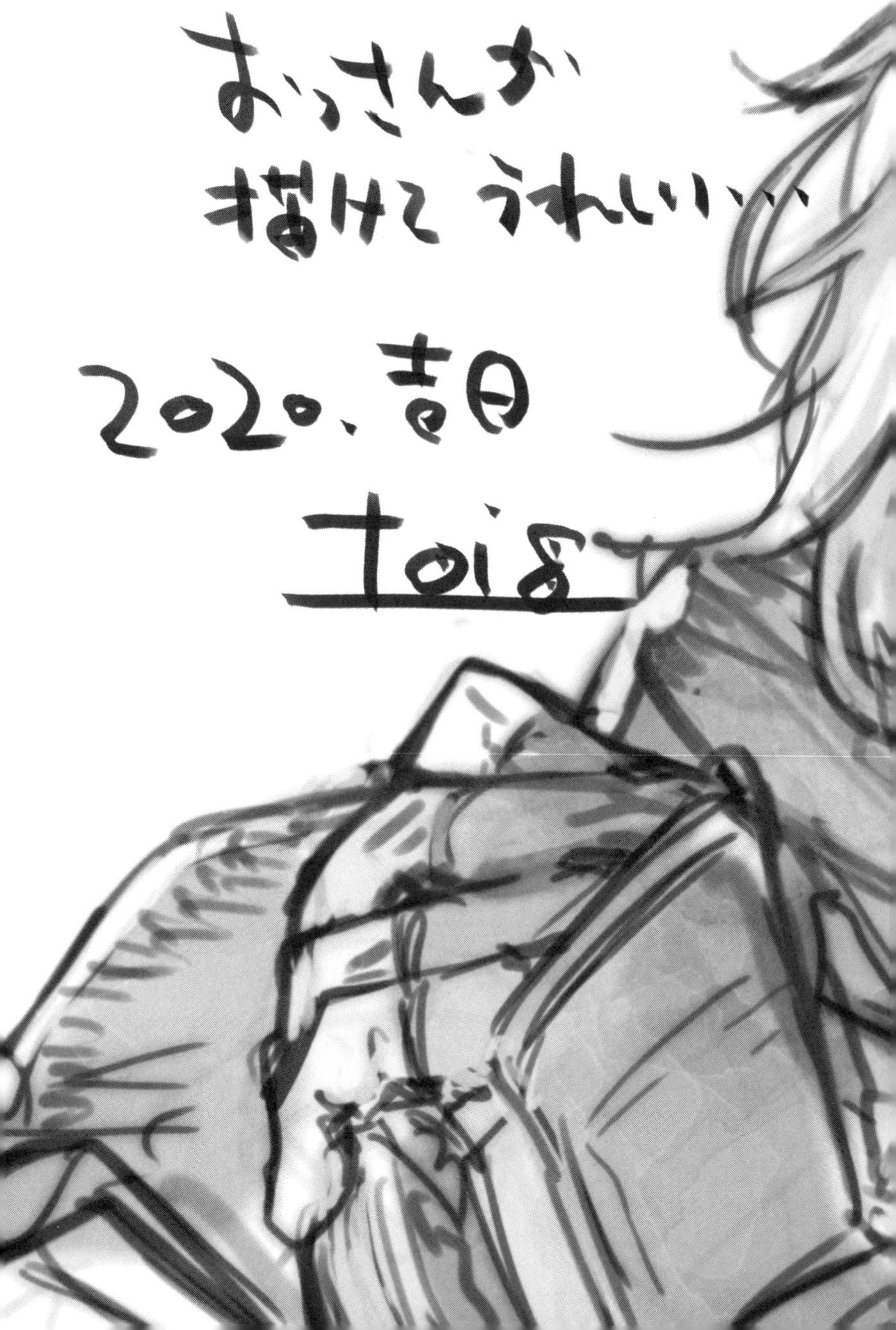
おっさんが
描けてうれしい……
2020.春
土018

EARTH STAR NOVEL

冒険者になりたいと都に出て行った娘がSランクになってた　7

発行 ――― 2020年2月15日　初版第1刷発行

著者 ――― 門司柿家

イラストレーター ――― toi8

装丁デザイン ――― ムシカゴグラフィクス

発行者 ――― 幕内和博

編集 ――― 増田 翼

発行所 ――― 株式会社 アース・スター エンターテイメント
〒141-0021　東京都品川区上大崎 3-1-1
目黒セントラルスクエア　5F
TEL：03-5561-7630
FAX：03-5561-7632
https://www.es-novel.jp/

印刷・製本 ――― 中央精版印刷株式会社

ISBN 978-4-8030-1390-0